KREISRUNDE ZEICHEN

Pat Delgado & Colin Andrews

KREISRUNDE ZEICHEN

Eine Untersuchung des Phänomens der spiralförmig flachgelagerten Bodenmuster in Kornfeldern. Mit neuen Fakten und Fotos

DIE ZEICHEN MEHREN SICH

Deutsch von Ulrike Bischoff

Zweitausendeins

1. Auflage, Januar 1990.
2. Auflage, Januar 1990.
3. Auflage, Januar 1990.
4. Auflage, April 1990.
5. Auflage, April 1990.
6. Auflage, April 1990.
7., aktualisierte Auflage, Oktober 1990, erweitert um den Teil »Die Zeichen mehren sich«, der erstmals im August 1990 als Supplementband erschien und mehrere Auflagen erfuhr.
Für die Aufnahme in dieses Buch wurde der Teil »Die Zeichen mehren sich« im Oktober 1990 noch einmal aktualisiert und um eine Reihe neuer Fotos und Fakten erweitert.
8. Auflage, Oktober 1990.
9. Auflage, Oktober 1990.
10. Auflage, Oktober 1990.

Die englischen Originalausgaben erschienen erstmals 1989 unter dem Titel »Circular Evidence«, September 1990 unter dem Titel »Crop Circles. The Latest Evidence« bei Bloomsbury Publishing, London.

Lektorat sowie die Übersetzung des Supplements ab Seite 243: Dagmar Kreye.
Buchgestaltung der englischen Originalausgabe: Malcolm Smythe.
Zeichnungen: Rob Shone, Neil Hyslop, Wolfgang Poppe.
Herstellung der deutschen Ausgabe:
Dieter Kohler & Bernd Leberfinger, Nördlingen.
Satz: Wagner GmbH, Nördlingen.
Druck: Appl, Wemding.
Einband: G. Lachenmaier, Reutlingen.
Printed in Germany.

Der Verlag dankt Dieter Kohler, Bernd Leberfinger und Dagmar Kreye für die besondere Hilfe bei der Realisation des Teils »Die Zeichen mehren sich«, ebenso Hans Schröpel, Wagner GmbH Nördlingen, und Günter Mayr, Repro-Technik Donauwörth, und den dortigen Mitarbeiter/inne/n.

Dieses Buch gibt es nur bei Zweitausendeins
im Versand (Postfach 610 637, D-6000 Frankfurt am Main 60) oder in den Zweitausendeins-Läden in Berlin, Essen, Frankfurt, Freiburg, Hamburg, Köln, München, Saarbrücken, Stuttgart.

In der Schweiz über buch 2000, Postfach 89,
CH-8910 Affoltern a. A.
In Österreich über den VKA-Buchladen und Versand,
Stiegengasse 20, Postfach 76, A-1060 Wien.

Im Sommer 1981 lenkte Pat Delgado die Aufmerksamkeit der englischen Öffentlichkeit auf die Existenz einiger mysteriöser Kreisformationen in den Feldern von Cheesefoot Head, Hampshire. Mit der Entdeckung ähnlicher Kreise in Südengland – viele von ihnen sind von erstaunlicher Symmetrie und Schönheit – hat sich aus der anfänglichen Neugier bald eine ernsthafte Forschung entwickelt. Schon beim ersten Blick auf die Fotos wird deutlich, weshalb diese Kreise so viele Fragen aufgeworfen haben, zum Beispiel die Frage, wie um alles in der Welt sie dorthin gekommen sind.

Die Autoren Pat Delgado und Colin Andrews begannen, Fallstudien zu sammeln, Interviews mit Bauern und anderen Zeugen zu führen und die Kreisformationen von Hügeln, aus der Luft und in Nahaufnahmen zu fotografieren. Mit jeder Flugbeobachtung und Ortsbesichtigung, mit jeder Messung und eingehenden Untersuchung tauchten neue seltsame Einzelheiten auf; Merkmale der Gruppierung und der Bodenmuster spiralförmig flachgelagerter Pflanzen im Kreis sowie die Tatsache, daß kaum je eine der betroffenen Pflanzen beschädigt war. Berichte über weitere anomale Vorfälle, über rätselhafte Begebenheiten, die möglicherweise mit den Kreisen in Zusammenhang stehen, und verwandte Beobachtungen aus anderen Ländern sind gleichfalls in ihre Dokumentation eingeflossen.

Natürlich wurden viele Theorien aufgestellt, seit die Existenz der Kornkreise der Öffentlichkeit bewußt geworden ist. Die Autoren haben alle diese Theorien durchdacht und überprüft. Mit diesem Buch wollen sie jedoch nicht mehr beweisen als die Tatsache, daß mitten unter uns ein hartnäckiges und unwiderstehlich faszinierendes Rätsel existiert.

Wir danken Wendy, Norah und Jan
für ihre ständige Hilfe und Unterstützung.
Besonderer Dank gilt auch Busty Taylor,
der viele hervorragende Fotos beisteuerte,
und seiner Frau Kathy;
ebenso danken wir Don Tuersly für sein
Interesse und seine Beobachtungen.

Besonderer Dank

Wir möchten allen Bauern danken, die Interesse an diesem Thema gezeigt und uns freundlicherweise den Zutritt zu ihrem Land gestattet haben: Mr. Hall, Corhampton, Hampshire; Mr. Botting, Longwood Estate, Hampshire; Mr. Grainger, Chilcomb, Hampshire; Mr. Stainer, South Wonston, Hampshire; Mr. Brown, Headbourne Worthy, Hampshire; Mr. Gibbons, Goodworth, Clatford, Hampshire; Mr. Tippets, Upton Scudamore, Wiltshire; Mr. Scull, Bratton, Wiltshire; Mr. Cooper, Bratton, Wiltshire; Mr. Gale, Bratton, Wiltshire; Mr. Bevan, Old Alresford, Hampshire; Mr. Matthews, Childrey, Oxfordshire; Mr. Watson, Stoughton, Leicestershire; Mrs. R. und J. Snook, Lavington, Wiltshire; Mr. Partridge, Yatesbury, Wiltshire; Mr. Flambert, Kimpton, Hampshire; Mr. Horton, Beckhampton, Wiltshire; Mr. Hughes, Silbury, Wiltshire; Mr. Wills, Litchfield, Hampshire; Mr. Sheppard, Bratton, Wiltshire; Mr. Guy, Chilcomb Farm, Hampshire; Mr. James, Hazeley Farm, Hampshire. Wir danken auch all jenen, die uns während unserer Forschungsarbeit den Zutritt zu ihrem Land gestattet haben und die hier nicht namentlich erwähnt sind.

Für die Erlaubnis, ihre Briefe abzudrucken, danken wir: B. Squires, Sydney; Bill Himmerman, Sarnia, Ontario; Colleen Kessler, Saskatchewan; Hugh Cochrane, Toronto; William A. Laux, Fauquier; J. E. Butler, Ottawa; Colin E. Chaplin, Belleville; Dennis J. Laughton, Calgary, Alberta; Alfred H. Beck, Pembroke, Ontario.

Für die Erlaubnis zum Abdruck ihrer Fotos danken wir: Nigel Taylor, Tim Martin, Ian Stevens, Barbara Hall, James Matthews, Peter Andrews, Rick Howell, Kenneth Spelman, dem *Andover Advertiser*, dem britischen Verteidigungsministerium, der Polizei und Busty Taylor. Alle anderen Fotos sind Eigentum der Autoren.

Das Bekannte ist endlich, das Unbekannte unendlich; intellektuell stehen wir auf einer kleinen Insel inmitten eines unermeßlichen Meeres des Unerklärlichen. Unsere Aufgabe ist es, in jeder Generation ein bißchen mehr Land zu gewinnen.

T. H. HUXLEY, 1825–1895

INHALT

EINLEITUNG

Die Welt ist voller Geheimnisse und wird dies auch in absehbarer Zukunft bleiben. Verschiedene Geheimnisse faszinieren unterschiedliche Menschen, die Kreisformationen in Kornfeldern, mit denen sich dieses Buch befaßt, haben jedoch in vielen Ländern die Phantasie eines breiten Querschnitts der Bevölkerung beschäftigt. Aufgrund des großen Interesses, das viele Menschen den Kreisen entgegenbringen, hat sich unsere kleine Untersuchungsgruppe entschlossen, die detaillierten Informationen zu veröffentlichen, die wir bislang über dieses Phänomen zusammengetragen haben.

Im Sommer 1981 fragte Dave Pemberton, einer meiner Golfpartner, mich nach meiner Ansicht über die möglichen Ursachen einiger Kreise flachgedrückten Korns, die sich in einem Getreidefeld der Umgebung gezeigt hatten. Offenbar waren solche Kornkreise vielfach schon in vorhergehenden Jahren hier und auch andernorts aufgetaucht. Ich hatte keine Ahnung, wovon er sprach, und konnte seine Beschreibungen mit keinem bekannten Phänomen in Verbindung bringen, aber mein Interesse war geweckt; noch am selben Tag sah ich mir das Gelände an.

Ich fuhr nach Cheesefoot Head; wie in ein natürliches Amphitheater sah ich von dort auf das Feld hinunter. Unter mir erstreckten sich in einer Linie drei große Kreise aus flach gelagertem Korn. Sie beeindruckten mich zutiefst. Ich weiß nicht, wie lange ich dort stand und auf sie niedersah, doch ich erinnere mich, daß ich bei ihrem Anblick im Geiste alle Möglichkeiten ihrer Entstehung durchging.

Später kam ich zu dem Schluß, daß ich diese Erfahrung anderen mitteilen sollte; ich nahm also Kontakt mit einigen überregionalen Zeitungen und den Rundfunk- und Fernsehsendern BBC und ITN auf. Sofort zogen Lokalzeitungen nach und brachten die Geschichte, so schnell sie nur konnten. Überall erschienen Fotos der Kornkreise, verbunden mit Spekulationen über ihre Entstehung. Und natürlich mußten die unvermeidlichen kleinen grünen Männchen als Verantwortliche herhalten.

Im Laufe der nächsten Jahre erreichten mich zahlreiche Anfragen interessierter Leute, und Interviews und Reportagen erschienen. Jeder wollte wissen, wie die Kreise zustande kämen, die sich nun auch an anderen Orten im Land fanden. Damals gab es erst sehr wenig Informationsmaterial zu diesem Phänomen. Über die »Tully-Kreise«, die 1966 in Australien entdeckt worden waren, lag am meisten Dokumentationsmaterial vor, doch eine kontinuierliche, tiefgreifende Untersuchung hatte noch nie stattgefunden.

1985 bemerkte der Sportflieger Busty Taylor vom Flugzeug aus in einem Weizenfeld tief unter sich eine Kreisformation. Er war so verblüfft über das Bild, das sich seinen Augen bot, daß er mit seiner Maschine fast abschmierte. Dann hörte er von den Kornkreisen in der Gegend um Cheesefoot Head; hier begegneten wir uns wenig später, als ich die diesjährige Kreisformation in der Punch Bowl untersuchte. Wir stellten fest, daß wir gut miteinander auskamen, eine Übereinstimmung, die mit der Zeit noch wuchs. 1983 nahm Colin Andrews Kontakt mit mir auf; wir merkten bald, daß wir auf derselben Wellenlänge lagen und es sinnvoll wäre, im Gespräch zu bleiben. Don Tuersly, der sich selbst einen interessierten Beobachter nennt,

begleitete uns bei einigen unserer Ortsbesichtigungen.
Der Gegenstand unserer Untersuchungen, Kreise und Ringe flachgedrückter Pflanzen in wachsendem Korn, hat sehr viele Leute in zahlreichen Ländern fasziniert und verwirrt. Es handelt sich bei diesen Kreisen um Flächen, auf denen das Korn spiralförmig flach am Boden liegt und mit dem Kreisrand die Form einer flachen Schüssel mit gerader Wand bildet. Bei den Ringen ist das Korn auf einer kreisrunden Bahn flachgedrückt. Manche Kreise sind von einem Ring umgeben, aber es gibt auch verschiedene andere Konfigurationen. Soweit uns bekannt ist, war dieses Phänomen in Großbritannien ursprünglich auf Südengland beschränkt; in jüngster Zeit sind jedoch auch in Leicestershire und Oxfordshire eine Kreisgruppe beziehungsweise ein Einzelkreis aufgetaucht. Auch in anderen Ländern wurden derartige Kreise entdeckt.
Die Kreise und Ringe weisen in den Ausprägungen ihrer Merkmale zahlreiche Abweichungen voneinander auf; so zum Beispiel hinsichtlich ihrer Formation, ihres »Bodenmusters«, der Wetterbedingungen, der Mondphasen zum Zeitpunkt ihrer Entstehung, der Lage und so weiter. Sobald wir glauben, eine Besonderheit geklärt zu haben, zeigt der nächste Kreis eine unerklärliche Variation, als wolle er sagen: »Und was macht ihr jetzt?«
Wir haben dieses Buch mit zahlreichen Abbildungen versehen, um Ihnen einen Eindruck zu vermitteln, der dem eigenen Augenschein nahekommt. Vielleicht sehen Sie etwas Neues: ein Detail, eine mögliche Verbindung zu einem Kraftfeld, oder Sie haben eine neue Idee, entdecken eine Ähnlichkeit mit einem anderen Phänomen oder ähnliches. Wir haben unzählige Aufnahmen gemacht, sind Hunderte Kilometer gefahren, haben sehr viele Leute befragt und stundenlang untereinander und mit anderen diskutiert und versucht, diese rätselhaften Erscheinungen zu verstehen.
In Kapitel 1 versuchen wir, anhand von Fotos und Beschreibungen der Ring- und Kreisformationen das Ausmaß und den komplexen Charakter dieses Phänomens deutlich zu machen. Die große Zahl der verschiedenen Lagen, Gruppierungen und Formationen ist sehr überraschend. Noch erstaunlicher sind einige Details innerhalb der Ringe und Kreise, und in Kapitel 2 und 3 versuchen wir, ihnen auf den Grund zu gehen. Ist schon das Phänomen als Ganzes ein Rätsel, so sind es die Details um so mehr. Wie oft standen wir schon völlig verblüfft in einem dieser Kreise und fragten uns: »Wie um alles in der Welt ist dieses Muster entstanden?«
Der letzte Teil des Buches befaßt sich mit der Geschichte des Kreisphänomens, mit unseren Meßmethoden, dem Auftreten der Kornkreise in anderen Teilen der Welt und mit verschiedenen Theorien und Schlußfolgerungen.
Vor dem Hintergrund verschiedener Berufe und unterschiedlicher Lebensläufe verbindet die Mitglieder unserer Untersuchungsgruppe das gemeinsame Interesse am Phänomen dieser Kreise und Ringe; wir alle haben jedoch – wie nicht anders zu erwarten – unterschiedliche Vorstellungen über seine Ursachen. Wir halten das für eine gesunde Grundlage unserer Arbeit. Es verhindert Engstirnigkeit – wie unbeabsichtigt sie auch sein mag – und hält uns geistig aufgeschlossen.
Colin ist leitender Elektroingenieur des Stromversorgungsunternehmens Test Valley Borough Council; er ist dort verantwortlich für Stromversorgungseinrichtungen in West-Hampshire sowie für die Entwicklung, Durchführung und Einhaltung von Vorkehrungen für alle zivilen Katastrophenfälle. Busty ist Fahrlehrer und betreibt eine eigene Fahrschule. Als Sportflieger bot er den übrigen Mitgliedern unserer Gruppe die Möglichkeit, mit

ihm zu fliegen; die Luftaufnahmen, die so entstanden sind, gehören zu den beeindruckendsten Bildern des vorliegenden Buches. Don ist Schildermaler im Ruhestand und interessiert an der Kontroverse über UFOs. Ich selbst bin Ingenieur für Elektromaschinenbau und ebenfalls im Ruhestand. Zuletzt habe ich an der Entwicklung elektrochemischer Analyseeinrichtungen gearbeitet, wie sie in Kernkraftwerken verwendet werden, sowie an der Entwicklung von Windmühlen zur Stromerzeugung. Vorher war ich sieben Jahre in der Wüste Australiens, wo ich zunächst für das British Missile Testing Range und später an einer Weltraum-Bodenstation für die NASA gearbeitet habe. Diese Arbeit weckte mein Interesse an ungewöhnlichen oder unerklärlichen Phänomenen.

Nach der Lektüre des gesamten Dokumentationsmaterials könnte die Vermutung aufkommen, daß die Kreise von jemandem stammen, der sich einen Scherz erlauben wollte. Aufgrund beträchtlicher Erfahrungen sind wir der Ansicht, daß ein »echter« Kornkreis bestimmte Merkmale aufweist, die sich auf keinen Fall maschinell oder manuell herstellen lassen. Und das ist das Kernproblem: Wie sind die Kreise in dieser Form entstanden? Die Frage ist äußerst schwer zu beantworten, vor allem unter Berücksichtigung der folgenden Fakten: Die Kreise entstehen gewöhnlich über Nacht; die Getreidehalme der betroffenen Flächen sind normalerweise völlig unversehrt; in den Kreisen wird das Korn flachgedrückt, ganz gleich, ob es grün ist, grün und naß, grün und trocken, reif und naß oder reif und trocken; sie entstehen bei trockener ebenso wie bei feuchter Witterung, bei kaltem wie bei warmem Wetter.

Das »Warum« ist eine ganz andere Frage. Könnten wir darauf eine Antwort geben, dann wären wir vermutlich auch in der Lage, Erklärungen für manch andere Phänomene zu geben, die Parallelen zu diesem Thema aufweisen. Sollten Sie nach eingehendem Studium der hier zusammengetragenen Materialien den Eindruck haben, Sie hätten eine Erklärung gefunden, die allen beschriebenen Merkmalen gerecht wird, dann hätten Sie eines der Rätsel dieser Welt gelöst. Dieses Buch ist nicht mehr als eine Zusammenstellung des Materials über rätselhafte Erscheinungen, die wir vor Ort angesehen, überflogen, fotografiert, ausgemessen und in allen Einzelheiten sorgfältig untersucht haben und die wir Ihnen hiermit vorstellen, um Ihre Neugier zu stillen oder Sie auch zu tiefergehenden Studien anzuregen. Wir wollten mit dieser Arbeit nicht mehr beweisen als die Tatsache, daß es echte, anomale Kreis- und Ringformationen in Kornfeldern gibt und wahrscheinlich schon seit etlichen Jahren gegeben hat.

Welche Kraft bringt diese seltsamen Phänomene hervor? Es ist uns klar, daß jene, die dem Unbekannten den mysteriösen Schleier nehmen wollen, den Bluff als Erklärung favorisieren; wir überlassen es daher Ihnen, den Versuch einer rationalen Erklärung zu unternehmen, nachdem Sie alle Komplikationen, Inkonsistenzen und Fakten berücksichtigt haben, die sich mit bisherigen wissenschaftlichen Erkenntnissen nicht vereinbaren lassen. Es bedarf dazu vermutlich nicht des Genies, sondern allein des folgerichtigen Denkens.

PAT DELGADO
September 1988

KAPITEL 1

DIE FAKTEN

(Soweit nicht anders angegeben, stammen alle Beschreibungen von Colin Andrews)

Abbildung 1.

HEADBOURNE WORTHY, 1978

Im Sommer 1978 erntete Ian Stevens mit seinem Mähdrescher ein Weizenfeld in der Nähe von Headbourne Worthy in Hampshire ab, als er ein Stück weit im Feld auf eine große Kreisfläche stieß. Innerhalb des Kreises war das Korn flach auf den Boden gedrückt; in gebogenen Strahlen liefen die Halme vom Kreismittelpunkt zum Rand und bildeten eine im Uhrzeigersinn gewundene Spirale. Stevens brachte seine Maschine zum Stehen; nun bemerkte er vier kleinere Kreise, die gleichmäßig um den großen Mittelkreis verteilt zu sein schienen. Die Formation sah aus wie die fünf Augen auf einem Würfel.

Verblüfft über seine Entdeckung lenkte er seinen Mähdrescher um die Kreisformation herum, um sie nicht zu zerstören, und setzte seine Erntearbeit bis zur Mittagszeit fort. Als er nach Hause kam, drängte er seine Frau und seine Töchter, sich die Sache anzusehen.

Abbildung 1 nahm Stevens aus dem Mittelkreis heraus auf; im Hintergrund sehen Sie seine Familie das Feld verlassen. Hinter der Hecke (Bildmitte von links nach rechts) verläuft die A34 von Southampton in die Midlands. Entlang der Straße fanden sich nördlich von Winchester noch viele solcher rätselhaften Kreise. Stevens selbst sah eine ganze Reihe Kreise dieser Art, doch zum erstenmal sah er sie hier in einer solchen Konfiguration.

Das erste Mal sah er 1976 westlich der A34 einen Einzelkreis, der von der Straße aus gut zu sehen war. Er hatte einen Durchmesser von 6,50 Metern; im Innern des Kreises lagen die Pflanzen wie bei seinem jüngsten Fund spiralförmig flach am Boden. Etwa sieben Wochen nach dem Auftauchen dieses ersten Kreises beobachtete eine Mrs. Bowles nur ein Stück weiter die Straße hinunter ein UFO. Seitdem sind in dieser Gegend jeden Sommer solche Kornkreise aufgetaucht.

Abbildung 2.

LITCHFIELD, 1981

Etwas nördlich von Litchfield, einem Ort an der A34, liegt Seven Barrows, eine prähistorische Grabstätte. Im Sommer 1981 tauchten hier in einem Feld, das an zwei alten Grabhügeln entlanglief, zwei weitere Kreise auf. Sie hatten einen Durchmesser von ungefähr 15 Metern; von einem ist bekannt, daß das Korn in einer rechtsläufigen Spirale lag. Eine gedachte Linie durch die Mittelpunkte der beiden Kreise verlief parallel zur Verbindungslinie zwischen den beiden Grabhügeln, die einige Meter nördlich der Kreise lagen. Auch der Durchmesser der Grabhügel stimmte mit dem der beiden über Nacht entstandenen Kornkreise überein. Aus der Luft hätten sie wie zwei nebeneinanderliegende identische Kreispaare gewirkt.

Diese Fundstätte war aus verschiedenen Gründen interessant. Die beiden prähistorischen Grabhügel erheben sich unberührt aus ihrer Umgebung. Sie liegen westlich der Straße fast unmittelbar unter einer 400 000 Volt Hochspannungsleitung, die zum nationalen Überlandnetz gehört. Parallel zur Straße verläuft in Nord-Süd-Richtung eine stillgelegte Eisenbahnlinie. Beim Bau der Straße und der Bahnlinie wurde der größte Teil von Seven Barrows zerstört.

Die beiden Kreise entstanden auf rätselhafte Weise; obwohl die Stelle nicht weit von einer sehr belebten Straße liegt, hat wie gewöhnlich niemand etwas Außergewöhnliches beobachtet. Tausende Passanten konnten auf ihrer Fahrt von den Midlands in den Süden die Kreise aus ihren Autos, Bussen und Lastwagen sehen, aber niemand fand heraus, wie sie entstanden sind.

Die Ortsansässigen, vor allem der Landwirt Geoff Thompson und seine Arbeiter, erkannten, daß hier etwas Merkwürdiges vor sich ging. Sie untersuchten die beiden großen Kreisflächen in allen Einzelheiten, konnten sich aber die Ursachen dieses Phänomens nicht erklären. So etwas hatten sie noch nie zuvor gesehen. Tim Martin, der als Werkstudent auf dem Hof arbeitete, dachte, wie er mir erzählte, die Ursache könnte bei den Armeehubschraubern zu suchen sein, die dieses Gebiet häufig im Tiefflug überflogen. Abbildung 2 nahm Martin von der A34 mit Blick nach Westen auf einen der Kreise auf. Er erklärte: »Ich habe von ähnlichen Kreisen gehört, die in der Nähe von Militärgeländen in Warminster, auf der Salisbury Plain in Wiltshire und in Wantage, Oxfordshire, aufgetaucht sind.« Auch wir wußten von anderen Militärgebieten, konnten aber zu diesem Zeitpunkt noch keine Schlüsse daraus ziehen.

Noch rätselhafter wurde es, als 1982 am gleichen Ort wieder zwei Kreise entstanden, nur wenige Meter von der Stelle entfernt, an der im Vorjahr die Kreise aufgetaucht waren.

Abbildung 3.

The Punch Bowl, Cheesefoot Head, 1981

Diese Fundstelle erweckte als erste landesweites Interesse an den Kreisen in Kornfeldern. Abbildung 3 zeigt die Dreiergruppe, über die Rundfunk, Fernsehen und Presse eingehend berichteten. Es waren die ersten Kornkreise, die ich aus der Nähe sah; sie haben mich zutiefst beeindruckt.

Ich erinnere mich, daß ich gefragt wurde, was ich über diese Kreise dachte, bevor ich sie gesehen hatte. Es stellte sich heraus, daß sie weitaus schöner und ebenmäßiger waren, als ich es mir nach den Beschreibungen vorgestellt hatte. Der Mittelkreis hatte einen Durchmesser von 17 Metern, die kleineren von 8,50 Metern. Alle drei wiesen ein Spiralmuster im Uhrzeigersinn auf und waren offenbar Ende Juli entstanden. Was ich sah, beeindruckte mich so stark, daß ich zu dem Schluß kam, ich müsse die Öffentlichkeit darüber informieren.

Seitdem sind durch meine Nachforschungen noch viele weitere Kornkreise bekannt geworden, die schon vor 1981 in verschiedenen Teilen der Welt, England inbegriffen, beobachtet wurden. Diesen Kreisen hier gebührt jedoch die Ehre, eine Woge des Interesses und den Informationsaustausch über dieses Phänomen ins Rollen gebracht zu haben.

Es ist wichtig, anzumerken, daß auf diesem Bild keine deutlichen Treckerspuren im Feld zu sehen sind, da die Landwirte das Getreide damals nur in minimalem Umfang gespritzt haben. In späteren Jahren setzten sie Traktoren ein, um das Getreide intensiver mit Schädlingsbekämpfungsmitteln zu spritzen.

Abbildung 4.

LITCHFIELD, 1982

1982 tauchten in einem Feld neben Seven Barrows wie bereits im Vorjahr zwei Kreisflächen mit flach gelagertem Korn auf. In beiden Kreisen bildete das Getreide das Muster einer rechtsläufigen Spirale. Einer der Kreise hatte einen Durchmesser von 12 Metern, der andere war mit 9 Metern Durchmesser etwas kleiner. An der Peripherie des Kreises stand das Korn aufrecht und völlig unversehrt. Derrick Goddard nahm Abbildung 4 von der Westseite der A34 auf. Goddard ist leitender Angestellter einer Wartungsfirma für Landmaschinen und lebt in der Nähe von Winchester. Bei seinen Reparaturarbeiten an Landmaschinen kommt er auf Bauernhöfe in ganz Südengland und hat Pat Delgado über mehrere Jahre hinweg von Kornkreisfunden unterrichtet. Bei seinen Reisen entdeckte er diese beiden flachgedrückten Stellen in einem Weizenfeld. Pat Delgado war der einzige, der Interesse daran zeigte, abgesehen von Goddards Freunden Petronel und Martin Payne, die auf Longwood Estate bei Cheesefoot Head arbeiten. Sie zeigten sich ebenfalls sehr interessiert an Goddards Bericht, weil sie wußten, daß schon früher ähnliche Kreise auf dem Gut aufgetaucht waren. Sie hatten mit Angestellten gesprochen, die solche Kreise 1979 beobachtet hatten, und seitdem hatten sie und andere mehrere Kreise in der Umgebung entdeckt.

Derrick Goddard kam mit drei Kollegen nach Litchfield zurück. Als sie sich genauer umsahen, fanden sie nördlich der beiden Kreise noch eine kleine Fläche flach liegenden Korns; sie lag am Feldrand, der an das Feld mit den beiden Grabhügeln angrenzte. Die Fläche sah aus wie das Segment eines Kreises, von dem zwei Drittel nicht erkennbar waren, weil dort eine Hecke stand. Das Gras am Feldrain war ebenso unberührt wie die Hecke.

Die historische Bedeutung dieses Fundortes beruhte nicht allein auf den prähistorischen Grabhügeln. Geoffrey de Havilland war am 10. September 1910 wenige Meter nördlich der Fundstelle zu seinem ersten Flug gestartet; und 700 Meter weiter nördlich liegt die Grabstätte des Fifth Earl of Caernarvon, der 1923 starb, kurz nachdem er das Grab Tutanchamuns entdeckt hatte. Zwischen den beiden Feldern verläuft der alte Fußreiseweg von Ost- nach Westengland.

1986 unterhielt ich mich mit dem Bauern Geoff Thompson. Er sagte mir, er habe derartige Kreise vor 1981 noch nie gesehen und seit 1982 auch nicht wieder; er könne sich nicht erklären, wie sie zustande kämen.

Ehe ich das Dorf verließ, traf ich mich mit Albert Bunce, einem ehemaligen Landwirtschaftsgehilfen. Er erklärte, er habe 1982 zwei Kornkreise gesehen, und seitdem seien in der Nähe dieser Stelle viele Unfälle passiert. Da ich seit 15 Jahren bei der freiwilligen Feuerwehr von Hampshire bin, kann ich das bestätigen.

Abbildung 5.

HEADBOURNE WORTHY, *1982*

In Headbourne Worthy, etwa 20 Kilometer südlich von Litchfield, tauchen fast alljährlich rätselhafte Kreise im Korn auf. Der Landwirt Tim Brown erklärte: »Keiner sieht je, wie sie entstehen; gewöhnlich stoßen wir darauf, wenn wir auf den Feldern arbeiten.«

Ian Stevens, der 1978 hier einen Kreis entdeckt hatte (s. S. 17), ist als Landwirtschaftsgehilfe auf Browns Hof beschäftigt. Er fand auch diesen Einzelkreis mit einem Durchmesser von 11,50 Metern. Im Kreisinneren lag das Korn in einer rechtsläufigen Spirale flach am Boden. Auch diese Stelle lag nahe der befahrenen A34, dieses Mal jedoch auf der Nordseite. Stevens nahm Abbildung 5 von seinem Mähdrescher aus auf. Wie er sich erinnerte, war er sehr überrascht, daß keine der Pflanzen beschädigt war, obwohl sie sehr fest zu Boden gepreßt waren und in einem äußerst dichten Spiralmuster lagen. »Es war, als wäre etwas aus der Luft auf dem Kornfeld gelandet und wieder aufgestiegen«, berichtete er. »Ich weiß nicht, wie ich mir diese Dinge erklären soll«.

Abbildung 6.

Cheesefoot Head, 1983

Die Kreisformation auf Abbildung 6 war, soweit wir es nach unseren ausgedehnten Nachforschungen beurteilen können, die erste Fünfergruppe, die in Cheesefoot Head auftauchte. Nach den Medienberichten über die Dreiergruppe der Kornkreise aus dem Jahr 1981 war das Interesse an diesem Phänomen gewachsen. Daher trauten sich nun immer wieder Leute in das Kornfeld hinein, um die rätselhafte Kreisformation aus der Nähe zu betrachten.

Der große Kreis maß 16 Meter im Durchmesser, die Satellitenkreise je 4 Meter. Die Gruppe lag etwa 50 Meter nördlich der Stelle, an der 1981 die Kreisformation aufgetreten war, gemessen an der Entfernung der Kreismittelpunkte. Die Laufspur, die auf dem Foto zu sehen ist, stammt von einem Neugierigen, der das Feld ohne Erlaubnis des Bauern betreten hat.

Abbildung 7.

CORHAMPTON, 1984

Zwei Forschungsinstitute, die eine Umfrage unter Getreidebauern in Hampshire und Wiltshire durchgeführt hatten, leiteten Fragebogen, in denen Landwirte angegeben hatten, daß sie Kornkreise entdeckt hätten, zu weiteren Nachforschungen an mich weiter.

Einer dieser Fragebogen kam von Charles Hall von der Corhampton Lane Farm in Süd-Hampshire. Da dies ein neuer Fundort war, brannte ich darauf, Hall aufzusuchen, sobald die Arbeit auf dem Hof es zuließ. Ich traf Hall zusammen mit Pat Lanham, der auf dem Hof beschäftigt war. Hall erzählte mir, daß seine Frau Barbara den Kreis als erste bei einem Ausritt in der ersten Augustwoche 1984 bemerkt hatte. Sie holte ihren Fotoapparat und kehrte sofort zu dem Feld zurück, auf dem Pat Lanham gerade mit der Ernte beschäftigt war. Pat hatte neben dem Kreis angehalten und starrte ihn ungläubig an.

Mrs. Hall kletterte auf Pats Mähdrescher und machte mehrere Aufnahmen. Auf Abbildung 7 – einer dieser Aufnahmen – sehen Sie ihren Sohn im Kreisinneren stehen. Auf einer Kreisfläche von 25,60 Metern im Durchmesser lag das Korn in einer dichten Spirale im Uhrzeigersinn am Boden.

Ich fragte den Landwirt, ob es in der Nähe des Kreises wasserspeichernde Teiche oder Sammelbecken gebe. Er antwortete: »Ja, etwa fünf oder sechs Meter vom Rand der Stelle entfernt, an der wir den Kreis gefunden haben, ist ein alter Tauteich. Wir haben ihn vor ein paar Jahren zugeschüttet, aber 1984, als der Kreis entstand, war er noch da.«

Neben anderen möglichen Zusammenhängen hatte ich bemerkt, daß auf vielen Fundstellen Tauteiche, Sammelbecken und unterirdische Wasserspeicher dicht bei den Kreisen lagen. Hall erwähnte einen zweiten Tauteich im Nordteil seines Anwesens, der noch in Betrieb war.

Nur wenige Wochen nach meinem Gespräch mit Hall fand sich ein zweiter Kreis im nördlichen Teil seines Besitzes, nur 100 Meter von diesem anderen Tauteich entfernt.

Abbildung 8.

Matterly Farm, Gander Down, 1985

An einem Samstagmorgen fuhren meine Frau und ich auf der A31 von Alresford nach Winchester. Es war ein herrlich sonniger Morgen; zwischen Getreidefeldern hindurch fuhren wir den Hügel hinter der Matterly Farm hinauf. Als wir uns der Hügelkuppe näherten, bemerkte ich in einem Feld unmittelbar hinter einem Rastplatz eine Gruppe von fünf Kreisen im Korn, die wie die Augen auf einem Würfel angeordnet waren. Ich bog auf den Parkplatz ein und starrte verwundert auf die Kreise, die noch keine 12 Stunden alt waren. Das konnte ich mit Gewißheit sagen, denn ich hatte all diese Felder noch am Vorabend auf meiner täglichen Rundfahrt überprüft.

Während ich die Kreise fotografierte, hielten einige Leute an, um zu sehen, was ich dort so interessant fände. Später rief ich eine private Fernsehgesellschaft an, die sich sofort für meinen Bericht interessierte. Am nächsten Morgen fuhren ein Reporter und ein Kameramann mit mir zu dem Feld hinaus, um detaillierte Aufnahmen von den Kreisen zu machen.

Der große Mittelkreis maß im Durchmesser 16 Meter, die vier kleineren Satellitenkreise jeweils 3,20 Meter. In allen fünf Kreisen lag das Korn spiralförmig im Uhrzeigersinn flach am Boden, wie Sie auf Abbildung 8 erkennen können. Die Kreisränder waren, von ganz geringen Auszahnungen abgesehen, scharf gezeichnet; von den flachgedrückten Halmen schien keiner beschädigt zu sein. Die Kreisgruppe blieb sieben Wochen lang nahezu unverändert so, wie wir sie gefunden hatten; dann wurde das Feld abgeerntet. Einige Laufspuren entstanden durch Schaulustige, die sehr zum verständlichen Ärger des Bauern quer durch das Feld liefen, statt die Treckerspuren zu benutzen.

Einige Wochen, nachdem das Feld abgeerntet und umgepflügt worden war, entstanden auf dem Feld fünf grüne Kreise, in denen das Korn aus den reifen Ähren des flach liegenden Weizens herausgefallen war und gekeimt hatte.

Zu der Zeit, als die Kreise entstanden, war das Getreide noch recht grün; die liegenden Halme zeigten jedoch keinerlei Tendenz, sich wieder aufzurichten. Sie wuchsen bis zur Reife horizontal weiter wie in allen anderen Fällen, in denen dieses Phänomen beobachtet wurde. Ganz gleich, um welche Getreideart es sich handelt, scheint dieses Phänomen zu bewirken, daß die Pflanzen in horizontaler Richtung weiterwachsen.

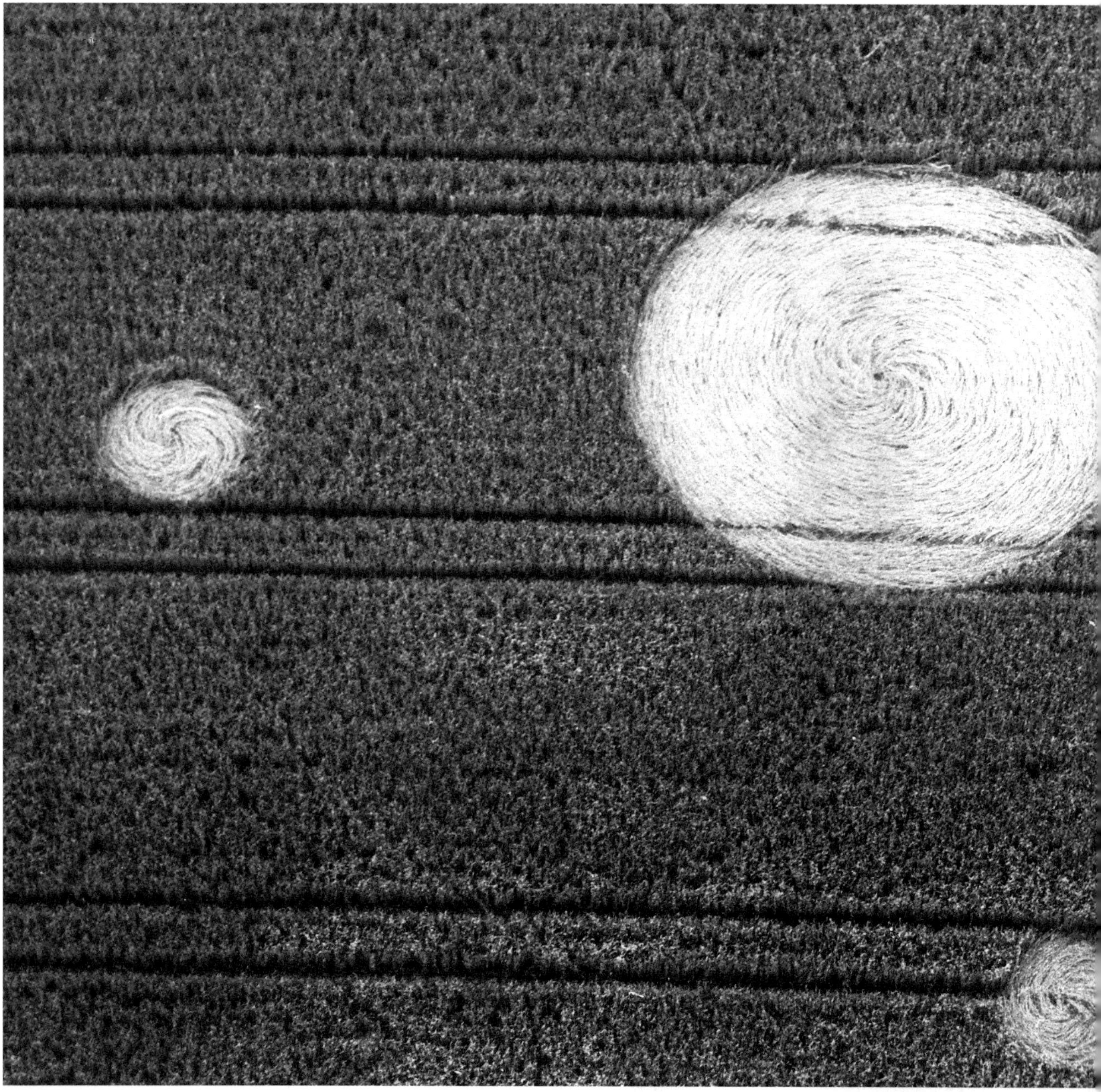

Abbildung 9.

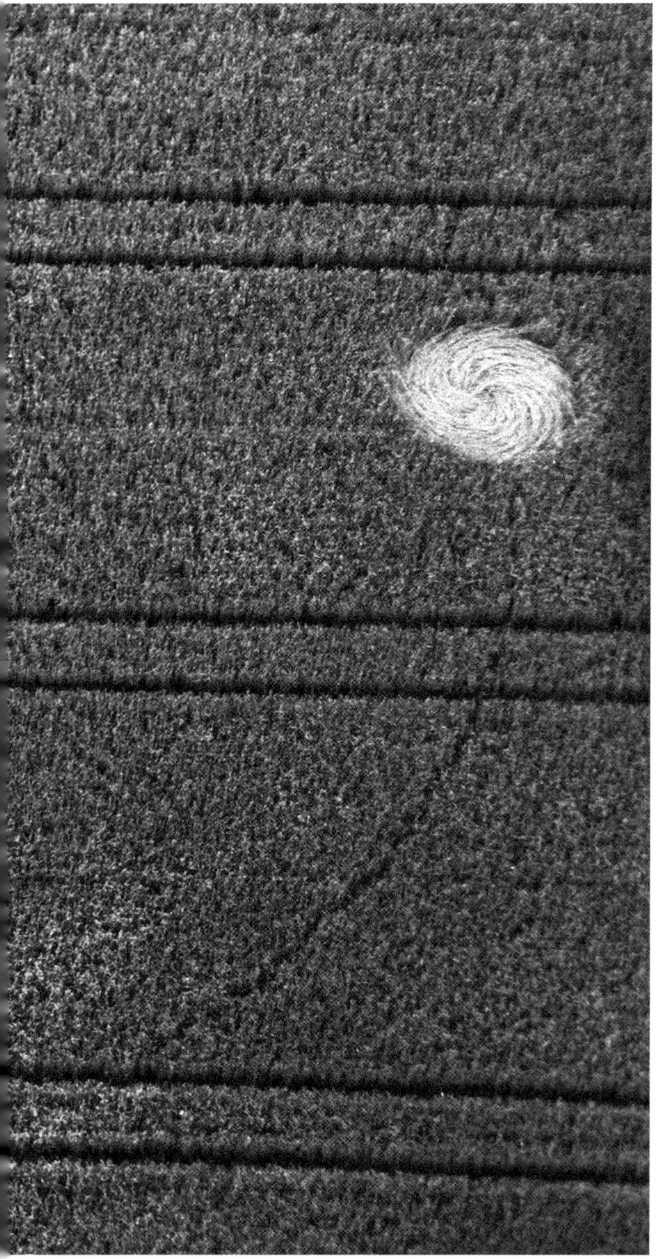

Goodworth Clatford, 1985

Busty Taylor, Sportflieger und Mitglied unserer Forschungsgruppe, hatte bis Samstag, den 3. August 1985, noch nie etwas vom Phänomen der Kornkreise gesehen oder gehört. An diesem Tag startete er mit seinem Sportflugzeug von der berühmten Rennstrecke in Thruxton, westlich von Andover in Hampshire, flog in Richtung Andover und von dort südlich nach Stockbridge. Kurz bevor er Sichtkontakt mit Stockbridge bekam, entdeckte er unter sich eine phantastische Formation aus fünf ebenmäßigen Kreisen, die deutlich in ein Kornfeld eingeprägt waren. Busty und seine beiden Passagiere konnten sich diese Entdeckung nicht erklären und merkten sich die ungefähre Position des Flugzeugs. »Die Kreise sahen von oben aus wie fünf Katharinenräder«, berichtete Busty. In dieser Nacht fand er keinen Schlaf, weil er sich in Gedanken vorzustellen versuchte, wie sie zustande gekommen waren.

Am nächsten Morgen war er wieder auf dem Flugplatz und versuchte, die fünf Kreise wiederzufinden, um sie zu fotografieren. Was in fünf Minuten hätte erledigt sein sollen, dauerte eine halbe Stunde, denn die entlegene Stelle war schwieriger zu finden, als er gedacht hatte. Als er nun aus 152 Metern Höhe Aufnahmen machte, konnte er die Kreise genauer betrachten. Die Spitzen an der Peripherie der Kreise waren ebenso beeindruckend wie das Spiralmuster, das wieder auf den Kreismittelpunkt zulief. Jetzt war er noch verwirrter.

Am Nachmittag des folgenden Tages fuhr er mit einem Reporter und einem Fotografen des *Andover Advertiser* zu dem Feld hinaus. Als sie eben einen der kleineren Satellitenkreise erreicht hatten – sorgfältig darauf bedacht, kein Korn zu zertreten –, tauchte aus Richtung des alten Forts bei Danebury Ring ein Armeehubschrauber auf. Er flog direkt auf sie zu und blieb einige Minuten über ihnen in der Luft stehen. Als er sich langsam entfernte, bemerkte Busty, der in den Kreis hinuntersah, plötzlich einen grellblauen Blitz wie das Blitzlicht eines Fotoapparats. Die Journalisten sahen noch dem Hubschrauber nach, der in einiger Entfernung wendete und wieder auf sie zuflog; sie bemerkten den Blitz daher nicht. Es gibt noch andere Berichte von grellen Blitzen, die in der Umgebung von Kornkreisen gesichtet wurden (siehe S. 95 f.).

Im Gespräch mit einem höheren Armeeoffizier erfuhren wir später von einem Bericht an das Verteidigungsministerium über einen Kreis im Korn, der einen Durchmesser von etwa 12 Metern hatte und in dem das Getreide spiralförmig im Uhrzeigersinn am Boden lag. Der Weizen an der Kreisperipherie stand völlig unberührt aufrecht. Um diesen Kreis waren vier kleinere Kreise von etwa 3,60 Metern Durchmesser in einem Quadrat angeordnet, dessen Eckpunkte exakt in Nord-Süd- und Ost-West-Richtung ausgerichtet waren. Ihre Mittelpunkte waren etwa 43 Schritte vom Mittelpunkt des großen Kreises entfernt. Weitere Hinweise auf ein militärisches Interesse an diesen ungewöhnlichen Erscheinungen finden sich an anderer Stelle dieses Buches.

Abbildung 9 wurde aus einem Hubschrauber aufgenommen. Drei der Satellitenkreise waren durch eine Kreisbahn verbunden, die durch die Kreismittelpunkte verlief. Die Pflanzen auf dieser Bahn waren nicht wie die anderen flach auf den Boden gepreßt, sondern ließen nur die Köpfe hängen.

Abbildung 10.

Auf Abbildung 10 sehen Sie meinen Vater, Gordon Andrews, das Bodenmuster des großen Kreises in der Nähe der Stelle untersuchen, an der Busty vorher eine glänzende, weiße, gallertartige Masse gefunden hatte, die bislang noch nicht identifiziert ist. Sie wurde an der University of Surrey in Guildford und in den Albury Laboratories, einem staatlichen Versuchslabor in Surrey, analysiert.

Die Abbildungen 11 und 12 zeigen die Untersuchungsberichte dieser beiden Institute. Nachdem man im Institut der Universität bereits zu einem Ergebnis gekommen war, entschloß man sich, die Probe noch einem Test mit Fehlingscher Lösung zu unterziehen; er fiel negativ aus, während handelsübliche Süßigkeiten und Honig ein positives Ergebnis erbringen.

Pat und Jack Collins, beide im Ruhestand, gaben bei der Polizeistation von Hampshire an, am Abend des 6. Juli 1985 ein UFO gesehen zu haben. Als sie auf der A272 durch das Stockbridge Down fuhren, sahen sie ein riesiges kreisrundes Objekt, das aufrecht auf der Kante stand wie ein Riesenrad. Es schwebte unbewegt dicht über dem Boden. »Wir waren nur knapp 200 Meter von ihm entfernt«, erzählte mir Mrs. Collins, »und es hatte viele gelblich weiße Lichter um den ganzen Außenrand herum und noch weitere Lichter auf den Speichen, die zum Mittelpunkt zuliefen.« Sie waren zutiefst erschrocken. Zwei Streifenwagen suchten die Umgebung ab, fanden aber nichts. Am nächsten Morgen wurden die fünf rätselhaften Kreise bei Alresford (siehe Abb. 8, S. 30) und später die Fünfergruppe in Goodworth Clatford entdeckt. Die beiden Fundorte der Kornkreise und die Stelle, an der das UFO gesichtet wurde, liegen auf einer Geraden. Ein ebensolches radähnliches UFO wurde von vier Leuten im August 1982 zwischen zwei Fundorten von Kornkreisen in der Nähe von Warminster gesichtet.

UNIVERSITY OF SURREY

Guildford Surrey   Guildford (0483) 71281   Telex 85331

Report on Sample 'SIGAP 11/8/85'

Initial examination by optical microscopy was undertaken by Dr.Moss. He did not find any evidence to indicate that it was a slime mould (Myxomycetes) as had been suspected. He noted the following :-

1) A large number of starch grains,which were identified by their reaction with iodine solution.
2) Crystals which effervesced with dilute acid, thought to be calcium carbonate.
3) The absence of slow dissolving crystals such as sugar.
4) A small number of cell structures which were thought to be of plant origin.
5) A large number of bacteria were present.

The conclusion he reached was that the sample was some kind of confectionary which had gone off,he also noted a slight smell of honey.

The sample was further examined as follows:-

1) The sample was shaken with water. It was incompletley soluble and showed some frothing.

2) A test for reducing sugars was made with Fehling's solution. This was negative. Glucose syrup used in most commercial sweets and honey give a positive reaction with this test.

Abbildung 11. (Übersetzung s. S. 190)

NATLAS
NATIONAL TESTING
LABORATORY
ACCREDITATION
SCHEME
NATLAS REG. NO. 0029

ALBURY LABORATORIES LTD.

Received from yourself three samples for examination:

1. Soil in "ring"
2. Soil control sample
3. Jelly like material from "ring " centre.

These were subjected initially to a scan for radiation and no X or Gamma radiation was emitted from any of the samples.

The two soils were compared for pH and nitrate and the values obtained are given below:

	Sample 1.	Sample 2.
pH	6.7	6.8
% nitrogen	0.40	0.35

All samples were viewed in normal and ultraviolet light and no differences were observed.

Sample 3 the jelly was examined bacteriologically and found to contain normal soil flora e.g. Bacillus s.p. and coliform organisms. No distinctive or unusual features were observed.

Abbildung 12. (Übersetzung s. S. 190)

Abbildung 13.

Upper Farm, Headbourne Worthy, 1986

Busty Taylor entdeckte diesen Kornkreis am Vormittag des 1. August 1986. Als er das Gebiet am Abend vorher überprüfte, war der Kreis noch nicht dort. In Fällen wie diesen erweist es sich als sehr nützlich, daß wir darin geübt sind, die Kreise sofort zu erkennen. Auf der B3420 zwischen Winchester und Andover liegt dieses Feld von der Straße aus an einem leichten Abhang; die Hecke läßt nur an einer Stelle eine Lücke, die groß genug ist, um das Feld mit einem schnellen Blick zu überschauen.

Ich verabredete mich später mit Don Tuersly am Eingang des Feldes. Don fuhr jedoch zuerst auf den Bauernhof und bat den Landwirt Simon Brown um Erlaubnis, sein Feld zu betreten. Brown fragte Don, um welches Feld es sich handele, und sagte, als er es erfuhr: »Ah, es ist also dies Jahr in diesem Feld?« Als Don sich erkundigte, was er damit meine, antwortete er: »Mein Vater hat mich schon immer auf diese Kreise aufmerksam gemacht, als ich noch ein junger Bursche war. Sie sind in den letzten 28 Jahren, an die ich mich erinnern kann, fast jedes Jahr in einem meiner Felder aufgetaucht.« Anscheinend hatte er nicht das Gefühl, damit etwas Sensationelles zu sagen; er benahm sich, als hielte er das für ziemlich alltäglich. Er erlaubte uns, sein Gerstenfeld zu betreten; unsere Messungen ergaben, daß die betreffende Fläche einen Durchmesser von 17,40 Metern hatte und einen fast ebenmäßigen Kreis bildete. Das Korn lag spiralförmig entgegen dem Uhrzeigersinn flach am Boden, die Spiralstränge waren sehr deutlich ausgeprägt. Das Spiralzentrum hatte einen Durchmesser von 10 Zentimetern; es war wie eine Vase oder Schüssel geformt und 20 Zentimeter tief. Die Kreisperipherie verlief in einer sauberen Linie ohne Zacken; lediglich an den Stellen, an denen Treckerspuren den Kreisrand durchschnitten, waren leichte Ausbuchtungen zu erkennen.

Es war das Musterbeispiel eines großen Einzelkreises, in dem die Halme unbeschädigt fest zu Boden gedrückt lagen. Das Feld lag inmitten einer sanften Hügellandschaft an einem Abhang, der leicht von Nordosten nach Südwesten abfiel. Der Kreis war vom Feldrand aus kaum zu sehen. Nur aus der Luft war ein guter Blick darauf möglich; Busty flog mit uns ein paar Tage später über das Gelände, um Aufnahmen zu machen; bei dieser Gelegenheit entstand auch Abbildung 13. Abbildung 14 ist einige Wochen später am 8. Oktober nach der Ernte aufgenommen.

Pat Delgado

Am Samstag, den 16. August, war ich um 12.45 Uhr mit einem Kollegen in der Down Farm Lane bei Headbourne Worthy verabredet. Die Straße ist eine südliche Parallelstraße der A34, die am Three Maids Hill Kreisverkehr, der Kreuzung zwischen A34 und B3420, abzweigt. Es war ein warmer sonniger Tag, und nur ein oder zwei kleine, weiße Kumuluswolken zogen von Südwesten langsam herüber. Mein Wagen stand mit Blick nach Südosten, das Seitenfenster auf der Fahrerseite war geöffnet. Als ich um 12.25 Uhr in den blauen Himmel hinaufsah, erblickte ich ein kleines, graues, diskusförmiges Objekt, das zwischen mir und Winchester hoch oben am Himmel schwebte. Mit hoher Geschwindigkeit schoß es in einem Ruck nach Südwesten und verschwand hinter einer der kleinen Wolken, die in Gegenrichtung zogen. Ich starrte auf die Wolke, in der festen Überzeugung, daß das Objekt wieder auftauchen müßte; aber es erschien nicht. Nach ein paar Minuten wurde mir klar, daß es offensichtlich nicht wieder zum Vorschein kommen würde. Hatte ich sein Auftauchen verpaßt, als ich die Wolke beobachtete, oder war es unsichtbar geblieben? Ich war zutiefst verwirrt.

Abbildung 14.

Abbildung 15.

CHEESEFOOT HEAD, 1986

Abbildung 15 entstand bei einem unserer Beobachtungsflüge am 23. August. In der Bildmitte sehen Sie den von einem Ring umgebenen Kreis in der Punch Bowl bei Cheesefoot Head, der am 5. Juli entdeckt wurde. Die kleinere eingedrückte Fläche links davon stammt von Jugendlichen, die sich einen Scherz erlaubt haben; am oberen rechten Bildrand ist die schöne Formation zu erkennen, die am 14. August auftauchte und mit der wir uns in diesem Abschnitt befassen. Abbildung 16 zeigt eine Nahaufnahme dieser Formation.

Wir bemühen uns, wichtige Fundorte täglich abwechselnd zu besuchen und zu überprüfen. Am 13. August war ich an der Reihe, das Gelände in der Punch Bowl zu prüfen, und als ich es gegen 22 Uhr verließ, gab es dort zwei Kreise. Am folgenden Morgen fuhr Martin Payne auf der A272 an dem Feld vorbei und sah dort drei Kreise.

Der neue Kreis wies das beeindruckendste stromlinienförmige Spiralmuster auf, das wir je gesehen hatten. Der Kreis hatte einen Durchmesser von 19 Metern und war im Uhrzeigersinn gewirbelt. Ein 2,40 Meter breiter Kranz aufrecht stehenden Weizens trennte ihn von einem 1,30 Meter breiten Außenring mit linksläufig flach gelagertem Korn. Wir hatten schon früher gesehen, daß Ausläufer in einem Winkel von 120 Grad zur magnetischen Nordrichtung aus Ringen herausliefen; auch hier führte ein Band in einem Winkel von 120 Grad aus dem Ring heraus und lief in einer bogenförmigen Erweiterung aus. Beim Austritt aus dem Ring war es 15 Zentimeter breit und in vier Metern Entfernung, wo es abrupt endete, hatte es eine Breite von 2 Metern. Das Korn war in wunderschönen Mustern fest an den Boden gepreßt wie durch einen starken vertikalen Druck. Seltsamerweise war eine kleine Halmgruppe, deren Ähren irgendwann Mäuse abgefressen hatten, stehengeblieben. Darin muß ein Hinweis auf die Art der Energiefelder liegen, die hier am Werk waren. Möglicherweise hat das Fehlen der Ähren den Widerstand der Halme gegen diese Kraft gesenkt und sie so davor bewahrt, flachgedrückt zu werden.

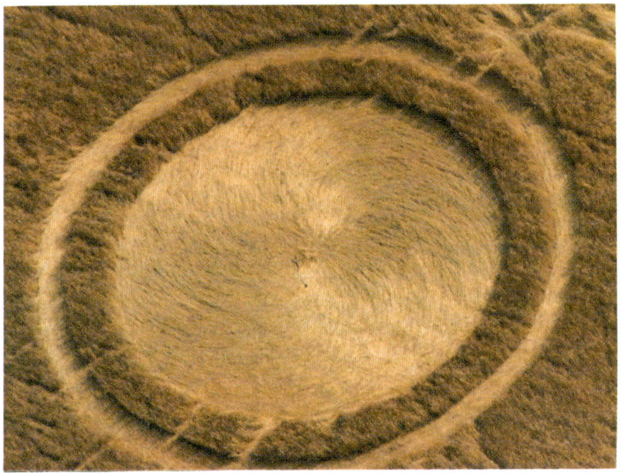

Abbildung 16.

Abbildung 17.

CHILDREY, WANTAGE, 1986

Als Landmaschineningenieur kommt Derrick Goddard sehr viel in Südengland herum. Wie bereits erwähnt, hatte er die rätselhaften Kreise in Kornfeldern schon gesehen, war aber bei Freunden und Kollegen, mit denen er darüber sprach, auf wenig Interesse gestoßen.

Anfang September 1986 war Goddard auf dem Weg zu einem Kunden, als er meinte, von der befahrenen B4507 aus in der Nähe von Wantage, Oxfordshire, in einem Weizenfeld Eindrücke zu erkennen. Die betreffende Stelle lag nah an der Straße und war, wie sich herausstellte, ein von einem Ring umgebener großer Kornkreis. Er hatte eine solche Formation noch nie gesehen und war verblüfft über ihre Symmetrie. In regionalen Zeitungen hatte er Pat Delgados Artikel über Kornkreise gelesen und setzte sich mit ihm in Verbindung, sobald er nach Hause kam. Da Pat nicht sofort nach Oxfordshire fahren konnte, machten Busty und ich uns am Morgen des 3. September auf den Weg.

Obwohl wir eine recht gute Wegbeschreibung hatten, fanden wir nichts. Der Grund wurde uns am nächsten Tag klar, als ich wieder zu dem Feld fuhr und feststellte, daß es fast völlig abgeerntet war. Ich stellte meinen Wagen am Feldrain ab und ging über die Strohreihen zu dem Bauern James Matthews hinüber, der die Westseite des Feldes aberntete. Er brannte darauf, die Ursache der Schäden herauszufinden und erzählte mir, er habe die Eindrücke am Morgen des 26. Juli entdeckt. Am Vorabend nach Sonnenuntergang seien sie noch nicht dort gewesen. Er berichtete: »Ich habe die Polizeiwache in Wantage angerufen, weil ich mir überhaupt nicht erklären konnte, wie so etwas zustande kommen konnte. Meine Freunde haben ein paar Fotos gemacht, kurz bevor die Polizei kam.« Abbildung 17 ist eine dieser Aufnahmen; wie Sie sehen, führt ein Pfad aus dem Ring heraus. Matthews berichtete weiter: »Die Polizisten haben die ganze Sache ausgemessen und mir, ehe sie wieder fuhren, gesagt, ich müsse damit rechnen, diese Eindrücke auch in Zukunft vorzufinden.« Wir konnten nicht feststellen, was die Polizisten zu dieser Äußerung veranlaßt hat, es stimmt jedoch mit unseren Erfahrungen überein.

Im Innern des Kreises lag das Korn auf einem Radius von 6,10 Metern in einer rechtsläufigen Spirale zu Boden gedrückt. Daran schloß sich ein 1,80 Meter breiter separater Außenkranz an, auf dem das Korn um 180 Grad zum Innenkreis verdreht verlief; das war jedoch erst bei genauerem Hinsehen erkennbar. Insgesamt war das Getreide auf einer Kreisfläche von etwa 16 Metern im Durchmesser flach gelagert. Darauf folgte ein 2,20 Meter breiter Kranz aufrecht stehenden Korns; der Saturnring war 1,10 Meter breit und bestand aus spiralförmig gegen den Uhrzeigersinn zu Boden gepreßten Halmen. Zudem wies die Formation ein äußerst ungewöhnliches Merkmal auf, das wir in dieser Weise noch nicht gesehen hatten. In einem Winkel von 120 Grad zur magnetischen Nordrichtung lief ein 1,20 Meter breiter Pfad aus dem Ring heraus. Hier lagen die Halme auf einer Länge von fünf Metern gerade ausgerichtet; der Pfad lief am Ende spitz zu wie ein Pfeil. An der Pfeilspitze befand sich ein kreisrundes Loch mit einem Durchmesser von 35 Zentimetern. Es war etwa 23 Zentimeter tief und gewölbt wie eine Schüssel. Matthews erklärte: »Die Seiten waren so glatt, daß der Boden mit irgendeinem Werkzeug herausgeschnitten worden sein muß.« Daß die fehlende Erde nicht zu finden war, verwirrte die Polizisten. Matthews berichtete weiter: »Ein Nachbar sagte mir, manche Fachleute behaupten, diese Sachen entstehen durch Wirbelwinde. Ich bin sicher, daß ein Wirbelwind das hier nicht anrichten kann. Ich habe in meinem Leben schon genügend gesehen.«

Kurze Zeit später ereignete sich bei mir zuhause eine Reihe außergewöhnlicher Dinge. Es geschah zuviel, um es hier vollständig wiederzugeben; da diese Vorkommnisse jedoch jenseits des Normalen lagen, scheint es mir angebracht, sie hier kurz zu schildern. Als ich nach Hause kam, deponierte ich eine Bodenprobe aus diesem Loch in einem speziell für unsere Forschungen eingerichteten Büro. Der Raum ist mit einer ausgeklügelten Einbruchsicherung ausgestattet, wie auch das Haus und die Grundstückseinfriedung. Ich verschloß die Bürotür und schaltete die Alarmanlage ein. Nur Minuten später hatte der Infrarotdetektor eine Bewegung im Büro ausgemacht und einen Alarm ausgelöst. Obwohl ich keinen Grund für den Alarm entdecken konnte, fand ich die Sache nicht weiter beunruhigend, denn ich entwickle Alarmsysteme und kenne ihre Schwachstellen. Doch es sollte noch schlimmer kommen.

Um 4.15 Uhr am nächsten Morgen wurde wieder ein Alarm ausgelöst. Dieses Mal war es das Alarmsystem am Außenzaun. Ich stellte fest, daß eine elektrische Uhr mit Netzanschluß um 4.15 Uhr stehengeblieben war und nun nicht mehr ging. Ich fand keine Ursache dafür, aber am nächsten Tag lief sie wieder. Einige Nächte später blieb sie wieder um 4.15 Uhr stehen. Auch das Alarmsystem des Büros, das vom Sicherungssystem des Zauns unabhängig ist, war ausgelöst worden; und zwar ebenfalls um 4.15 Uhr. Meine Frau bewachte den Seiteneingang, während ich zum Büro ging und die Tür aufschloß. Ein Mikrowellendetektor war ausgelöst worden, und eine batteriegetriebene Wanduhr war um 4.15 Uhr stehengeblieben.

Nachdem es in den folgenden Wochen im Hause noch weitere Vorkommnisse dieser Art gab, legte meine Frau mir nahe, meine Forschungsarbeit einzustellen. Sie interessiert sich nicht für das Paranormale oder die Grenzbereiche der Wissenschaft, aber selbst sie war der Ansicht, daß hinter diesen Begebenheiten anscheinend irgendeine Macht stand, die möglicherweise mit den rätselhaften Kreisen zusammenhing.

Ich habe das oben Geschilderte ausführlich mit Helen Tennant von der British Psychical Research Society und mit Professor Archie Roy von der Glasgow University durchgesprochen. Sie stimmen mit mir überein, daß sich dafür keine rationale Erklärung finden läßt.

LONGWOOD ESTATE, 1986

Abbildung 18.

Am 23. August befand ich mich mit Busty und seinem Sohn Nigel auf einem unserer regelmäßigen Erkundungsflüge. Es war ein schöner Morgen mit guten Sichtverhältnissen; als wir uns Cheesefoot Head von Norden näherten, sahen wir die beiden Kreisformationen und den nachgemachten Kreis in der Punch Bowl. Obwohl wir diese Formation bereits gründlich untersucht hatten, machten wir noch einige Aufnahmen. Während wir uns im Steigflug in südöstlicher Richtung von diesen Kreisen entfernten, sagte Busty: »Alles, was wir jetzt noch brauchen, ist eine Formation, die alle Merkmale, die wir bisher bei unterschiedlichen Formationen gefunden haben, wie das Keltische Kreuz in sich vereinigt.« Am nächsten Morgen überflog Busty das Gebiet mit Omar Fowler von der Surrey Investigation Group into Aerial Phenomena (SIGAP). Genau an der Stelle, an der er diese Bemerkung gemacht hatte, sahen die beiden unter sich zu ihrer Verwunderung eine Formation, die alle Merkmale der Formationen, die wir bisher gesehen hatten, in sich vereinigte und die Form eines Keltischen Kreuzes hatte. Sie war seit dem letzten Flug vor 31 Stunden entstanden; in der Nacht zuvor hatte es starke Regenfälle gegeben (siehe Abb. 18 und 19).

Zweieinhalb Stunden später fand unsere Forschungsgruppe sich vor Ort ein; wir fanden eine große Kreisfläche mit einem Durchmesser von

Abbildung 19.

12,90 Metern vor, in der der grüne Weizen zu einer rechtsläufigen Spirale flachgedrückt war. Ein 1,80 Meter breites Band aufrecht stehenden Weizens trennte sie von einem 1,50 Meter breiten Ring, in dem das Korn linksläufig gewirbelt lag. Vier kleinere Kreise bildeten ein Quadrat oder Kreuz, das genau nach den vier Himmelsrichtungen ausgerichtet war. Alle vier hatten einen Durchmesser von 3,60 Metern und waren im Uhrzeigersinn gewirbelt. Ein schmaler, nicht ganz geschlossener Ring verlief durch die Mittelpunkte von drei Satellitenkreisen; die gesamte Formation hatte einen Durchmesser von 47,50 Metern.

In Treckerspuren wächst das Getreide langsamer; es ist daher kürzer und in der Reife etwas zurück. Diese Pflanzen bleiben von dem Energiefeld, das die anderen Pflanzen zu Boden drückt, unberührt stehen.

In der Nähe machten ein paar Familien ein Picknick; sie hatten von den Eindrücken in dem Feld direkt neben ihnen nichts bemerkt. Nur wer mit dem Phänomen vertraut ist, erkennt aus einer gewissen Entfernung diese Eindrücke, die sich als dunkle Flächen im Kornfeld abzeichnen. Trotz der Größe dieser Formation war sie von der A272, der Straße von Winchester nach Petersfield, erst an der Stelle zu erkennen, an der die Straße sich Cheesefoot Head nähert. Maurice Botting, Gutsverwalter auf Longwood Estate, sagte uns später, daß sich am Rand der Formation ein großer, unterirdischer Wasserspeicher befindet.

Abbildung 20.

SOUTH WONSTON, 1987

Hier tauchte in einem Rapsfeld ein Einzelkreis mit einem Durchmesser von 14,42 Metern auf. Er wies ein dichtes rechtsläufiges Spiralmuster auf, und an Blättern und Stengeln einiger Pflanzen waren sägeförmige Spuren zu finden, die auf mechanische Einwirkung schließen ließen. Alle Pflanzen im Kreisinneren waren fest auf den Boden gedrückt. Die Wand aus stehenden Pflanzen am Kreisrand war an einigen Stellen ausgezahnt. Der Kreis lag in einer Ecke, die auf einer Seite von einer Autobahn und auf der anderen von einem Feldweg gebildet wurde, von beiden Straßen 23,50 Meter entfernt; er entstand am 8. Mai 1987; wir machten unsere erste Ortsbesichtigung am Sonntag, den 10. Mai.

Am Samstag zuvor war alles ruhig, bis das Telefon klingelte und Pat mich anrief, um mir zu sagen, daß der erste Kreis in diesem Jahr früh aufgetaucht war; Derrick Goddards Sohn hatte ihn zwischen South Wonston und Sutton Scotney entdeckt. Als er mit dem Fahrrad auf der alten A34 nach Hause fuhr, hatte er in einem Rapsfeld unmittelbar südlich des Wasserspeichers von South Wonston eine dunklere Stelle entdeckt. Als er nach Hause kam, erzählte er seinem Vater davon, und beide fuhren im Wagen des Vaters zu der Stelle zurück. Es war schon spät, aber in der Dämmerung konnte Goddard gerade noch erkennen, daß die dunklere Stelle kreisförmig war.

Wir riefen den Bauern, David Stainer, an und holten von ihm die Erlaubnis ein, vor Ort eine gründliche wissenschaftliche Untersuchung durchzuführen. Am nächsten Morgen um 8.30 Uhr trafen wir

Abbildung 21.

Abbildung 22.

Abbildung 23.

uns vor dem Feld. Es war das erste Mal, daß wir von einem Kreis in einem Rapsfeld hörten. Auf Abbildung 20 erkennen Sie die Lage des Feldes nördlich der A34. Abbildung 21 zeigt das Forschungsteam bei der Arbeit in dem rechtsläufig gewundenen Einzelkreis. Beides sind Luftaufnahmen, die Busty gemacht hat.

Rapspflanzen haben einen festen, spröden Stiel, der eher bricht, als sich zu biegen, wenn er niedergedrückt wird. Doch die meisten Pflanzen in der flachgedrückten Fläche waren nicht gebrochen. Wie Don feststellte, waren sie so fest auf den Boden gepreßt, als hätte ein starker Druck sie in diese Position gebracht, der die Stiele direkt über dem Boden gebogen hatte, an einer Stelle also, an der sie hart und faserig sind. Die zarten gelben Blüten waren unversehrt, obwohl sie ebenfalls dicht am Boden lagen. Ein oder zwei Blätter und Stiele hatten in 2-Millimeter-Abständen sägeförmige Einkerbungen von etwa einem Millimeter Tiefe. Da Rapspflanzen bei Berührung leicht beschädigt werden, hatten wir hier die bislang beste Gelegenheit, Hinweise auf eine eventuelle mechanische Einwirkung zu erhalten. Die Spuren, die wir hier gefunden haben (siehe Abb. 22 und 23), stimmen mit den Spuren überein, die wir später in einem anderen Rapsfeld in Corhampton feststellten.

Don und Peggy haben früher in South Wonston gelebt und kennen den Bauern Stainer recht gut. Als wir am Feldrand standen, fuhr er mit seiner Familie auf dem Weg zur Arbeit vorbei. Er hielt an und sagte: »Meine Frau hat ihn am Freitag nachmittag gesehen. Er ist an derselben Stelle wie einer, den wir im August 1983 in einem Kornfeld hatten.«

Am 8. Juni bat ich meinen Vater, Gordon Andrews, mir in South Wonston bei zwei Messungen zu helfen, die wir bisher noch nicht vorgenommen hatten. Meine Mutter und ihr Hund kamen ebenfalls mit. Wir parkten am Ende des Weges, der zum Hof hinunterführt. Meine Mutter blieb mit dem Hund im Wagen, während wir sofort zu dem Kreis hinübergingen.

Während mein Vater im Kreis stehenblieb und das Ende des Bandmaßes festhielt, ging ich mit dem anderen Ende auf die Hecke an der Westseite des Feldes zu. Als ich mich der Hecke näherte, ich war etwa 10 Meter von meinem Vater entfernt, sah ich einen grellen Blitz. Ich zuckte zurück und drehte mich zu meinem Vater um. Er sah nachdenklich aus. Er hatte im gleichen Moment ein lautes, knisterndes Geräusch gehört. Wir gingen zurück zum Wagen, in dem meine Mutter mit dem Hund bei geschlossenen Fenstern wartete. Er parkte gute 25 Meter von dem Kreis entfernt, aber auch sie hatte das knisternde Geräusch gehört. »Ich schaute auf den Rücksitz, weil ich dachte, der Hund liefe über eine knisternde Papiertüte, aber es war nichts da«, erzählte sie.

Abbildung 24 zeigt den Kreis am Sonntag, den 1. August, drei Monate nach seinem Auftauchen.

Abbildung 24.

CORHAMPTON, 1987

Hier tauchte ein weiterer Einzelkreis in einem Rapsfeld auf; er hatte einen Durchmesser von 12,10 Metern sowie ein dichtes rechtsläufiges Spiralmuster und wies die gleichen sägeförmigen Einkerbungen an einigen Pflanzen auf, wie wir sie in South Wonston gefunden hatten. Die Pflanzen waren fest auf den Boden gedrückt, und innerhalb der Kreisfläche wuchs junges Unkraut. Der Kreis war etwa gleichweit von einer untergeordneten Straße und einem Feldweg entfernt. Vermutlich entstand er am 1. Juni 1987; unsere erste Ortsbesichtigung machten wir am 15. Juli.

Wir hatten die Corhampton Down Farm zum erstenmal am 21. Mai besucht, um Nachforschungen über einen Kreis anzustellen, der, wie es hieß, 1984 auf dem Land dieses Hofes zu sehen gewesen war (siehe Abb. 7). Im Laufe des Gesprächs wiesen wir den Bauern, Colin Hall, darauf hin, wie ungewöhnlich es nach unseren Untersuchungen sei, daß an einem Ort nur ein einziger Kreis auftauchte. Wir waren also keineswegs überrascht, als er am 15. Juli anrief, um uns zu sagen, daß noch ein Kreis aufgetaucht sei, der seiner Ansicht nach etwa sechs Wochen alt sein müsse.

Hall erklärte uns, daß der Kreis nur 100 Meter von einem Tauteich entfernt liege. »Wir haben nur zwei Tauteiche, und jetzt haben wir in der Nähe von beiden einen Kreis entdeckt.«

Die Fundstelle befand sich unmittelbar neben einer römischen Siedlung auf einem Hügel, von dem aus im Süden in einigen Kilometern Entfernung Southampton und die Isle of Wight zu sehen sind.

Abbildung 25.

Abbildung 25 zeigt den Kreis, wie wir ihn etwa zwei Stunden nach Halls Anruf vorfanden. Links im Bild sehen Sie Busty mit Gerätschaften, die wir für unsere Untersuchungen brauchen; hinter der Hecke am oberen Bildrand liegt der Tauteich.

Der Kreis lag abgelegen am Rand eines Abhangs; er war daher nur aus der Luft oder aus unmittelbarer Nähe zu erkennen. Messungen ergaben, daß es ein ungewöhnlich ebenmäßiger Kreis war, was für die meisten nicht zutrifft.

Welche Kraft könnte für eine solche Fläche mit flachgedrückten Pflanzen verantwortlich sein?

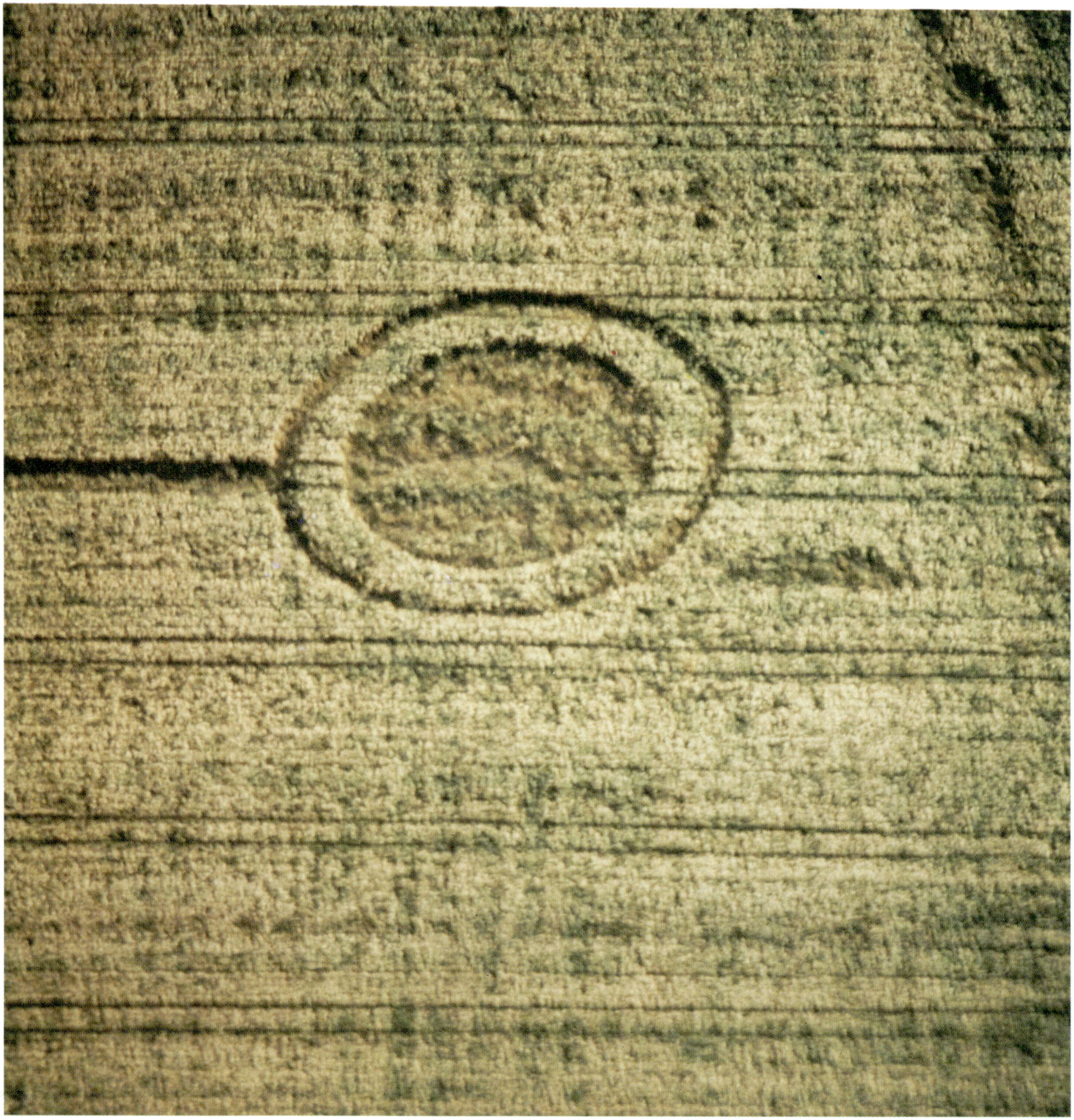

Abbildung 26.

WHITEPARISH, 1987

In einem Gerstenfeld erschien ein Einzelkreis mit einem Durchmesser von 15,38 Metern, der von einem geschlossenen, 1,18 Meter breiten Ring umgeben war. Zwischen Kreis und Ring stand die Gerste auf einer Breite von 2,68 Metern aufrecht. Das Korn im Innenkreis lag in einem dichten rechtsläufigen Spiralmuster, während es im Außenring gegen den Uhrzeigersinn verlief. Auf einer 2,15 Meter breiten und 14,01 Meter langen Bahn, die in einem Winkel von 126 Grad (Abweichung von der magnetischen Nordrichtung) aus dem Kreis herausführte, lag das Korn vom Kreis wegweisend flach am Boden. In dieser Formation hatten viele Pflanzen begonnen, sich wiederaufzurichten. Sie war um den 1. Juni 1987 herum entstanden.

Ich besuchte den Fundort zum erstenmal am 9. Juli. Ich hatte mich mit Dr. Terence Meaden knapp einen halben Kilometer westlich von Pepperbox Hill verabredet, einem archäologischen Fundort und landschaftlich schönen Gebiet in der Nähe von Whiteparish, weil Paul Fuller ihm von einem seltsamen Eindruck in einem Feld östlich von Salisbury erzählt hatte.

Wir drei trafen uns und versuchten, herauszufinden, wem das Land gehörte; da niemand uns weiterhelfen konnte, gingen wir bei Einbruch der Dämmerung von einer kleinen Nebenstraße aus auf das Feld und sahen uns die Formation ein paar Minuten lang an.

Als wir vom Feld kamen, trafen wir den Bauern, Gordon Sparkes. »Wer zum Teufel sind Sie? Was machen Sie auf meinem Feld?« explodierte er. Wir erklärten ihm, wir seien eine Gruppe von Ingenieuren und Wissenschaftlern, die in ganz Südengland Phänomene dieser Art untersuchten. Das machte auf Sparkes keinen Eindruck; mit einer Drehzahl, die wir bis dahin für unmöglich gehalten hatten, setzte er seinen Wagen zurück. Als der blaue Qualm sich verzog, sahen wir, daß er uns die Ausfahrt versperrte. Er sprang aus dem Wagen, schloß die Wagentür ab, schnappte mein Notizbuch und ging zu Fuß weg; zitternd blieben wir neben unserem festgesetzten Wagen zurück.

Nach etwa einer halben Stunde kam er mit einem Polizisten wieder; nach und nach kam heraus, weshalb er über die Kreise und unsere Anwesenheit so wütend war. Er bestellte dieses Land seit 29 Jahren und war in diesen Jahren auf viele ähnliche Kreisformationen gestoßen. Er war fest überzeugt, daß sie von Menschen stammten und wollte die Verursacher unbedingt erwischen.

Konstabler Anderson gelang es mit viel Geschick, Sparkes zu beruhigen; er forderte uns auf, den Grund unserer Anwesenheit noch einmal zu erklären. Nach langen Diskussionen sagte Sparkes, der sich nun wieder in der Gewalt hatte: »Im Feld gegenüber habe ich eine Gruppe von Eindrücken gesehen. Sie waren völlig ebenmäßig geformt.« Das war eine nützliche Information, die sich, wie wir annahmen, auf Fünfergruppen bezog.

Rätselhafte Kreise waren schon lange vor Sparkes' Zeit in dieser Gegend aufgetaucht. Mein Schwager Evan Scurlock erinnerte sich, einige im Feld eines Nachbarn gesehen zu haben. »Gewöhnlich entdeckten wir sie in der Nähe von Pepperbox Hill, ganz nah an der Stelle, an der zwischen 1936 und 1940 ein Flugzeug abgestürzt ist«, erklärte er.

Interessanterweise befindet sich an diesem Fundort ein Militärlager. Die Böschung, die an dieses Feld angrenzt, wurde seit der Zeit, als man die ersten Kreise entdeckte, als Lager genutzt. In den Tunneln, die bis tief in das Hügelland hineinreichen, lagern heute Atomsprengköpfe. Im Winter des Jahres 1986 erinnerte uns daran ein Spezialfahrzeug für Atomwaffentransporte, das auf der Straße verunglückte, die an diesem Feld vorbeiführt. Ein Militärkonvoi eskortierte das Fahrzeug zu dem Lager in West Dean, als es sich überschlug und in einem Feld liegenblieb. Die internationale Presse berichtete eingehend darüber, und russische Spionagesatelliten wurden in Position gebracht, die Operation zu beobachten.

Es fanden sich nur wenige Hinweise zu den Kreisformationen. In der Nähe gibt es ein großes Wasserreservoir; im Osten erhebt sich eine Böschung; im Süden und Osten liegen archäologische Fundstellen und in deren Nähe militärische Einrichtungen. Diese Faktoren hat der Fundort mit vielen anderen gemeinsam. Die Bahn, die aus dem Kreis herausführte und in der die Pflanzen mit einer leichten Neigung vom Kreismittelpunkt nach außen gerichtet lagen, war ungewöhnlich: eine kürzere Version hatten wir 1986 in Childrey gesehen, doch war die Bahn dort am Ende zu einer Pfeilspitze zusammengelaufen, an der sich ein Loch befand. In Whiteparish hörte die Bahn abrupt auf, und die flach gelagerten Pflanzen lehnten gegen eine Wand aufrecht stehender, unversehrter Pflanzen. Ein Loch gab es nicht. Eine gründliche Untersuchung des ganzen Geländes hätte eventuell noch mehr Informationen erbracht; dies war jedoch aufgrund der Haltung des Bauern hier nicht möglich. In Zukunft würden wir diese Fundstelle nur noch aus der Entfernung oder aus der Luft beobachten können (siehe Abb. 26 und 27).

Abbildung 27.

Abbildung 28.

Longwood Estate, 1987

Dieser Einzelkreis in einem Weizenfeld hatte einen Durchmesser von 16 Metern; das Korn lag in einem dichten, rechtsläufig zum Mittelpunkt hin gewundenen Spiralmuster, das zum Kreisrand hin schnell schwächer wurde. Im Kreisinneren waren einige Streifen Getreide völlig unbeeinträchtigt stehengeblieben; der größte war 3 Meter lang und 0,70 Meter breit, seine gebogene Hauptachse verlief an einem sehr deutlich ausgeprägten Spiralstrang entlang, also an einem leicht verdrillten, langen Halmbündel, das sich vom Kreismittelpunkt nach außen bog. Der Kreis befand sich in der Ecke eines Feldes im Abstand von 41,90 Metern zur A272 und von 40,50 Metern zu einem Feldweg.

Am Nachmittag des 2. Juli war man auf Longwood Estate mit dem Spritzen des Getreides auf dem Dog-leg Field beschäftigt. Phil, ein Landwirtschaftsgehilfe, hatte die Tanks mit Chemikalien gefüllt und war mit ausgeklappten Spritzauslegern losgefahren. Er war noch nicht weit gekommen, als er zu seinem großen Erstaunen vor seinem Trecker eine große Kreisfläche bemerkte, auf der das Korn flachgedrückt war. Sie sah so merkwürdig aus, daß er beschloß, sie zu umfahren (siehe Abb. 28 und 29).

Als er zum Gutsbüro zurückkam, berichtete er dem Gutsverwalter, Maurice Botting, was er gesehen hatte. Martin Payne, der in benachbarten Feldern schon Kreise gesehen hatte, hörte das Gespräch mit. Er fragte Phil, in welcher Gegend der Kreis sei; als er es erfuhr, sagte er: »Das ist die gleiche Stelle, an der der Verwalter in Juli 1984 fünf Kreise gesehen hat, als er mit Landwirten aus der Nachbarschaft in einem Hubschrauber das Gelände überflog.«

Martins Frau, Petronel, erzählte uns am Mittwochmorgen, dem 3. Juli, von dieser Entdeckung; nachdem wir von dem Gutsverwalter Botting die Erlaubnis eingeholt hatten, das Feld zu betreten, machten wir uns sofort auf den Weg. Wir untersuchten die Fläche noch am selben Tag eingehend. Am folgenden Samstag sprachen wir lange mit Professor Archie Roy von der Glasgow University und mit Helen Tennant von der British Psychical Research Society; wir nahmen dieses Gespräch auf Band auf, doch als wir es später abhören wollten, war das Band leer. Anschließend fuhren wir mit ihnen zu verschiedenen Fundstellen von Kreisen und gelangten schließlich nach Dog-leg Field. Professor Roy bestätigte unsere Ansicht, daß die Lage der Pflanzen auf eine spiralförmige Torsionskraft als mögliche Ursache hindeutete, eine Torsionskraft, die gleichzeitig hochfrequente Sinusschwingungen von der Kreismitte nach außen erzeugte.

Helen Tennant, die für übernatürliche Einflüsse empfänglich ist, hatte den Eindruck, sie sollte besser am Rand des Kreises bleiben und nicht bis zur Mitte gehen.

Der Kreis war vermutlich um den 25. Juni entstanden, am gleichen Tag, als in einem Feld bei Kimpton in der Nähe von Andover weitere drei Kreise und ein Ring entdeckt wurden. An dieser Fundstelle sollten sich noch einige außergewöhnliche Dinge ereignen, die die ganze Atmosphäre dieser Untersuchung ändern würden.

Abbildung 29.

Abbildung 30.

KIMPTON, 1987

Kimpton liegt in der Nähe der Landeanflugbahn für den Flugplatz Thruxton. Als Busty eines Tages dort landete, bemerkte er einen Ring in einem dunkelgrünen Feld zu seiner Rechten (siehe Abb. 30 und 31). Da er diese Gegend gut kannte, konnte er die Stelle leicht ausfindig machen, maß ihr aber keine große Bedeutung bei, weil er bisher nur große Kreisflächen gesehen hatte. Einige Tage später erwähnte er seine Beobachtung beiläufig mir gegenüber.

Ich beschloß, am nächsten Tag meine Mittagspause in Kimpton zu verbringen, fuhr hinaus und parkte vor dem Friedhof. Ich ging über den alten Friedhof und hielt nach einer Lücke in der Hecke Ausschau, durch die ich die beiden Felder sehen könnte, die Busty mir angegeben hatte. Auf dem Rückweg zu meinem Wagen traf ich zwei Jungen, die nach ihrem Ball suchten. Einer von ihnen, Jamie Catt, erzählte, daß er am Samstag, den 13. Juni, gegen 10.30 Uhr ein orange leuchtendes Objekt über dem Feldweg hinter dem Friedhof gesehen habe. Später sprachen mich zwei ältere Dorfbewohner an, die dachten, ich führe eine Untersuchung wegen der seltsamen Geräusche durch, die sie ein paar Tage zuvor von diesem Feld her gehört hatten.

Der Ring bestand aus einem einzigen Oval mit einer Hauptachse von 10,19 Metern Länge und einer Nebenachse von 8,90 Metern Länge. Am Außenrand des Ringes war der Weizen radial nach außen gedrückt, während er am Innenrand radial nach innen lag. Zwischen den beiden Strahlenkränzen lag eine Reihe verknickter Pflanzen. Alle waren an den Knoten im Halm gebrochen. Sie sahen aus, als rührten die Schäden von einem Peitscheneffekt her, möglicherweise eine Folge des Aufeinandertreffens von entgegengesetzten Kräften. Die Ellipsenbahn war 60 Zentimeter breit; sie lag mitten in einem großen Feld, das zum Teil mit Weizen und zum anderen Teil mit Gerste bebaut war. Der Ring lag etwa 60 Zentimeter von der Linie entfernt, an der der Weizen aufhörte und die Gerste begann; es ließ sich fast mit Sicherheit sagen, daß er am Samstag, den 13. Juni, entstanden war.

Als ich den Bauern Flambert davon unterrichtete, dachte er, es handele sich um die Kreise, die sich gewöhnlich in langen Trockenperioden in seinen beiden großen Feldern bilden. Ein Archäologe, Max Dacre aus dem Nachbarort Charlton, hatte vor ein paar Jahren dort eine Ausgrabung geleitet und unter den Ringen eine archäologisch wertvolle Fundstelle entdeckt. Wir gingen zusammen zu dem Feld, um uns den neuen Ring anzusehen.

Flambert war überrascht. »Ich dachte, Sie meinten etwas anderes«, sagte er. »Das ist nichts Archäologisches. So etwas habe ich noch nie gesehen.« Und ich ebenfalls nicht. Dieser Ring unterschied sich von den anderen; es war sehr merkwürdig. Wir

Abbildung 31.

konnten nicht wissen, daß im August 1987 bei Westbury in Wiltshire ein ähnlicher, nicht ganz geschlossener Ring wenige Meter neben einem Kreis gefunden werden sollte.

Später trafen Pat, Don, Busty und ich uns an diesem Feld mit Paul Whitehead und Steve Brown von der Surrey Investigation Group for Aerial Phenomena (SIGAP) und mit Terence Meaden von TORRO. Paul ist Berater der *Flying Saucer Review*, und Steve ist Physiker. Eine herzförmige Fläche bei 143 Grad Abweichung von der magnetischen Nordrichtung faszinierte sie; hier war der Weizen fächerförmig aus dem Ring heraus zu Boden gedrückt, fächerte sich nach links und rechts, bis er wieder in die zwei Hälften des Ringes einmündete und schließlich einen vollständigen Kreis beschrieb.

In den folgenden beiden Tagen ereigneten sich drei Dinge, die meinen Eindruck, welche Art von Kräften für die Kreis- und Ringformationen ursächlich sein könnten, vollkommen veränderten.

Am 29. Juni ging ich allein auf dieses Feld, um mir einen neuen spiralförmigen Kreis neben dem Ring anzusehen, von dem Flambert mich unterrichtet hatte. Dorfbewohner hatten im selben Feld etwa 800 Meter weiter weg noch zwei Kreise entdeckt. Ich stand innerhalb des Ringes und sprach Notizen in mein Diktaphon, als ich plötzlich einen schwarzen Blitz sah. Ich zuckte zurück, und für einen Moment war die Sonne verdunkelt. Sofort sah ich zum Himmel hinauf. Vor der Sonne war nichts zu sehen. Mit einem unguten Gefühl ging ich zu dem neuen Kreis hinüber. Eindeutig lag 33 Meter nördlich des Ringes ein im Uhrzeigersinn gewirbelter Kreis mit einem Durchmesser von 3,50 Metern.

Nachmittags fuhr ich mit meinen Eltern und ihrem Hund wieder zum Feld. Gordon Creighton, der die *Flying Saucer Review* herausgibt, hatte gemeint, es wäre vielleicht interessant, einen Hund in die Nähe eines solchen Kreises zu bringen. Mein Vater ging mit dem Hund auf das Feld; das Tier zog wacker voran, bis es an einem Punkt neben dem noch im Verborgenen liegenden Ring plötzlich stehenblieb. Mein Vater lockte den Hund in die Mitte des Ringes, doch innerhalb weniger Minuten erbrach er sich und wurde krank. Meine Eltern mußten ihn zum Wagen zurückbringen, wo er sich schnell erholte; als sie etwa 20 Minuten später nach Hause kamen, ging es ihm schon wieder recht gut.

Um es noch einmal zu rekapitulieren: in diesem Feld waren ein ungewöhnlicher Ring und drei

Abbildung 32.

Kreise aufgetaucht; über derselben Stelle wurde ein orange leuchtendes Objekt gesichtet; rätselhafte Geräusche waren von hier vernommen worden; ich hatte einen großen dunklen Blitz gesehen, und der Hund war krank geworden. All das schien mir Grund genug, abends noch einmal hinauszufahren. Diesmal jedoch sollte ich einen Todesschrecken bekommen. Ich ging über den Friedhof und stieg durch ein Loch in der Hecke. Hier lief ich ein Stück am Feldrain entlang und wandte mich dann nach Osten, um auf den Hügel zu gehen, bevor ich etwa 400 Meter weit in das Feld eindrang. Es war ein schöner Abend; am Horizont hinter der Salisbury Plain ging allmählich die Sonne unter. Knapp 10 Meter vor dem Ostrand des Ringes blieb ich stehen, sah zu dem kleinen Kreis im Norden und den beiden weiter entfernt liegenden hinüber und dachte: »Mein Gott, wenn du mir doch einen Wink geben würdest, wie diese Dinger zustande kommen.« Von einer Stelle in etwa 3 Metern Entfernung erhob sich ein knisterndes Geräusch wie von statischer Elektrizität. Es wurde immer lauter, bis es eine Steigerung erreicht hatte, bei der ich einen Knall erwartete. Verängstigt sah ich zum Dorf hinüber, um den kürzesten Weg aus dem Feld heraus zu finden. Ich kämpfte gegen meine Panik an und verhielt mich still. So plötzlich, wie es begonnen hatte, hörte es auf. Es hatte etwa sechs Sekunden gedauert, wenn es mir auch länger vorkam. Ich sah nichts, nichts bewegte sich.

Arthur Shuttlewood hat ähnliche Vorkommnisse beschrieben. Dieses Grenzphänomen schien mit dem Rätsel der Kreise und Ringe zusammenzuhängen; von nun an nahmen wir alle Informationen darüber in unsere Dokumentation auf.

Das Rentnerehepaar Hitchcock führte jeden Morgen seinen Schäferhund auf dem Feldweg im Norden des Feldes spazieren. In der zweiten Juniwoche hörten beide einige Tage lang vibrierende, summende Geräusche vom Feld kommen. Mrs. Hitchcock sagte, sie seien wie die Geräusche in der Fernsehserie Dr. Who gewesen. Sie konnte nicht ausmachen, von wo die Geräusche genau kamen, aber sie kamen aus der Richtung des Feldes.

Wir bemühten uns, ›mit beiden Beinen auf dem Boden zu bleiben‹ und mit dieser Einstellung unsere Untersuchungen fortzusetzen; doch es wurde zunehmend klar, daß wir uns nun mit manch anderen, noch rätselhafteren Tatsachen auseinandersetzen mußten.

Am nächsten Tag fuhr Pat auf das Feld hinaus; Abbildung 32 zeigt das Kreispaar mit einem Durchmesser von je 3 Metern, das dort gefunden wurde. In beiden lag das Korn in einer rechtsläufigen Spirale; die Schäden, die die Jungen angerichtet haben, als sie diese Kreise fanden, sind deutlich zu erkennen.

CHEESEFOOT HEAD, 1987

Dieser Einzelkreis mit einem Durchmesser von 15,60 Metern tauchte in einem Weizenfeld auf; er hatte ein dichtes rechtsläufiges Spiralmuster und war von einem einzelnen, 1,10 Meter breiten Ring umgeben. Das Korn im Außenring war gegen den Uhrzeigersinn gewirbelt; ein 2,60 Meter breites Band stehender Weizenpflanzen trennte ihn vom Innenkreis. Die Pflanzen im Ring waren fest auf den Boden gepreßt, aber ausnahmslos unversehrt. Im Südwestquadranten waren die Ränder des Ringes deutlich ausgezahnt. Die Formation lag ungefähr in der Mitte des Feldes; sie war in der Nacht von Donnerstag, den 9. Juli, auf Freitag, den 10. Juli, entstanden.

Am Freitag mußte Pat früher in Aktion treten, als er es sich gewünscht hatte. Eine ältere Dame rief ihn an, um ihm zu sagen, daß sie diese Formation gefunden habe, die »genau wie Saturn« aussehe. Sie fuhr fort: »Ich war vor 7.30 Uhr da, und da lag sie in der berühmten Devil's Punch Bowl bei Cheesefoot Head« (siehe Abb. 33, 34 und 35).

In diesem Feld tauchen fast jedes Jahr Kreise in verschiedenen Formationen auf, doch dies war der erste des Jahres 1987. Pat hatte das Gelände noch am Vorabend überprüft, und als er es gegen 22.30 Uhr verließ, war dort noch kein Kreis. Je intensiver wir unsere Untersuchung betrieben, um so genauer konnten wir das rätselhafte Auftauchen dieser Formationen zeitlich eingrenzen. Eine Nachfrage bei der Wetterwarte in Bracknell ergab, daß die Wetterlage für die Entstehung von Wirbelwinden oder Tornados nicht günstig war; selbst wenn

Abbildung 33.

es solche gegeben hätte, wären Formationen wie die in der Punch Bowl wohl kaum darauf zurückzuführen. Nachfragen bei allen größeren Wetterämtern Europas haben unsere Auffassung bestätigt, daß die Beschaffenheit der meisten Formationen die Möglichkeit meteorologischer Ursachen ausschließt.

Der Bauer Bruce war zu dieser Zeit in den Vereinigten Staaten; Pat hinterließ eine Nachricht, daß er hoffe, seine Erlaubnis zur Untersuchung des Feldes zu haben, und daß er bei seiner Ortsbesichtigung vorsichtig vorgehen werde. Bruce ist nicht sehr glücklich über unser anhaltendes Interesse an seinem Feld und schon gar nicht über das der Öffentlichkeit, da ständig Leute auf Cheesefoot Head parken, um sich das Feld darunter anzusehen.

Ebenso interessant wie der Kreis mit dem Außenring war ein kleines dunkleres Loch etwa 30 Meter weiter, das von einer helleren Fläche umgeben war. Es schien der Ansatz eines Kreises zu sein, der sich aus irgendeinem Grund nicht ganz ausgebildet hatte.

Eine spätere Untersuchung, die Pat und ich zusammen mit Bruce durchführten, bestätigte unseren ersten Eindruck. Damit waren die Skeptiker widerlegt, die an einen Schabernack glaubten. Die betroffene Fläche lag an einer schwer zugänglichen Stelle. Es wäre notwendig gewesen, in der Nacht zuvor ohne Licht ein gutes Stück vorsichtig auf einer Treckerspur entlangzulaufen. In diesem Gebiet gab es keine Spuren. Obgleich Bruce Pat auf sein inständiges Bitten hin erlaubt hatte, sein Feld aus der Nähe anzusehen, machte er, als wir schließlich wieder über den Zaun zurückkletterten, sehr deutlich, daß er uns hier nicht wieder zu sehen wünschte. »Ich habe nichts gegen Sie, ich habe etwas gegen das, wofür Sie stehen.« Wir fragten uns, was wir wohl seiner Ansicht nach repräsentierten, aber dies war nicht die rechte Zeit, um darüber zu diskutieren. Seitdem hat Bruce die Zäune verstärkt, um die Leute von seinem Feld fernzuhalten, und seine Angestellten angewiesen, gegen Eindringlinge hart durchzugreifen.

Als Martin und Petronel Payne am Abend des 9. Juli auf dem Heimweg an der Punch Bowl vorbeikamen, sahen sie eine Reihe gleißender Lichter über den Bäumen am anderen Ende der Senke. Sie schienen zu tanzen und sogar Bocksprünge zu vollführen. Sie wirkten, als seien sie nicht miteinander verbunden. Martin und Petronel waren sicher, daß dies keine Flugzeuge, sondern UFOs waren.

Abwechselnd beobachteten wir mehrere Nächte lang das Feld und machten im Laufe der Nacht immer wieder Infrarotaufnahmen. Sie brachten keine positiven Ergebnisse, obgleich wir von Don, der auf diesem Gebiet Experte ist, viel über Himmelskörper erfuhren. Sehr zum Leidwesen von Bauer Bruce tauchten noch weitere Kreise auf.

Abbildung 34.

Abbildung 35.

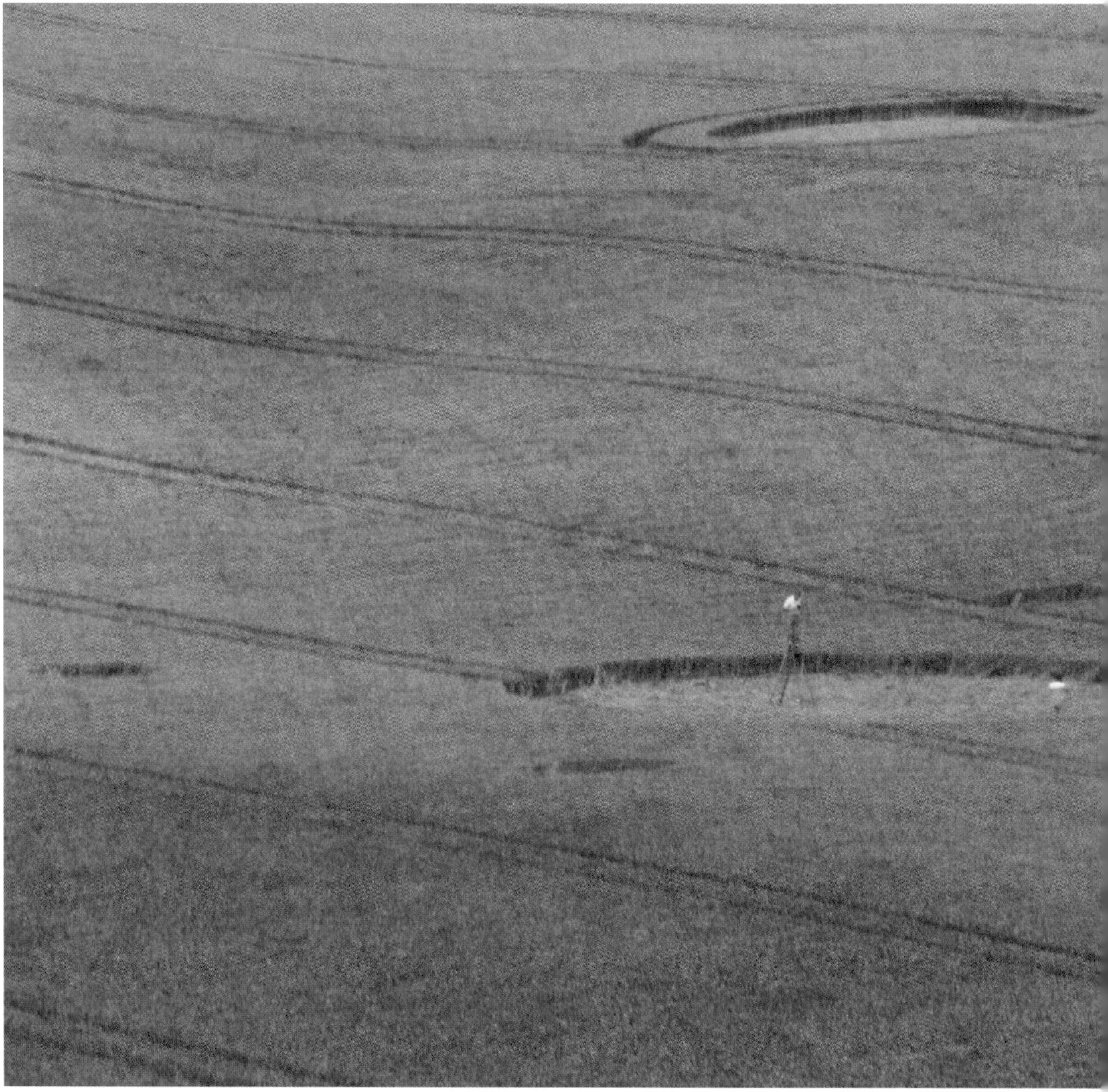

Abbildung 36.

CHEESEFOOT HEAD, 1987

Am Freitag, den 24. Juli um 20.30 Uhr lag der in den Abbildungen 33, 34 und 35 gezeigte Kreis mit Außenring noch allein in der Punch Bowl, umgeben nur von der eindrucksvollen Landschaft; am nächsten Morgen um 8.30 Uhr bemerkte der im Ort lebende Schäfer Neil Shave fünf neue Kreise, die sich über Nacht gebildet hatten. Die Abbildungen 36 und 37 entstanden an diesem Morgen.

Vorsichtig sprachen wir den Bauern Bruce an, uns ihre Untersuchung zu erlauben. Er verabredete sich mit uns für den Nachmittag am Cheesefoot Head, wo wir ihn mit seiner Frau Minna und ihrem Hund trafen. Wieder erklärte er, er sei nicht bereit, uns den Zutritt weiter zu erlauben, willigte jedoch zögernd ein, zweien von uns noch dieses eine Mal zu gestatten, sein Feld zu betreten. Wir kamen überein, Pat und ich sollten die neuen Kreise untersuchen, während Don und Busty, die ihre gesamte Ausrüstung mitgebracht hatten, auf dem Hügel bleiben und von ferne zusehen sollten. Minna Bruce ging mit uns, während Bruce mit dem Hund an der Straße blieb, um andere Leute fernzuhalten.

Hintereinander folgten wir einer Treckerspur bis in den großen Kreis. Er war sehr beeindruckend; es war der erste Kreis mit strahlenförmigen Getreideschwaden, den wir je gesehen haben – das übliche Spiralmuster fehlte. In zwei Sektoren lag das Korn leicht im Uhrzeigersinn gewunden; zwischen ihnen und den strahlenförmigen Flächen waren Trennlinien, die einem Scheitel nicht unähnlich waren. Der Kreis hatte einen Durchmesser von 19,80 Metern; die Abweichung von einer ebenmäßigen Kreisform betrug nur knapp 10 Zentimeter – das war recht ungewöhnlich. Auf Abbildung 36 sehen Sie Minna Bruce, Pat und mich bei der Untersuchung des Kreises; Busty nahm dieses Foto vom Hügel aus auf.

Die vier Satellitenkreise waren gleichmäßig verteilt und bildeten ein Quadrat; sie waren aber nicht in Nord-Süd- und West-Ost-Richtung ausgerichtet – auch das war ungewöhnlich. Sie lagen bei 49 Grad, 147 Grad, 228 Grad und 321 Grad zum geographischen Norden. Zwei hatten einen Durchmesser von etwas über drei Metern, während die anderen beiden fast einen Meter größer waren. Das Korn war in allen spiralförmig im Uhrzeigersinn flachgedrückt. Die Formation hatte enorme Ausmaße, sie war im Durchmesser 47,70 Meter groß. Wir üblich lief eine schmale Bahn durch die Mittelpunkte der Satellitenkreise und bildete einen zu drei Vierteln geschlossenen Ring. Die Pflanzen waren nicht beschädigt, obwohl hier offensichtlich eine starke Kraft am Werke war. Der Mittelkreis gehörte zu den größten, die wir fanden; die oben beschriebenen ungewöhnlichen strahlenförmigen Stränge bildeten sein auffallendstes Merkmal. Abbildung 37, auf der Minna Bruce den Kreis gerade verläßt, vermittelt einen Eindruck von seiner Größe.

Beim Abschied sagte Minna Bruce: »Es ist wichtig, daß Sie Ihre Arbeit fortsetzen, zumindest bis Sie in der Lage sind, die Ursachen zu erklären.«

Abbildung 37.

WESTBURY, 1987

Als ich am 4. August meinen Eltern die beiden Kreise unterhalb von Bratton Castle in der Nähe des White Horse bei Westbury zeigte, tauchte plötzlich aus heiterem Himmel von Norden ein Hubschrauber auf. Ich schnappte meine Kamera und machte ein Foto (Abb. 38). Unmittelbar vor der Ankunft des Hubschraubers hatte ich ganz in der Nähe auf demselben Feld drei weitere Kreise

Abbildung 38.

entdeckt. Nachdem der Hubschrauber ein paar Minuten über der Kreisformation vor uns geschwebt war, schwenkte er ab zu der neuen Formation. Später stellte ich über Kontakte zur Armee Nachforschungen an; man bestätigte, daß der Hubschrauber dort gewesen war, und sandte mir sogar den Bericht und die Aufnahmen des Piloten. Eine davon ist in Abbildung 39 zu sehen.

Am 15. August zeigte sich hier eine weitere interessante Entwicklung. Einen Monat, nachdem die ersten beiden Kreise aufgetaucht waren, entdeckten wir, daß ein größerer Kreis, der sich später gebildet hatte, einen der beiden ursprünglichen Kreise überlagerte (Abb. 40).

An der Stelle, an der am Tag zuvor noch ein kleiner Kreis mit einem Durchmesser von 5 Metern war, befand sich nun eine sehr viel größere Spirale von 15 Metern Durchmesser. Hier waren extrem starke Kräfte am Werk, die viele Pflanzen aus dem Boden gerissen hatten. Ganze Pflanzen waren mit Wurzeln und Wurzelballen aus dem Kreis herausgeschleudert worden und lagen nun schlaff oben auf dem umstehenden Weizen. Das war noch nicht alles: 12,50 Meter weiter südöstlich hatte sich noch ein neuer Kreis gebildet. Wir untersuchten die überlagernden Kreise sehr gründlich auf Variationen des Spiralmusters. Die zweite Kreisbildung auf genau derselben Stelle hatte ein wesentlich stärker radial nach außen gebogenes Bodenmuster erzeugt als die erste. Ebenso war es bei dem anderen neuen Kreis.

Pat und ich stellten bei dem ursprünglichen Kreispaar eine magnetische Störung fest, als wir unsere Messungen vornahmen. Dies wird auf Seite 172 näher beschrieben.

Allmählich nahm dieses Phänomen beunruhigende Formen an.

Abbildung 39.

Abbildung 40.

Abbildung 41.

BECKHAMPTON, 1987

Beckhampton in Wiltshire liegt ganz nah bei dem ältesten von Menschenhand stammenden Erdhügel in Silbury. Im August 1987 tauchten hier in einem Weizenfeld zehn Kreise unterschiedlicher Größe auf. Als erstes wurde eine große Fünfergruppe mit einem Durchmesser von 62 Metern entdeckt. Wie bei anderen Funden, die in den vorhergehenden Wochen in Wiltshire gemacht wurden, waren auch hier starke Kräfte am Werk. Pflanzen waren mit der Erde entwurzelt und in die Umgebung geschleudert worden. Neben der Fünfergruppe lag ein kleiner Kreis mit einem Durchmesser von 7,80 Metern, in dem das Korn gegen den Uhrzeigersinn gewirbelt war.

Etwa 250 Meter weiter südwestlich befand sich im selben Feld eine Gruppe von drei Kreisen, die auf einer Geraden lagen (siehe Abb. 41). Wir schätzten, daß sie etwa fünf Wochen älter waren als die anderen. Der maximale Durchmesser eines der kleineren Kreise betrug 7,56 Meter. Das Korn war gegen den Uhrzeigersinn gewirbelt und bildete ein enges Spiralmuster. Der zweite kleine Kreis hatte einen Durchmesser von 7,40 Metern, jedoch verlief das ähnlich gewundene Spiralmuster hier im Uhrzeigersinn. Der Mittelkreis war mit einem Durchmesser von 17,20 Metern größer als die beiden anderen; hier lag das Korn in einer dichten rechtsläufigen Spirale. Die Formation erstreckte sich in gerader Linie auf einer Länge von 35 Metern.

Dieser Fundort ist umgeben von alten, archäologisch interessanten Anlagen und hat eine sehr

eigene historische Stimmung. »Solche riesigen Formationen habe ich auf meinem Land noch nie gesehen«, erklärte der Bauer Horton, »obwohl der frühere Besitzer, Tom Wilde, in langen Trockenperioden die Umrisse alter kreisförmiger Grabstätten auf diesem Feld erkennen konnte.« Das kommt in Südengland recht häufig vor und hängt mit der Bauweise zusammen, die die Urbewohner hier verwendeten (siehe S. 163). Er fuhr fort: »Aber diese aufsehenerregenden Kreise überall auf meinem Feld sind völlig anders. Sie sind innerhalb so kurzer Zeit aufgetaucht, am einen Tag waren sie noch nicht da, und am nächsten sind sie nicht zu übersehen. Als ich sie zuerst sah, dachte ich, eine Art Wirbelsturm könnte die Ursache dafür sein, aber dann habe ich sie mir genauer angesehen. Sie waren anders. Ich habe keine Ahnung, wie sie dahin gekommen sind.«
David Burden aus Chippenham befand sich mit einem geübten Piloten auf einem Beobachtungsflug. Als sie sich den Gallops westlich von Beckhampton näherten, fiel ihm die erstaunliche Dreiergruppe ins Auge. Er erzählte mir: »Sie waren beeindrukkend. Keiner von uns konnte sich erinnern, je etwas Vergleichbares gesehen zu haben.« Als sie beidrehten, um sich die Sache genauer anzusehen, konnten sie die klar umrissenen Ränder der Katharinenradkreise mit ihren engen Spiralmustern erkennen. David erzählte weiter: »Wir waren uns sicher, daß sie nicht von Hubschraubern stammen konnten, wie manche Leute meinten.« Und damit hatte er völlig Recht. Wir haben diese These gründlich überprüft; sie ließ sich nicht bestätigen. Eine Äußerung, die David später mir gegenüber machte, hat mich sehr fasziniert. Er sagte: »Als ich diese Eindrücke zum erstenmal sah, hatte ich ein Gefühl, als hätte ich im Lotto gewonnen. Es war ein ganz besonderer Augenblick. Ich habe die ganze Nacht nicht geschlafen, ich mußte immer daran denken.« »Wir kennen das Gefühl«, erklärte ich ihm.
Der Hubschrauber stieg auf eine Höhe von 180 Metern; da sahen sie auch die anderen Kreise, die wir bereits aus der Nähe untersucht hatten, und einen neuen Kreis, der fast unter einer Überlandleitung lag. David Burden lieferte uns wertvolle Informationen, denn als ich ihn interviewte, war das Feld bereits abgeerntet. Er berichtete: »Diese Kreisfläche war nicht so zu Boden gedrückt wie all die anderen. Es sah aus, als hätte jemand versucht, dort zu landen, und es sich dann anders überlegt.«

Westbury, 1987

Captain D. F. Borrill von der 658 Squadron des Army Air Corps in Netheravon nahm an einem großen Militärmanöver teil, als er aus seinem Hubschrauber in einem Feld bei White Horse in Westbury zwei Kreise bemerkte; das Feld lag an der Nordwestecke des größten Militärgebietes von Großbritannien in der Salisbury Plain. Einige Tage später, am 7. August, teilte er seinem Vorgesetzten in einer Aktennotiz mit, daß er drei weitere Kreise gesehen hatte, als er dieses Gebiet wieder überflog. Ich entdeckte diese neuen Kreise am Donnerstag, den 4. August und machte sofort Aufnahmen davon (siehe Abb. 42). Darauf ist der Hubschrauber zu sehen, von dem aus auch Captain Borrill die rätselhaften Eindrücke fotografierte.

Inzwischen tauchten in Südengland so viele Kreise auf, daß es für uns schwierig wurde, sofort zu jedem neuen hinauszufahren, wie wir es gerne getan hätten. Erst vier Tage später kamen wir dazu, in Westbury unsere übliche Untersuchung vor Ort vorzunehmen. Irgend etwas war anders; es gab noch eine zusätzliche Merkwürdigkeit. Als wir die drei Kreise fanden, war der südlichste von ihnen gegen den Uhrzeigersinn gewunden gewesen, nun war er durcheinander. Wir verglichen die Einzelheiten mit meinen Aufnahmen und denen des Hubschrauberpiloten, die am Tag der Entdeckung der Kreise entstanden waren. Der Vergleich ergab eindeutig, daß in diesem Kreis inzwischen wieder etwas vorgegangen sein mußte, während die beiden anderen Kreise im Durchmesser um 1,50 Meter gewachsen und nun beide im Uhrzeigersinn gewirbelt waren. Die beiden kleineren Kreise hatten einen Durchmesser von 7,75 und 9,80 Metern. Der größere hatte ein rechtsläufiges Spiralmuster, während der südlichste nun aus zahlreichen verdrillten Zacken bestand und insgesamt ein Bild der Unordnung bot. Bei seiner Entdeckung war er eindeutig gegen den Uhrzeigersinn gewunden gewesen und hatte ein klar geordnetes Bodenmuster gehabt. Der große Mittelkreis hatte einen Durchmesser von gut 14 Metern; die Pflanzen lagen hier in einer rechtsläufigen Spirale mit nur einer Windung. In allen Kreisen waren viele Pflanzen abgeknickt und oben auf die umstehenden Pflanzen geschleudert. Als wir die Formation fanden, waren die Kreise durch etwa einen Meter breite Streifen stehenden Korns voneinander getrennt; jetzt dagegen gingen alle drei ineinander über.

Innerhalb von fünf Tagen waren nun in diesem Gebiet neun völlig rätselhafte Kreise aufgetaucht. Geoff Cooper bestellt das Land, das dem Fundort dieser beiden Kreisformationen (einer Zweier- und einer Dreiergruppe) gegenüberliegt. Er erzählte uns, daß dieses Feld bis vor einigen Jahren, als er es verkaufte, ihm gehörte; er hatte in den letzten sieben Jahren vor dem Verkauf immer Kreise darin gefunden. Er berichtete: »Eines Nachts bellte unser Hund wie verrückt, richtig böse. Normalerweise hört er auf ein strenges Wort hin immer auf zu bellen, aber nicht in dieser Nacht. Er bellte ewig weiter, richtig durchgedreht war er. Ich wünschte, ich hätte nachgesehen, denn morgens fand ich im Korn fünf Kreise, die über Nacht entstanden waren. Ich weiß nicht, was die Ursache war. Ich glaube nicht, daß Menschen sie gemacht haben. Wir haben versucht, sie mit Seilen, Pfählen und so weiter nachzumachen, aber sie lassen sich einfach nicht nachmachen.« Darin stimmen wir mit Mr. Cooper überein. Wir haben Kreise und Ringe gesehen, die zum Scherz nachgemacht waren, wir haben alle Aspekte untersucht, die mit einem menschlichen Eingreifen in Bodennähe (siehe Kap. 5) verbunden sind, und wir mußten die Theorie fallenlassen, daß diese Kreise auf menschlichen Schabernack zurückgehen.

Abbildung 42.

Westbury,
1987

Abbildung 43.

Die ersten drei Kreise in Westbury (siehe S. 73) waren in der Nacht vom 3. auf den 4. August entstanden. In derselben Nacht bildete sich auch ein Kreis in einem Feld auf der anderen Seite der Straße. Geoff Cooper, dem dieses Feld gehört, hatte auf dieser Seite der Straße noch nie einen Kreis gesehen.

Mein Vater war in heller Aufregung, weil er ihn als erster sah. Abbildung 43 entstand eben in dem Augenblick, als er ihn entdeckte. Manche Leute fragen sich vielleicht, wieso wir und unsere Freunde so viele dieser Kreise finden. Die Antwort ist recht einfach. Wir haben uns mit diesem Thema eingehend genug befaßt, um zu wissen, wonach wir suchen. Wir verbringen sehr viel Zeit damit, sie gezielt zu suchen; die Wahrscheinlichkeit, daß wir sie finden, ist daher größer.

Dieser Kreis hatte ein ausgeprägtes Bodenmuster. Abbildung 44 zeigt uns bei der Untersuchung der linksläufigen Spirale mit einem Durchmesser von 7,70 Metern. Das Korn um den Kreisrand ist unversehrt; am Außenrand der Spirale legen sich Halme wie ein Zahnkranz in Wirbelrichtung gegen die Wand aus stehendem Korn. 1982 waren in dem gegenüberliegenden Feld drei ähnliche Kreise in der Formation eines gleichseitigen Dreiecks aufgetaucht. Tage später fanden sich nur wenige Kilometer entfernt zwei weitere unterhalb von Cley Hill. Damals hatten mehrere Leute angegeben, sie hätten ein riesiges, kreisrundes UFO mit einem Kranz aus vielen orangefarbenen Lichtern und nach außen abstehenden Speichen gesichtet. Es schwebte langsam am Himmel zwischen den beiden Feldern, auf denen man Stunden später die Kreise entdeckte. Zwar ist es noch zu früh, um auf einen möglichen Zusammenhang zu schließen, doch sind aus vielen Quellen Berichte eingegangen, die diesem verblüffend ähnlich sind, und das mag eventuell auf einen Zusammenhang hindeuten.

Abbildung 44.

Abbildung 45.

Upton Scudamore, 1987

Der Fluglehrer Barry Dyke flog am 6. August Richtung Warminster. Ein paar Kilometer vor dem Ort Upton Scudamore sah er zu seiner Verwunderung etwas, das wie fünf Punkte auf dem Boden aussah. »Ich reduzierte die Höhe und änderte den Kurs, um sie direkt zu überfliegen«, berichtete er. »Ich konnte erkennen, daß sie genauso aussahen wie die Kreise, die meine Kollegen, wie sie erzählt hatten, in Südengland gesehen hatten.«

Zufällig trafen Don, Busty und ich Dyke am nächsten Tag auf dem Flugplatz Old Sarum, und er erzählte uns von seiner Entdeckung. Wir änderten unsere geplante Flugroute und flogen über Upton Scudamore. Abbildung 45 entstand auf dem Anflug aus Richtung Warminster. Abbildung 46 ist unmittelbar darüber aufgenommen; links unten sehen Sie die Landstraße zum Ort. Der Flug war unvergeßlich. Außer dieser Fünfergruppe fanden wir in der Nähe von Warminster noch vier weitere Kreise. Wir hätten gerne noch länger gesucht, aber da uns das Benzin ausging, mußten wir zum Flugplatz zurückkehren. Wir fuhren sofort nach Hause, um unsere Ausrüstung zu holen, und machten uns auf den Weg nach Wiltshire zu der Fünfergruppe. Auf Abbildung 47 sehen Sie Pat, der sich uns angeschlossen hatte, bei der Untersuchung der zahlreichen Pflanzen, die aus jedem Kreis heraus auf den umstehenden Weizen geschleudert worden waren. 1987 stießen wir zum erstenmal auf Schäden dieser Art.

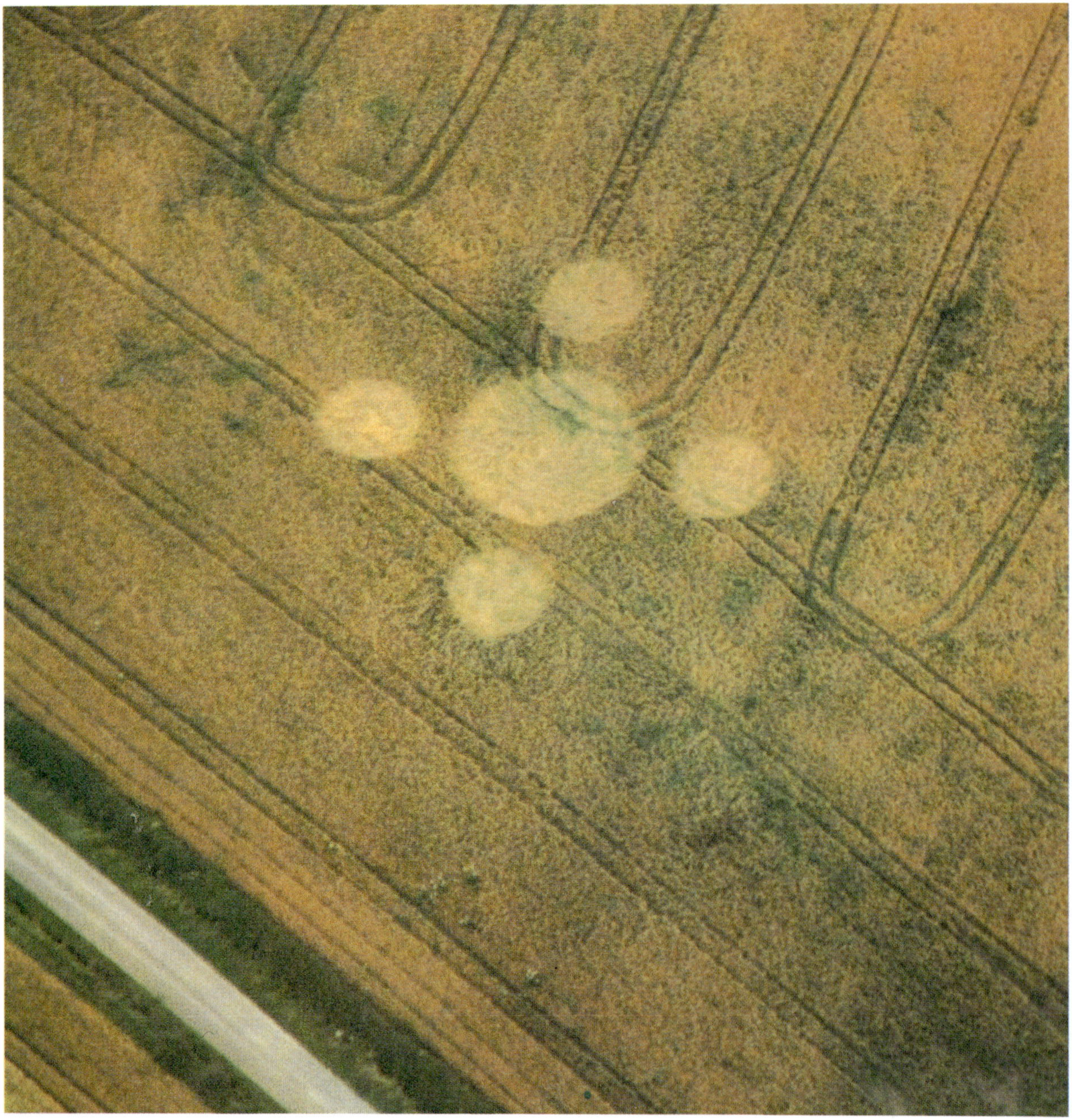

Abbildung 46.

Die vier Satellitenkreise waren in einem Quadrat um den großen Mittelkreis angeordnet. Alle vier hatten einen Durchmesser von etwa 7 Metern; sie waren damit größer als die Satellitenkreise, die wir bislang in ähnlichen Formationen gefunden hatten. Auch das Bodenmuster war anders: vom Mittelpunkt der Kreise liefen S-förmig gewundene Stränge zum Rand hin. In einem der Kreise war das S-förmige Bodenmuster am Kreisrand im Uhrzeigersinn gedreht, während es in den drei übrigen Außenkreisen umgekehrt, also am Kreisrand gegen den Uhrzeigersinn verlief. Der Mittelkreis hatte einen Durchmesser von 12,74 Metern und ebenfalls ein umgekehrtes S-Muster.

Frank Brake hatte 1974, bevor wir mit unseren Untersuchungen begonnen hatten, bei Upton Scudamore in einem Feld mit gelbem Ackersenf eine Kreisfläche entdeckt. Bei näherem Hinsehen hatte er festgestellt, daß die Fläche über Nacht auf rätselhafte Weise zerstört worden war. Die Pflanzen, die am Tag zuvor noch 1,30 Meter hoch waren und in voller Blüte standen, waren verschwunden, und die nackte Erde war sichtlich durch irgend etwas Merkwürdiges aus der Luft aufgewühlt worden.

Abbildung 47.

Aus der Umgebung des Ortes liegen sehr viele Berichte über Fälle vor, in denen Leute UFOs gesichtet haben; einige sind sehr ungewöhnlich und haben ganze Gruppen von Leuten zu Augenzeugen.

Abbildung 48.

Westbury,
1987

Dieser Kreis auf der Town Farm hatte einen Durchmesser von 15,60 Metern und wies das spektakulärste Bodenmuster auf, das wir je gesehen hatten. Die Bodenspirale war so eindrucksvoll, daß es fast zu schade schien, sie zu betreten. Sie glich dem Effekt, den eine teure Feuerwerksrakete hat, wenn sie in großer Höhe explodiert und Hunderte glühender Phosphorstrahlen in die Nacht schleudert. Die Spirale bestand aus einer halben Umdrehung gegen den Uhrzeigersinn, als wäre sie durch etwas Rotierendes – was immer es auch gewesen sein mag – erzeugt worden. Auf Abbildung 48 sehen Sie Pat und Busty im Kreis stehen; auf den Hügeln im Hintergrund ist das weiße Pferd von White Horse erkennbar. Einige der Weizenhalme waren abgeknickt, und viele waren in die Umgebung geschleudert worden. Die Kraft, die hier am Werk war, war so stark, daß sie die trockene, verkrustete Bodendecke pulverisiert hatte.

Wir trafen uns am Flugplatz Old Sarum zu einem Flug, der uns auch über die fünf Kreise bei Upton Scudamore führen sollte, die in der Nacht vom 6. zum 7. August entstanden waren. Abbildung 49 ist eine Luftaufnahme des Feldes in Abbildung 48. Auch auf vielen der anderen Felder, die auf diesem Bild zu sehen sind, waren in den letzten Jahren Kreise aufgetaucht. Der Kreis im unteren Teil des Bildes ist der jüngste; er ist zwei Tage vor dieser Aufnahme entstanden. Es war ein denkwürdiger Flug. Wir machten nicht nur unsere Beobachtungsrunde und Aufnahmen dieser sechs Kreise, sondern fanden auch noch weitere. Wir waren uns sicher, daß in der Umgebung von Warminster in weniger als 24 Stunden 15 Kreise aufgetaucht waren. Die meisten waren noch keine 12 Stunden alt, als wir sie entdeckten.

Als ich meine Aufnahmen von diesem Kreis abheftete, bemerkte ich auf einem Bild etwa 35 Meter südwestlich des Kreises eine ungewöhnliche Markierung. Unter der Lupe sah sie wie ein enger Einzelring aus. Ich rief einen Kollegen an, der in der Nähe des Fundortes wohnte, und bat ihn, die Sache zu überprüfen. Zwei Stunden später rief er zurück und bestätigte, daß es ein einzelner Ring war; es war erst der zweite dieser Art, der uns bekannt wurde, und wie der erste in Kimpton bei Andover lag auch dieser in einem Feld, auf dem sich in der Nähe ein Kreis befand. Dasselbe Phänomen schien also für Kreise wie auch für Ringe verantwortlich zu sein.

Ein von Busty aufgenommenes Foto (Abb. 50), auf dem Pat und ich im Kreis stehen und ein weißes, diskusförmiges Objekt etwa 18 Zentimeter neben dem Spiralzentrum zu sehen ist, haben wir gründlich untersucht. Pat und ich scheinen beide in Richtung dieses Objekts zu schauen, obwohl keiner von uns sich erinnern kann, weshalb wir dorthin sahen. Damals haben wir dort nichts Derartiges gesehen. Die Sonne war eben hinter Busty untergegangen, als er die Aufnahme machte; das scheint eine Lichtbrechung auszuschließen. Wir haben stark vergrößerte Abzüge von dem Bildausschnitt mit diesem Objekt gemacht, das auch auf dem Negativ zu sehen ist. Sie zeigen ein glattes, diskusförmiges Objekt in leuchtendem Weiß mit klar umrissenen Rändern. Wir haben das Negativ fachmännisch analysieren lassen, es fand sich jedoch keine logische Erklärung. Dies ist eine weitere Facette des Themas, für die wir keine Erklärung haben. Wir haben gelernt, wie wichtig es ist, flexibel zu bleiben.

Abbildung 50.

Abbildung 49.

Abbildung 51.

Bratton, 1987

Auf Abbildung 51 sehen Sie die erste Formation mit einem Kreis und zwei Außenringen, die wir gefunden haben. Das Team ist hier mit den Untersuchungen im Kreisinneren beschäftigt, die beiden Außenringe sind deutlich zu erkennen; im Hintergrund erhebt sich der Hügel von Bratton Castle. Diese riesige Formation – sie hatte einen Durchmesser von 30,28 Metern – war eine von vielen, die in dieser Gegend am 8. August auftauchten. In der großen Kreisfläche mit einem Durchmesser von 16,30 Metern lag der Weizen in einer engen Katharinenradspirale mit zweieinviertel Umläufen flach am Boden. Die Pflanzen waren nicht so fest zu Boden gedrückt, wie wir es sonst schon oft gesehen hatten. Der innere Ring war 1 Meter breit mit Abweichungen um einige Zentimeter an manchen Stellen. Hier war der Weizen gegen den Uhrzeigersinn gewirbelt. Der äußere Ring etwas breiter, hier lagen die Pflanzen im Uhrzeigersinn. Die stehenden Weizenkränze im Inneren der Formation und am Außenrand waren so aufrecht wie immer und von dem Geschehenen offenbar völlig unbehelligt.

Wir holten beim British Meteorological Office die Wetterdaten für die Zeit ein, in der die Formation vermutlich entstanden war, und wieder erwies es sich als Fehlschlag. Die Windrichtung wechselte von 280 bis 270 Grad, die mittlere Windgeschwindigkeit lag zwischen 11 und 17 Stundenkilometern. Am 8. August war es bewölkt, es gab nur 0,1 Stunde Sonnenschein, und die Höchsttemperatur lag bei 16,9 Grad Celsius. Die Niederschlagsmenge war an diesem Tag extrem gering. Im Süden des Feldes liegt recht nahebei ein hoher Hügel; damit ist die Bildung von neuartigen und bisher unbekannten Wetterwirbeln in Lee des Hügels ausgeschlossen.

Bei einem Ausflug in diese herrliche Gegend sah die Familie Wingfield vom Bratton-Hang aus den Kreis und unser Team. George Wingfield, seine Frau und seine beiden Söhne stiegen den steilen Abhang hinunter auf den Rand des Feldes zu. Dann passierte etwas, das Mrs. Wingfield so sehr erschreckte, daß sie nicht weitergehen wollte. Ihre Familie war ein paar Meter unter ihr; als sie von dem steilen Abstieg aufsah, erschrak sie über ein grellblaues Blitzlicht, das von einer Stelle knapp über dem Boden unmittelbar vor ihr kam. Es pulsierte, als würde es von einer rotierenden, glänzenden Oberfläche reflektiert.

Mrs. Wingfield gab uns später einen schriftlichen Bericht. »Ich hatte plötzlich ein unbehagliches Gefühl, und während ich hinunterging, sah ich auf dem Boden regelmäßige blaue Blitze. Als das passierte, schien die Abendsonne, und das Blitzlicht war deutlich zu sehen, aber weder mein Mann noch meine Söhne, die sich weiter unten befanden, haben es bemerkt. Die Blitze schienen eine Reflexion von etwas zu sein, das nicht zu sehen war; sie tauchten einmal in der Sekunde auf oder vielleicht auch in kürzeren Abständen. Sie waren wie die Reflexionen eines blauen Scheinwerfers auf den langsam rotierenden Rotorblättern eines Hubschraubers. Als die Sonne hinter einer Wolke verschwand, hörten die Blitze auf.«

Abbildung 52.

CHILCOMB, 1987

Sechs Tage, nachdem in Bratton der Kreis mit den beiden Außenringen aufgetaucht war, wurden wir in Chilcomb bei Winchester auf einen weiteren äußerst eindrucksvollen Kreis mit Außenring aufmerksam. Wie auf Abbildung 52 zu erkennen ist, wich das Bodenmuster in diesem Kreis deutlich von dem engen Spiralmuster des Kreises in Bratton ab. Wir hatten den Eindruck, daß hier ein enormer Druck vertikal wirksam geworden war, der die Pflanzen mit einer gewaltigen Aufprallwucht strahlenförmig nach außen gefächert hatte. Wie gewöhnlich blieben die Pflanzen am Außenrand unberührt. Den Umständen nach wäre mit Abstufungen zu rechnen, aber davon ist nie eine Spur zu finden. Der Durchmesser des Kreises betrug zwischen 19,45 und 19,11 Metern, eine durchaus übliche Abweichung. Das Bodenmuster jedoch war ungewöhnlich; es war strahlenförmig und wies nur am Außenrand eine Windung im Uhrzeigersinn auf. Der Kranz stehenden Getreides zwischen Kreisfläche und Außenring war im Südostsektor 1,80 Meter breit und wurde bis zum Nordsektor 2,26 Meter breit. Der Außenring hatte im Südosten eine Breite von 1,64 Meter, im Nordosten jedoch nur 1,26 Meter; hier lag das Korn gegen den Uhrzeigersinn. An der Westseite des stehenden Innenkranzes lagen Weizenpflanzen in Trompetenform am Boden; das breite Ende der Trompete reichte in den Außenring hinein; diese Form schien gleichzeitig mit der übrigen Formation entstanden zu sein. Wir folgten der eng zulaufenden Spur dieser liegenden Pflanzen bis in den stehenden Innenkranz hinein und stellten fest, daß an ihrem Ende nur noch eine einzelne Pflanze betroffen war. Eine ähnliche Form hatten wir schon in einem Einzelring bei Kimpton gefunden (siehe S. 63 ff.). Welche Rolle sie bei der Bildung der Formation gespielt hatte, bleibt ein Rätsel.

Als Pat und ich das erstemal an dieses Feld kamen, sprang ein Hirsch vom Rand des Kreises weg, lief über das Feld und suchte im Wald unterhalb von Telegraph Hill Schutz, einem Hügel mit Blick auf Winchester, die alte Hauptstadt von Wessex. Das war eine der angenehmen Seiten der Arbeit vor Ort.

Bei den Untersuchungen in Chilcomb ergab sich noch eine andere unerklärliche Sonderheit. Als ich mir die Aufnahmen ansah, die Busty am 16. August gemacht hatte, bemerkte ich auf einem der Abzüge etwas, das aussah wie zwei schwarzgeränderte Pfeile, ähnlich den Spitzen des Dreispitzes, den man gewöhnlich mit dem Teufel assoziiert. Einer war scharf abgebildet, der zweite war unscharf wie durch eine schnelle Bewegung. Sie schienen in einem Winkel von ungefähr 25 Grad an einer gemeinsamen Achse über dem Kreis zu hängen. Experten, die wir zu Rate zogen, konnten sich ihr Auftauchen auf den Negativen nicht erklären, schlossen aber aus, daß es sich um Fremdkörper in der Kamera oder auf der Linse handelte. Technisch gesehen liegt der Schluß nahe, daß die Objekte, da sie auf dem Film abgebildet wurden, sich im Bildausschnitt der Kamera befunden haben müssen, daß sie also tatsählich unmittelbar vor den Beobachtern über dem Kreis vorhanden gewesen sein müssen. Zu dieser Zeit hatten die meisten von uns bereits seltsame Geräusche gehört oder blauweiße Blitzlichter beobachtet, doch so etwas hatten wir noch nie gesehen. Wir halten es für wichtig, alle Fakten in unserem Bericht festzuhalten und die seltsameren Vorkommnisse nicht einfach deshalb zu ignorieren, weil wir sie nicht rational erklären können. Wenn wir uns geistig offen halten, werden wir vielleicht einmal in der Lage sein, das Phänomen der Kornkreise zu erklären, das auf der ganzen Welt auftaucht.

Es wurde noch rätselhafter, als George Wingfield mich am 10. September aufsuchte. Mrs. Wingfield hatte bei einer ähnlichen Formation in Bratton Blitzlichter gesehen (siehe S. 95). Ich zeigte ihm einige Aufnahmen, unter anderem auch diese. »Solche Stellen sind auch auf einem Bild, das ich in dem Kreis in Bratton aufgenommen habe«, sagte er, »an der gleichen Stelle im Bild wie hier. Mein Sohn fragte mich, was das sei, und ich sagte ihm, es müsse eine Verunreinigung im Film sein.« Er versprach mir, die Aufnahme herauszusuchen und fuhr nach Hause. Ein paar Tage später rief er mich in höchster Verwirrung an. »Ich habe keine Aufnahme mit solchen Spuren. Ich bin normalerweise sehr ordentlich und habe ein gutes Gedächtnis, aber ich habe alle Negative und Abzüge durchgesehen, und auf keinem sind diese schwarzen Pfeile. Das hat mich so verwirrt, daß ich mit meinem Sohn Rücksprache genommen habe. Er wußte gar nicht, wovon ich sprach. Ich fange an, an meinem Verstand zu zweifeln, und kann daraus nur schließen, daß ich das alles geträumt habe.«

All das war äußerst merkwürdig, aber es war noch nicht alles. Als Pat das Foto zum erstenmal sah, sagte auch er: »So etwas habe ich schon einmal gesehen. Ich glaube, auf einem meiner Fotos sind diese Spuren auch.« Auch er sah nach, konnte aber das Foto nicht finden.

Interessanterweise sahen Joyce Bowles und Ted Pratt 1976 genau dort ein UFO landen und ein menschenähnliches Wesen im silbrigen Anzug und mit pinkfarbenen Augen auf ihren Wagen zukommen, wo im selben Jahr die ersten Kornkreise auftauchten.

Bratton,
1987

Abbildung 53 entstand am 22. August um 16 Uhr. Die Fünfergruppe am unteren Bildrand war am Tag zuvor zusätzlich zu den 13 Kreisen aufgetaucht, die sich bereits in den Feldern unterhalb des Hanges befanden. Im Nachbarfeld sehen Sie einige davon. Der Mähdrescher beendet gerade die Erntearbeit auf dem Feld, in dem diese neue Gruppe auf rätselhafte Weise entstanden war. Als das Flugzeug zum Flugplatz Old Sarum zurückkehrte, war das Feld bereits abgeerntet und die Spuren verwischt. Dr. Meaden von TORRO fuhr am nächsten Tag zu diesem Feld hinaus und stellte fest, daß die betroffenen Stellen noch deutlich genug zu sehen waren, um sie auszumessen; es war also noch nicht alles verloren.

Die Weizenhalme waren so fest auf den Boden gepreßt, daß der Mähdrescher diese Pflanzen nicht mähen konnte. Der große Kreis hatte einen Durchmesser von 15,20 Metern und ein gegen den Uhrzeigersinn gewirbeltes Bodenmuster. Die Satelliten im Norden und Süden des Mittelkreises hatten einen Durchmesser von 6,5 Metern, in einem verlief das Spiralmuster rechtsläufig, im anderen linksläufig. Die Satellitenkreise im Westen und Osten waren im Durchmesser knapp über 7 Meter und gegen den Uhrzeigersinn gewirbelt. Der Abstand der Satellitenkreise vom Mittelkreis war unterschiedlich; beim nördlichen Kreis betrug er 10,90 Meter, beim westlichen 10,95 Meter, beim südlichen 11,10 Meter und beim östlichen 11,90 Meter. Die gesamte Formation hatte einen Durchmesser von 50,63 Metern. Diese Detailinformationen stellte Dr. Meaden uns freundlicherweise zur Verfügung. Wir sollten an dieser Stelle anmerken, daß wir seine Ansicht, es gebe eine meteorologische Erklärung für dieses Problem, nicht teilen. Die Fakten scheinen diese Theorie nicht zu bestätigen.

Abbildung 53. ▷

Abbildung 54.

WINTERBOURNE STOKE, 1987

Da wir nun schon seit einigen Jahren Kornkreise untersuchen, kennen wir inzwischen die am stärksten betroffenen Gebiete und versuchen, unsere Beobachtungsflüge so einzurichten, daß wir bei einem Flug so viele Fundorte wie möglich abdecken. Bei einem Flug südwestlich von Stonehenge in Richtung Warminster sahen wir zu unserem Erstaunen unter uns einen riesigen Kreis mit Außenring und drei weiteren Kreisen in der Nähe. Von diesem Gelände hatten wir bislang noch keine Fundmeldungen erhalten. Auf Abbildung 54 sehen Sie die Eindrücke, wie wir sie am Samstag, den 22. August 1987 um 15.30 Uhr, vorfanden. Sie waren wahrhaft aufsehenerregend. Zwei Stunden später trafen wir mit dem Wagen an dem betreffenden Feld ein.

Wir gingen unverzüglich zu dem enormen Herzstück der Formation, einem Kreis von 25,30 Metern Durchmesser in einem Roggenfeld. Innerhalb des Kreises waren die reifen gelben Roggenpflanzen ausnahmslos fest in den Boden gedrückt und bildeten eine rechtsläufige Spirale mit dreidrciviertel Windungen. Hier schien ein extrem großer Druck am Werk gewesen zu sein, obwohl die Pflanzen offenbar nicht beschädigt waren. Der Übergang von dem flachgedrückten Bodenmuster zum umstehenden Roggen war abrupt, wie abgeschnitten. Der Außenring war von einer Symmetrie, wie wir sie noch nicht oft bei solchen Ringen vorgefunden hatten. Auf einer Breite von 1,30 Metern bildeten die Pflanzen ein gegen den Uhrzeigersinn gewundenes Band, das sich in der für Zen-

trifugalkräfte typischen Weise gegen die Außenwand aus stehendem Getreide legte. Es sah so überzeugend echt aus, daß wir es förmlich kreisen sahen. Im Südsektor war eine 28 Zentimeter tiefe Ausbuchtung in die Wand aus stehendem Roggen geschnitten. Entlang der Verbindungslinie zwischen dieser Ausbuchtung und dem Mittelpunkt des Kreises war das Bodenmuster verändert. Der Innenkranz aus stehendem Getreide war 2,30 Meter breit.
Westlich des Kreises mit Außenring befand sich der nächstliegende der drei Einzelkreise (siehe Abb. 55). Es war ein besonders schöner, rechtsläufig gewundener Kreis mit einem Durchmesser von 6 Metern. Die beiden anderen Einzelkreise nördlich davon waren größer, etwa 8 Meter im Durchmesser. Einer von ihnen war im Uhrzeigersinn gewunden, der andere gegen den Uhrzeigersinn. Wir schätzten, daß sie am Tag zuvor entstanden waren. Wie viele andere war auch diese Fundstelle von einer befahrenen Straße einzusehen, der A303, die von London nach Westengland führt und, da sie auf einem erhöhten Fahrdamm verläuft, den Blick auf dieses Feld freigibt. Dann gab es acht Wochen lang keine Meldungen mehr über ungewöhnliche Vorkommnisse.
Zwei Monate später, am Donnerstag, den 22. Oktober, startete der Pilot Taylor Humphrey Scott in Dunsfold, Surrey, mit einem Senkrechtstarter, einer Harrier GR5, zu einem Probeflug über der Salisbury Plain. Als er um 17.06 Uhr dieses Gebiet westlich der streng geheimen Luftwaffeneinrichtung in Boscombe Down erreichte, brach der Funkkontakt plötzlich ab. Der Pilot hatte eben erst eine Routinemeldung an den Kontrollturm in Boscombe Down durchgegeben und dabei keinerlei Störung bemerkt. Alle Flugzeuge in diesem Gebiet wurden in Alarmbereitschaft versetzt, und schließlich sichtete eine amerikanische Transportmaschine die Harrier knapp 150 Kilometer südwestlich von Irland. Erstaunt stellte die Besatzung fest, daß das Flugzeug führerlos war und die Pilotenkanzel fehlte. Sie folgten der Maschine über eine Entfernung von etwa 650 Kilometern, ehe sie schließlich 800 Kilometer vor der Küste ins Meer stürzte. Zu Wasser und zu Luft fand eine großangelegte Suchaktion nach dem vermißten Piloten statt. Am Abend des 23. Oktober fand man seine Leiche in einem Feld, von dem aus die rätselhaften Kreise bei Winterbourne Stoke zu überschauen waren. Sein Ersatzfallschirm lag ganz in der Nähe, ein Schlauchboot aus dem Flugzeug lag in der Ecke des Feldes, in dem aus heiterem Himmel die rätselhaften Kreise aufgetaucht waren. Als das Unglück über diesem Feld geschah, war das Flugzeug um einige Grad von seinem Kurs abgewichen. Luftfahrtexperten erklärten, sie hätten keine Ahnung, weshalb der erfahrene Pilot der British Aerospace das Flugzeug mit dem Schleudersitz verlassen haben könnte.
Folgende Fakten sind bekannt: Am Freitag, den 21. August 1987 tauchten in diesem Feld vier Kreisflächen flachgepreßten Korns auf; ein Großteil unserer Belege deutet tendenziell auf eine rätselhafte Komponente aus der Luft als mitverantwortlich für ihr Auftauchen hin. Am Donnerstag, den 22. Oktober, verlor der Senkrechtstarter Harrier, ein Modell im Wert von 60 Millionen DM, ausgestattet mit der neuesten Luftfahrttechnik, auf mysteriöse Weise seinen Piloten. Der Schleudersitz wurde nie gefunden, und es steht zu vermuten, daß er im Flugzeug geblieben ist.
Wie dem Verteidigungsministerium bleibt auch uns nichts anderes, als über zwei unerklärliche Ereignisse zu grübeln, die sich innerhalb weniger Wochen über demselben Feld ereignet haben. Ihr Indiz liegt im Atlantik, unseres ist fest in das betreffende Feld eingeprägt.

Abbildung 55.

Abbildung 56.

CHEESEFOOT HEAD, 1988

Am Samstag, den 4. Juni, kam ich gegen 8 Uhr an der Punch Bowl an, um die Gegend auf neue Kreise zu überprüfen. Da ich das Gelände in den vorhergehenden Wochen häufig überprüft hatte, war ich sehr überrascht, gleich eine Dreierformation vorzufinden. Ich erhaschte einen ersten kurzen Blick auf die Formation, als ich auf der Straße entlangfuhr, die an dem natürlichen Amphitheater der Punch Bowl vorbeiführt; zwischen den Bäumen hindurch sah ich sie ins Feld eingeprägt. Der erste Blick auf eine neue Kreisgruppe erzeugt bei mir immer eine gewisse Spannung, bis ich zwischen den Bäumen hervorkomme und das ganze Feld mit der Kreisformation vor mir liegt. Unweigerlich überkommt mich dabei jedesmal ein Schauern. Ich stellte meinen Wagen ab und ging über die Grasnarbe am Feldrand, um zu sehen, was sich in dem Weizenfeld vor mir befand. Die im Dreieck angeordneten Kreise (siehe Abb. 56) lagen etwa in der Mitte des Feldes. In diesem Jahr wollte der Landwirt niemandem den Zutritt zu diesem Feld erlauben, um die Kreise zu untersuchen, daher mußte ich ihre Durchmesser vom Feldrand aus schätzen. Ich machte Aufnahmen mit einer Gummilinse.

Durch ein Fernglas vergewisserte ich mich zunächst, daß das Korn in allen Kreisen im Uhrzeigersinn gewunden und flachgelegt war. Die Kreise hatten, wie ich durch Vergleich mit den Treckerspuren abschätzen konnte, einen Durchmesser von 10 Metern. Die Dreiecksformation war ein neues Phänomen.

Abbildung 57.

CORHAMPTON, 1988

Als ich am 8. Juni ans Telefon ging, ahnte ich noch nicht, daß mir mit diesem Anruf der erste Kreisfund aus einer beunruhigend großen Serie von über 100 Funden gemeldet werden würde, die in den nächsten zwei Monaten auftauchen sollten. Charles Hall hatte früher schon zweimal Einzelkreise auf seinem Land entdeckt; als er nun in einem Feld mit Wintergerste drei große Kreise fand, war er ziemlich schockiert.

Ich verließ sofort mein Büro in Andover und traf Hall auf seinem Feld. Dort waren drei Kreise mit einem Durchmesser von je 10,80 Metern. Etwa 35 Prozent der Gerstenpflanzen waren spiralförmig im Uhrzeigersinn zu Boden gedrückt. Die Druckschwaden verliefen vom Kreismittelpunkt zur Peripherie. Auch die anderen Pflanzen waren eindeutig bei dem Ereignis zu Boden gedrückt worden, hatten sich aber inzwischen wieder aufgerichtet, und zwar in außergewöhnlicher Weise. Als wir die Kreise später aus der Luft betrachteten, stellten wir fest, daß sie die Eckpunkte eines gleichseitigen Dreiecks bildeten; die Kreisränder waren jeweils durch ein 1,90 Meter breites Band aufrecht stehenden Korns voneinander getrennt. Der Kompaßstrich über die Mittelpunkte zweier Kreise wies exakt in magnetische Nordrichtung.

Die Pflanzen bildeten rechteckige Gruppen von 60 mal 30 Zentimetern; die Halme, an denen sich drei Knoten befinden, hatten sich gruppenweise auf drei unterschiedliche Arten aufgerichtet. In der ersten Gruppe richteten sich die Pflanzen über dem ersten Knoten vom Boden aus gesehen auf; in der zweiten richteten sie sich über dem mittleren Knoten auf; und in der dritten über dem obersten Knoten. Diese Gruppierungen wiederholten sich in allen Kreisen über die gesamte betroffene Fläche. Das wollte ich mir aus der Luft ansehen und arrangierte mit Busty ein bis zwei Stunden später einen Flug von Thruxton aus.

Wir haben im Laufe unserer Untersuchungsarbeit eine Überraschung nach der anderen erlebt, doch kaum eine reichte an den Schock heran, den wir bekamen, als wir zum erstenmal auf die Dreierformation in Corhampton herabsahen (siehe Abb. 57 und 58). Die Pflanzen bildeten nun innerhalb der Kreise ein Muster aus sieben konzentrischen Ringen und 48 Speichen. Jeder Kreis wies das gleiche Muster auf. Später entdeckten wir, daß die Pflanzen einer gleichartigen Formation nur einige Kilometer entfernt das gleiche Dartscheiben- oder Karrenradmuster aufwiesen. Ich unterhielt mich eingehend mit Dr. Mark Glover, einem Pflanzen- und Landwirtschaftsexperten, über dieses Phänomen. Wir sahen uns gemeinsam das Feld an und kamen nach eingehender Prüfung seiner Ergebnisse zu dem Schluß, daß sie die Ergebnisse anderer Labortests, die wir gemacht hatten, bestätigten. »Ich kann keine Erklärung für diese speziellen Getreideflächen finden, die mindestens eine Woche, aber nicht länger als zwei Wochen am Boden gelegen haben«, erklärte er. »Ich kann jedoch sagen, daß keiner der folgenden Punkte als Ursache in Frage kommt: Bodenbearbeitung, Düngeranwendung, agrochemische Behandlung, Krankheit, Pestbefall, Bodenbeschaffenheit oder Wachstumseigenschaft der Pflanzen. Ich finde das Problem faszinierend und würde mich freuen, von weiteren Entdeckungen unterrichtet zu werden.«

Abbildung 58.

Abbildung 59.

CHEESEFOOT HEAD, 1988

Ich war begeistert, als ich am Samstag, den 25. Juni, einen großen Kreis mit zwei Außenringen entdeckte (siehe Abb. 59). Es war zwar keine neuartige Formation, aber sie tauchte zum erstenmal in der Punch Bowl auf. Seit ich am 4. Juni die Dreiecksformation gefunden hatte, waren drei Wochen vergangen, und das Korn nahm allmählich eine goldene Färbung an, die die wunderbare Präzision und Schärfe des Doppelringes noch unterstrich.

Die neue Formation lag sehr viel näher an der Straße als die Dreiergruppe; ich konnte also ohne weiteres erkennen, daß das Getreide im Kreis eine rechtsläufige Spirale bildete, während es im inneren Ring linksläufig und im Außenring wieder rechtsläufig lag. Der Kreis hatte einen Durchmesser von 23 Metern, die beiden Innenkränze aus aufrecht stehendem Getreide waren 2 Meter breit, der Innenring wie der Außenring jeweils 1,30 Meter breit. Da beide Gruppen sehr fotogen waren, sah ich verschiedentlich einige Leute Fotos machen.

An diesem Morgen parkten in der Nähe einige Militärfahrzeuge, die bei örtlichen Manövern eingesetzt waren. Ich erzählte zwei Offizieren von den Kreisen und schlug vor, sie sollten sie sich einmal ansehen, weil sie so aufsehenerregend seien. Einer von ihnen, ein Major, sagte, er könne nachmittags über sie hinwegfliegen; ich bat ihn, falls er Aufnahmen machen sollte, mir Abzüge zukommen zu lassen. Er willigte ein, und ich gab ihm meine Telefonnummer. Am selben Nachmittag fuhr ich mit meiner Tochter zur Punch Bowl hinaus. Als wir aus dem Wagen stiegen, flog ein Militärhubschrauber in geringer Höhe über das Feld und kreiste zweimal darüber. Die Insassen waren offensichtlich sehr interessiert und machten Aufnahmen.

Ich freute mich, daß der Major meinem Vorschlag gefolgt war, und sah erwartungsvoll einigen guten Fotos entgegen. Ich hörte jedoch nichts von ihm. Später erkundigte ich mich über einen Bekannten, der mir schon früher geholfen hatte, bei der örtlichen Hubschraubereinheit, doch ohne Ergebnis. Niemand wußte etwas von dem Major, dessen Namen ich nannte, oder von dem Hubschrauberflug oder von etwaigen Aufnahmen von der Punch Bowl.

Abbildung 60 und 61.

Silbury Hill, 1988

Im Laufe von nur acht Wochen tauchte im Umkreis von 11 Kilometern um diesen berühmten, uralten, von Menschenhand angelegten Erdhügel – dem größten in Europa – die unglaubliche Anzahl von 51 Kreisen auf. Fünfzehn entstanden innerhalb weniger Tage in einem Weizenfeld nahe der A4, das dem Erdhügel gegenüberlag. Die ersten fünf tauchten in der Nacht vom 14. auf den 15. Juli auf; sie wurden vom Hügel aus aufgenommen.

24 Stunden vorher hatte Mary Freeman, sie lebt in Marlborough, Wiltshire, beim Verlassen des alten Steinkreises in Avebury, der nicht weit entfernt ist, durch die Windschutzscheibe ihres Wagens ein großes, diskusförmiges, goldenes Objekt in den Wolken gesichtet; es war um 23.13 Uhr bei 70 Prozent Bewölkung. Von der Unterseite der Scheibe fiel in einem Winkel von ungefähr 65 Grad ein leuchtend weißer, paralleler Lichtstrahl auf Silbury Hill, das zweieinhalb Kilometer weiter südlich liegt. »Ich war erstaunt, aber ich hatte keine Angst«, erklärte sie später. »Es hatte etwas Ätherisches.« Plötzlich hoben sich ein paar Dinge, die in einer vertieften Ablage auf dem Armaturenbrett gelegen hatten, in die Höhe und flogen nach hinten auf ihren Schoß und auf den Beifahrersitz. »Es war, wie wenn eine Energiewelle durch den Wagen gegangen wäre«, berichtete sie. Ihr Bericht ähnelt einer ganzen Reihe anderer, die in Großbritannien von ähnlichen Vorfällen über Feldern mit Kornkreisen vorliegen.

Die Abbildungen 60 und 61 entstanden einige Tage später. Es waren jetzt zwei Fünfergruppen in dem Weizenfeld aufgetaucht, und in den folgenden ein bis zwei Tagen kamen noch weitere fünf Einzelkreise hinzu. Die Spuren zwischen den Kreisen haben wir hinterlassen, als wir unsere Messungen vornahmen.

Die erste Fünfergruppe bestand aus einem großen, im Uhrzeigersinn gewundenen Kreis mit einem Durchmesser von 17,20 Metern und vier Satellitenkreisen mit einem Durchmesser von je 6,50 Metern. Der Satellitenkreis bei 21,5 Grad war im Uhrzeigersinn gewunden, während die übrigen drei bei 112,5 Grad, 202 Grad und 244 Grad gegen den Uhrzeigersinn gewirbelt waren. Die gesamte Formation hatte eine Spannweite von 88,15 Metern. Über der Kreisgruppe verlief eine 11 000 Volt Stromleitung. Beim Elektrizitätswerk erfuhren wir, daß es in dieser Nacht keine Spannungsstöße oder Stromausfälle gegeben hatte.

Am 10. September rief Geoff Smith von der Charity Down Farm in Goodworth Clatford bei mir an. »Wir haben neben dem Kreis, der vorige Woche aufgetaucht ist, einen riesigen neuen Kreis mit einem großen Ring außen herum gefunden. Um den Mittelkreis sind in den vier Himmelsrichtungen vier kleine Kreise, aber sie sind zentrisch um den Außenring angeordnet. Es ist wirklich seltsam. Wir mähen das Feld jetzt. Können Sie herüberkommen? Es ist noch etwas anderes sehr merkwürdig hier . . .«

Und so geht es weiter. Wir wissen zwar jetzt schon sehr viel mehr als zu Anfang unserer Arbeit, aber es bleibt noch vieles zu prüfen.

KAPITEL 2

Formation der Kreise

Kreisformationen dieser Art sind vermutlich schon seit Hunderten von Jahren immer wieder aufgetaucht. Leider gibt es darüber keine Zeugnisse in Wort oder Bild. Auch über die Kreise, die Berichten zufolge von den fünfziger Jahren bis in die siebziger Jahre hinein aufgetaucht sind, liegen keine detaillierten Beschreibungen oder Fotos vor. Die einzigen Informationen, die wir über flachgedrückte Kreise in Kornfeldern aus früheren Jahren haben, stammen von Bauern und Ortsansässigen in Kornanbaugebieten. Sieben Landwirte haben bestätigt, daß im Laufe der letzten 25 Jahre Einzelkreise in ihren Feldern aufgetaucht sind; einige erinnern sich bis ins Jahr 1940 zurück an Kornkreise.
Schaubild 1 gibt einen Überblick über unsere bisherigen Untersuchungsergebnisse.

A: Einzelkreise kommen mit sehr unterschiedlich großem Durchmesser von 3 bis 22 Metern vor. Die Grundform des Einzelkreises weist ein rechts- oder linksläufiges Spiralmuster auf. Die Krümmung der Spiralwindungen variiert von geraden Strahlen bis zu vier Windungen.

B: Das ungleiche Paar. Der kleine Kreis variiert im Durchmesser zwischen fünf und sieben Metern, der große zwischen 12 und 14 Metern. Die Spiralen haben eineinhalb bis drei Windungen.

C: Die Dreiergruppe. Der große Kreis liegt immer in der Mitte und ist im Durchmesser zwischen 16 und 18 Metern groß. Der Durchmesser der kleineren Kreise liegt zwischen 8 und 10 Metern. Die Kreise

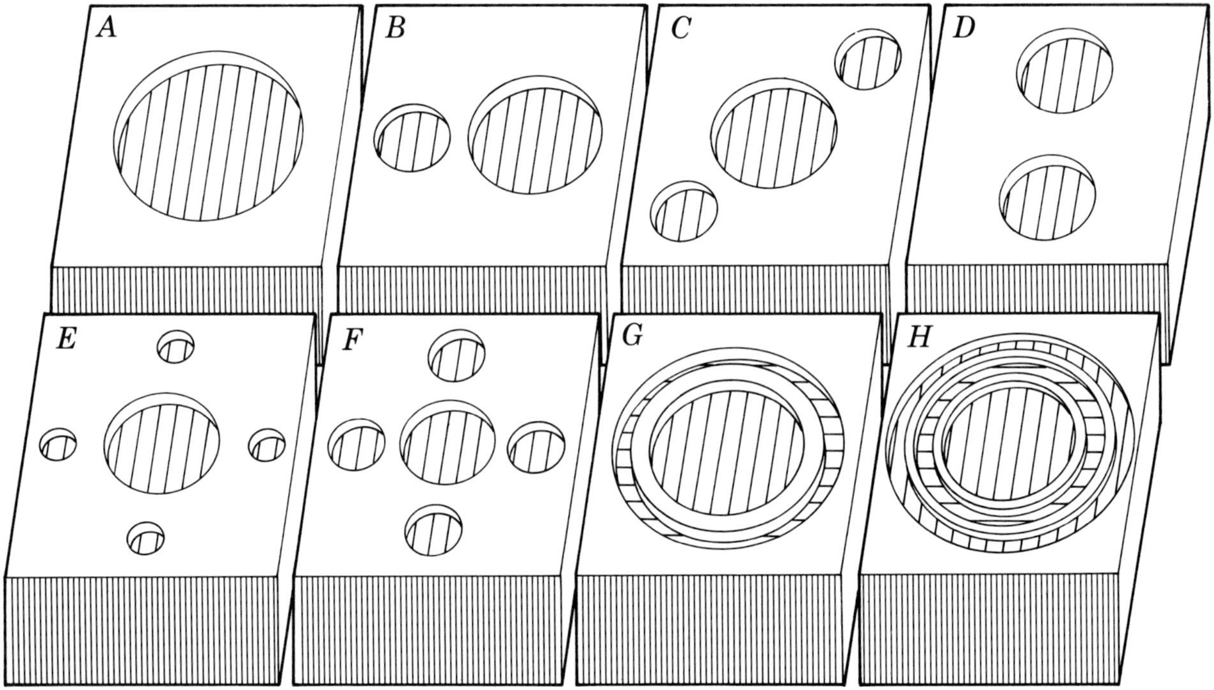

Schaubild 1.

der Dreiergruppen hatten entweder alle ein rechtsläufiges Spiralmuster, oder zwei Kreise hatten ein rechtsläufiges und einer der äußeren Kreise ein linksläufiges Spiralmuster.

D: Das Paar aus gleich großen Kreisen kommt sehr selten vor. Die, die wir untersucht haben, waren jeweils recht klein, etwa 4 Meter im Durchmesser.

E: Die klassische Fünfergruppe. Der Durchmesser des großen Kreises liegt zwischen 17 und 20 Metern. Die in gleichmäßigem Abstand um den Mittelkreis gruppierten Satellitenkreise sind im Durchmesser 3 bis 4 Meter groß. Gewöhnlich haben alle Kreise ein Spiralmuster im Uhrzeigersinn.

F: Die Fünfergruppe mit großen Satelliten. Hier ist der große Kreis im Durchmesser 13 bis 14 Meter groß, die Satelliten jeweils 7 bis 8 Meter. Einige der Satellitenkreise wiesen ein Spiralmuster auf, das vom Bodenmuster der übrigen Kreise in der Gruppe stark abwich. In der Dichte der Spiralwindungen können die Satelliten stark variieren.

G: Der Kreis mit schönem Außenring. In dieser Konfiguration kann das Korn sowohl rechts- als auch linksläufig gewunden sein oder ein Bodenmuster aufweisen, das aus Mischungen beider Richtungen oder aus mehreren Lagen besteht; normalerweise ist das Korn sehr fest zu Boden gepreßt. Der Durchmesser des Kreises beträgt 17 bis 20 Meter. Die Breite des Innenkranzes aus aufrecht stehendem Getreide vari-

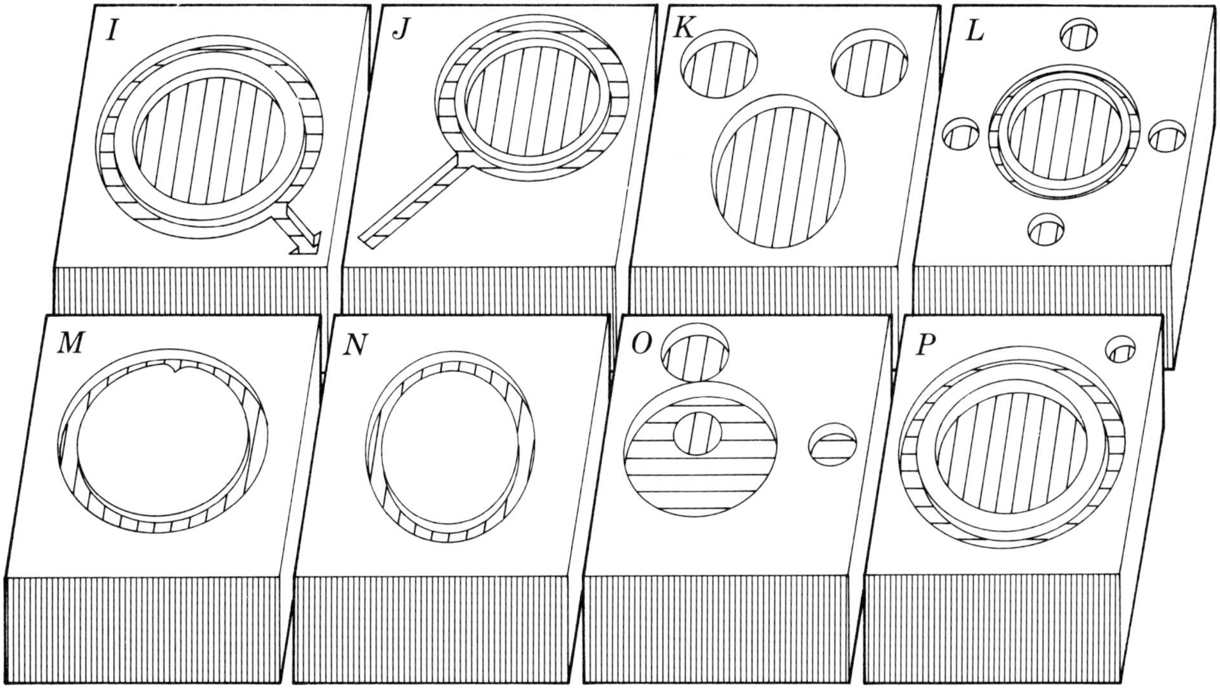

iert zwischen 1 und 2 Metern. Der Außenring kann rechts- oder linksläufig gewirbelt sein, seine Breite liegt zwischen 1,30 und 2 Metern.

H: Der Kreis mit doppeltem Außenring, eine bemerkenswerte Formation, die wir nur einmal gefunden haben. Der Kreis hatte einen Durchmesser von 16,20 Metern und war im Uhrzeigersinn gewunden. Der erste Innenkranz aus aufrecht stehendem Getreide war im Durchschnitt 2,30 Meter breit, der erste Außenring im Durchschnitt 1,10 Meter und gegen den Uhrzeigersinn gewunden. Der zweite Innenkranz aus aufrecht stehendem Getreide war im Durchschnitt ebenfalls 2,30 Meter breit, der zweite Außenring etwa 1,20 Meter und im Uhrzeigersinn gewunden.

I: Kreis mit Außenring und Pfeil in der Form des biologischen Zeichens der Männlichkeit; diese Formation wurde nur einmal gefunden. Kreis und Außenring waren zu einer Ellipse langgezogen (siehe S. 134). Aus dem Ring führte ein Pfad hinaus, der in einer Pfeilspitze auslief. Der Kreis hatte einen Durchmesser von etwa 19 Metern und ein gegenläufiges Bodenmuster, im Innern des Kreises verlief es im Uhrzeigersinn, und zum Kreisrand hin schloß sich ein linksläufiger Kranz mit einer durchschnittlichen Breite von 2 Metern an. Der Kranz aus aufrecht stehendem Getreide war im Durchschnitt 1,80 Meter breit, an den Längsseiten der Ellipse jedoch breiter. Der Außenring hatte eine Breite von durchschnittlich 1,50 Meter, war an den Längsseiten ebenfalls breiter und gegen den Uhrzeigersinn gewunden. Auf dem Pfad lief das Korn fächerförmig vom Kreismittelpunkt weg.

J: Kreis mit Außenring und langgestrecktem Pfad. Der Pfad kann entweder gerade oder gebogen sein, beide Typen kamen in unserer Untersuchung vor. Der Kreisdurchmesser liegt zwischen 18 und 20 Metern. Der Kranz aufrecht stehenden Getreides variiert in der Breite zwischen 1 und 2 Metern, der Außenring zwischen 1,50 und 2 Metern. Alle bisher entdeckten Kreise dieser Formation hatten ein rechtsläufiges Spiralmuster, während der Außenring gegen den Uhrzeigersinn gewunden war. Der Pfad kann zwischen 20 und 30 Metern lang sein und endet abrupt.

K: Großer Kreis mit zwei Satelliten auf einer Seite. Diese Formation tauchte nur einmal auf. Die große Kreisfläche war eine Ellipse mit einer Hauptachse von 21,50 Metern und einer Nebenachse von 15 Metern. Das Bodenmuster entsprach Schaubild 2, Figur G. Die beiden Satellitenkreise waren gegen den Uhrzeigersinn gewirbelt.

L: Fünfergruppe mit Außenring um den Mittelkreis. Auch hier ist uns nur ein Exemplar bekannt. Der Kreis hatte einen Durchmesser von ungefähr 14 Metern, aufgrund von Windschäden ließ er sich nicht mehr exakt bestimmen. Der Innenkranz aus aufrecht stehendem Getreide war 1,50 Meter breit wie auch der Außenring, der gegen den Uhrzeigersinn gewunden war. Die vier Satellitenkreise waren im Durchmesser etwa 3,50 Meter groß und alle im Uhrzeigersinn gewirbelt.

M: Einzelring, der nur in einem Exemplar bekannt ist. Sein Durchmesser betrug durchschnittlich 10 Meter, er war leicht oval und auf einer Hälfte im Uhrzeigersinn, auf der anderen gegen den Uhrzeigersinn gewirbelt. Die gegenläufige Drehrichtung begann an einer herzförmigen Stelle am oberen Teil des Ringes (siehe Schaubild 1). Der Ring war im Durchschnitt 50 Zentimenter breit.

N: Elliptischer Ring, nur in einem Fall bekannt. Die Hauptachse war 7,60 Meter lang, die Nebenachse 6,20 Meter. Er war im Uhrzeigersinn gewunden.

O: Überlagerte Kreise. In dieser Konfiguration sind zwei Formationen des Typs B überlagert. Die Überlagerung wurde zwei Wochen nach dem Fund der ersten Formation entdeckt. Wenn die spätere Kreisformation die ursprüngliche überlagert, kommt es zu einer Umschichtung der bereits flachgedrückten Halme, und es entsteht ein Durcheinander im Bodenmuster.

P: Durch einen weiteren Kreis oder eine Änderung ergänzte Formation. In einem Fall bestand die Ergänzung in einem weiteren Kreis, in zwei anderen Fällen in einer Verzerrung der Kreisform. Es mag sein, daß es schon in früheren Jahren solche Ergänzungen durch entgegengesetzte Spiralwindungen gab, doch war uns zu dieser Zeit noch nicht klar, daß es sich um Ergänzungen handelte.

Überlagerungen stellen ein weiteres Problem im Auftauchen der Kreise und Ringe dar. Einige Dreier- und Fünfergruppen wiesen ein verwirrendes Bodenmuster auf, das auf ein zweites Einwirken einer starken Kraft hindeutete.
Manche Kreisgruppen, die wir uns ansehen, haben ein überwiegend rechts- oder linksläufiges Spiralmuster. Etwa drei Viertel der Pflanzen machen den Eindruck, als seien sie einer Kraft ausgesetzt gewesen, die die Spirale gegen den Strich zu bürsten versucht habe. Die obere Hälfte der betroffenen Halme ist gewaltsam zurückgebogen, oder ganze Halmbündel sind halb in Gegenrichtung gebogen.
In einigen Fällen mag diese Umschichtung sich schon beim ersten Einprägen des Bodenmusters vollzogen haben. Es sieht aus, als habe ein zusätzlicher Energieschub nur einen Kreis der Gruppe in Mitleidenschaft gezogen. In anderen Fällen wissen wir, daß einige Kreise erst später einer erneuten Einwirkung ausgesetzt waren, weil das Getreide ein völlig anderes Bodenmuster aufwies, als wir es bei unserem ersten Besuch aufgezeichnet hatten. Trotz der Doppeleinwirkung wächst das Getreide für gewöhnlich ganz normal weiter, die Ähren bleiben unversehrt und reifen. Diese detaillierten Beschreibungen waren uns möglich, weil das Getreide oft mehrere Monate lang in dieser Prägung am Boden bleibt. Selbst nach der Ernte ist das Bodenmuster der Kreise noch deutlich zu erkennen, weil die Schnitthöhe der Mähdrescher oft über dem flachgelegten Getreide liegt.
Manchmal fallen reife Körner aus den liegenden Ähren auf den Boden. Wenn sie im November keimen, entsteht auf dem gepflügten Acker ein grüner Kreis. Werden diese Stellen neu eingesät, verschwinden die Spuren, sobald das neue Saatgut heranwächst.
Auch beim Abflämmen der Stoppelfelder bleiben die Überreste der Kreise erhalten. Falls es vor dem Abflämmen geregnet hat, hält der zusammengepreßte Kreis genügend Feuchtigkeit, um den Flammen zu widerstehen. Später heben sich die Überreste der Kreise deutlich von den verkohlten Stoppeln ab.

Bodenmuster der Kreise

Hätten wir in allen Kreisen nur eine Art von spiralförmigem Bodenmuster gefunden, wäre es vermutlich einfacher, Theorien darüber aufzustellen. Gäbe es zum Beispiel nur Einzelkreise mit spiralförmig im Uhrzeigersinn flachgedrücktem Korn, dann könnten wir ihre Entstehung vielleicht anhand bekannter wissenschaftlicher Kriterien erklären. Wenn die Ausprägung der Kreise konstant wäre, ließen sich verschiedene Theorien ausschließen.
Bis in die siebziger Jahre sah es so aus, als hätten wir es nur mit Einzelkreisen zu tun; doch wie wir im Laufe der Jahre erfahren mußten, ist es immer das gleiche: wenn wir meinen, eine Erklärung für die unterschiedlichen Anordnungen der Halme, die wir festgestellt haben, gefunden zu haben, ist uns etwas, vielleicht eine intelligente Kraft, immer ein oder zwei Schritte voraus. Die Schwierigkeiten, Erklärungen zu finden, werden von Jahr zu Jahr größer. Praktisch

jede neue Fundstelle bringt neuartige Merkmale mit sich. Es nimmt nicht wunder, daß wir in dem Versuch, dieses Phänomen zu ergründen, eine enorme Herausforderung sehen.
Wer in einem Kreis eine flache, rechtsläufige Spirale aus flach gelagertem Korn vorfindet, kann sich vorstellen, daß sie durch eine rotierende Windhose entstanden ist. Das Kraftfeld der rotierenden Luftsäule müßte alle Getreidehalme zusammen niederdrücken oder -reißen. Der Übergang von einer vertikalen zu einer horizontalen Lage der Halme müßte einerseits sehr sanft vonstatten gehen, damit die Halme nicht durch einen Peitscheneffekt abgeknickt würden, andererseits müßte er aber sehr kraftvoll sein, um die Halme so fest und dicht flachzulegen, ohne sie zu zerbrechen oder zu beschädigen. Die Halme gehen unmittelbar über dem Boden in die horizontale Lage über. Manchmal ist sogar das Wurzelwerk leicht in die Windungsrichtung gekippt.
Angesichts der oben aufgeführten Fakten ließe sich vielleicht eine angemessene Theorie entwickeln. Sie ist so lange schlüssig, bis ein flachgedrückter spiralförmiger Kreis in einem Rapsfeld auftaucht. Die Stengel der Rapspflanzen haben an der Basis einen Durchmesser von 8 bis 16 Millimetern und sind direkt über dem Boden um 90 Grad gebogen, ohne geknickt zu sein. Versuchten wir, einen von ihnen umzubiegen, brach er wie eine Möhre. Versuchten wir, einen umgebogenen Stengel geradezubiegen, brach er ebenfalls.
Es mag denkbar erscheinen, daß es in der Erde oder der Atmosphäre eine Kraft gibt, die einen spiralförmig gewundenen Kreis hervorbringt. Aber die Spiralen verlaufen nicht immer im Uhrzeigersinn. Manche Kreise sind gegen den Uhrzeigersinn gewunden oder weisen eine Mischung gegenläufiger Windungsrichtungen auf; manchmal verläuft das Bodenmuster überhaupt nicht in Windungen, sondern in Form gerader Strahlen vom Kreismittelpunkt zur Peripherie wie die Speichen eines Rades. Es gibt fast ebenso viele Spiralmuster oder Bodenmuster, wie es Kreise gibt; die Variationsbreite ist beachtlich.
Bevor wir uns den Bodenmustern zuwenden, ist es sinnvoll, die Getreidestränge oder -adern näher zu beschreiben. Wenn das Korn nicht tangential zu konzentrischen Innenkreisen des Hauptkreises liegt, sondern steiler auf die Kreisperipherie zuläuft, die Ähren also weiter vom Kreismittelpunkt entfernt liegen als die Wurzeln, bildet sich ein charakteristischer Strang oder eine Ader aus leicht verdrillten Halmen ähnlich dem Aufbau eines Seiles. Die Zwirnung des Stranges verläuft vom Kreismittelpunkt aus gesehen in derselben Drehrichtung wie das Bodenmuster. Wenn ein Kreis zum Beispiel ein rechtsläufiges Spiralmuster hat, sind die Getreidestränge ebenfalls im Uhrzeigersinn verdrillt. In einem linksläufigen Bodenmuster ist es umgekehrt. Die Zwirnung der Stränge beginnt im Kreismittelpunkt und wird zur Peripherie hin immer schwächer.
Die Abbildungen 67 bis 87 zeigen einige Beispiele für Spiralen und Spiralstränge. Die Anzahl der Umläufe oder Windungen ist von Kreis zu Kreis unterschiedlich und reicht vom Fehlen jeglicher Krümmung bei geraden Strahlenmustern bis hin zu maximal fünf Windungen. Im geraden Strahlenmuster gibt es keine verdrillten Getreidestränge.
Wie stark die Stränge verdrillt sind, ist auch bei Kreisen mit derselben Anzahl an Spiralwindungen nicht konstant. In einem Spiralmuster mit vier Windungen können die Stränge sehr fest verdrillt sein, während sie in einem anderen nur lose gewunden sind. In manchen Kreisen kann die Verdrillung etwa einen Schlag pro Meter betragen, in anderen kann sie darunter liegen, während sie nur in Kreisen mit Strahlenmustern völlig fehlt. Der Spiralstrang wird auch als Band bezeichnet, doch ganz gleich, welches Wort Verwendung findet, es bezieht sich immer auf eine Spiralform. Die Dicke oder der Durchmesser der Stränge beträgt etwa 12 Zentimeter. Der einzelne Strang geht in das gesamte Bodenmuster über, ist zwar zu erken-

nen, aber nicht immer klar abzugrenzen. Er hat keine eindeutigen Ränder, an denen er zu messen wäre. Die Anzahl der Stränge in einem Kreis läßt sich nicht immer eindeutig zählen. Sie beginnen im Kreismittelpunkt, verästeln sich aber häufig. Nur wenn keine Verästelungen vorhanden sind, lassen sie sich eindeutig zählen. Ein Strang kann sich bis zur Kreisperipherie mehrmals teilen.
Es kommt selten vor, daß die Ähren einer Pflanze näher am Kreismittelpunkt liegen als die Wurzeln, obwohl wir auch hier schon gelegentlich Ausnahmen beobachtet haben; wie die Pflanzen in diese einwärts gerichtete Spiralform gebracht wurden, ist uns ein Rätsel.
Obwohl wir bislang nur auf die Spiralformen und -stränge eingegangen sind, ist doch schon deutlich geworden, wie viele Komplikationen und Varianten das Bodenmuster aufweist.

Schaubild 2 zeigt einige der Bodenmuster, denen wir im Laufe der Jahre begegnet sind. Der Punkt markiert jeweils den Zentrumsbereich eines Kreises, der Pfeil gibt die Ausrichtung der Halme von der Wurzel zur Ähre gesehen an. Es ist schwer vorstellbar, welche Kraft in der Lage ist, die Getreidehalme in solche Konfigurationen zu legen.

A: Spirale mit mehreren rechtsläufigen Windungen. Das ist die »originale« klassische Spiralform, die seit 1981 immer wieder beobachtet wurde und die wir da-

Schaubild 2.

mals für das Standardmuster der Kreise hielten. Die Pflanzen sind gewöhnlich sehr flach auf den Boden gepreßt, und die Stränge sind deutlich ausgeprägt. Bisher reicht die Anzahl der Windungen von zwei bis maximal sechs.

B: Spirale mit einer rechtsläufigen Windung. Bei diesem klassischen Muster ist die Spirale gewöhnlich in der Kreismitte deutlich ausgeprägt und hat klar umrissene Stränge.

C: Halbspirale im Uhrzeigersinn. Die Spirale beginnt lose in der Kreismitte. Die Stränge sind nur schwach ausgeprägt und wirken am Kreisrand ›ausgebreitet‹. Bei diesem Muster durchbrechen die Getreidestränge leicht die Wand aus stehendem Getreide und geben dem Kreis ein ungleichmäßiges Aussehen.

D: Gerades Strahlenmuster. Bei diesem Muster läuft das Getreide in flachen, praktisch nicht verdrillten Strängen von bis zu 50 Zentimetern Breite vom Kreismittelpunkt strahlenförmig zur Peripherie. Zwischen den einzelnen Strängen ist die Getreideschicht dünner, was das Strahlenmuster unterstreicht. Die äußeren Strangenden machen häufig den Eindruck, als seien sie mit Gewalt in die Wand aus aufrecht stehendem Getreide am Kreisrand geschleudert worden. Nach unseren Messungen dringen sie bis zu 75 Zentimeter tief in die Kreisumgebung vor. Die Strangenden sind nach oben gebogen. Mit welcher Wucht sie in die umgebende Getreidewand geschleudert werden, zeigt sich auch an der geringen Anzahl von ausgerissenen Pflanzen und Pflanzenteilen, die in den stehenden Pflanzen in der Nähe des Kreisrandes zu finden sind.

E: Gerade Strahlenstränge, deren äußere Enden ein Spiralband überlagern. Eine äußerst seltsame Kombination, die das Ergebnis von Kraftfeldern mit unterschiedlichen Richtungen sein muß. Es gibt dieses Muster in zwei Typen, die wir X und Y nennen. In beiden Fällen entspricht das Strahlenmuster dem in D beschriebenen; in Typ X hört es 30 bis 40 Zentimeter vor dem Kreisrand auf, und im Zwischenraum von Strahlende und Kreiswand liegt ein meist rechtsläufiges Getreideband. In Typ Y reicht das Strahlenmuster bis an die Kreiswand heran, an der ein sehr dünner Kranz aus rechtsläufig gewundenen Halmen verläuft. Er besteht aus etwa 15 Halmen pro Meter und ist nicht immer als durchgängiger Ring ausgebildet.

F: Dieses Muster hat die gleichen Merkmale wie C, verläuft jedoch gegen den Uhrzeigersinn.

G: Spirale mit einer linksläufigen Windung. Die Merkmale sind die gleichen wie bei B, aber in umgekehrter Drehrichtung.

H: Spirale mit mehreren linksläufigen Windungen. Sie weist die gleichen Merkmale auf wie A, jedoch gegen den Uhrzeigersinn laufend.

I: Gerades Strahlenmuster mit gewundenen Enden. Auch dies ist eine seltsame Form. Die Strahlen beginnen wie bei D in der Kreismitte, doch etwa einen Meter vor dem Kreisrand gehen sie in eine Spiralwindung über, die mit kurzen Strängen vollständig ausgebildet ist. Die Strangenden ähneln denen in den Formen A und B. Diese Strahlen mit abgebogenen Enden wirken sehr stromlinienförmig.

J: Strahlen mit Anfangsspirale. Dieses Muster beginnt in der Kreismitte ähnlich wie B. Dann richten sich die Getreideschwaden strahlenförmig gerade aus und enden an oder jenseits der Kreiswand wie bei D.

K: S-förmige Spirale. Diese Spiralform gehört zu den jüngsten dokumentierten Funden. Von der Kreismitte aus laufen die Getreidestränge gegen den Uhrzeigersinn wie in G. Dann schwingen sie in auffälliger Weise in Gegenrichtung, als würde jemand sein Haar zu einer sauberen Tolle kämmen.

L: Versetzte Strahlenform. Die Stränge entspringen tangential in der Kreismitte und setzen sich dann in gerader Linie bis zur Kreisperipherie fort, auf die sie schräg auftreffen. Gelegentlich dringen sie ganz leicht in die Kreisumgebung vor.

M: Gegenläufige Spiralen. Dies ist die bislang erstaunlichste Spiralform. Der größte Teil des Bodenmusters besteht aus einer mehrfach im Uhrzeigersinn gewundenen Spirale. Am Kreisrand verläuft ein 2 Meter breiter Kranz in einer linksläufigen Spirale. An der Grenze der gegenläufigen Spiralen kommt es zu geringfügigen Überlappungen. Es gibt jedoch keinen allmählichen Übergang oder einen Kranz aus stehendem Getreide. Das gegenläufige Band weist exakt das gleiche Spiralmuster mit ausgeprägten Strängen auf wie die Randzone einer vollständig linksläufigen Spirale.

Kreise, deren Rand durch austretende Getreidestränge ausgezahnt ist, weisen ein weiteres charakteristisches Merkmal auf. Wenn zwischen den Auszahnungen Halme flachgedrückt werden, neigen sie dazu, sich gegen die senkrechte Getreidewand zu lehnen und sich dort nach rechts und links aufzufächern. Da der Rand des Bodenmusters an diesem Bogen entlang ausläuft, wirkt die Kreiswand nicht so scharf und aufrecht wie sonst.
Einige Kreise haben mehrere Muster, wie auf den Abbildungen 62 bis 66 zu sehen ist. Diese Kreise demonstrieren sehr anschaulich, was für ein komplizierter Prozeß stattgefunden haben muß, um solche Schichtungen zu erzeugen.
Eines unserer Hauptprobleme besteht darin, nachzuvollziehen, wie die enge Nachbarschaft gegenläufiger Spiralmuster zustande kommt, wenn also in einem Kreis zwei gegenläufig flachgedrückte Spiralen ohne Übergang von einer Drehrichtung zur anderen nebeneinander existieren. Das erscheint unnatürlich und dem Anschein nach wie ein gezielter Versuch einer intelligenten Manipulation. Untersuchten wir die Grenzlinie zwischen den gegenläufigen Spiralen genauer, stellten wir fest, daß zwischen den beiden Drehrichtungen eine scharfe Trennlinie verlief. Ein Halm lag im Uhrzeigersinn, und der nächste in Richtung auf den Kreisrand lag in entgegengesetzter Richtung.
Wenn die Halme der Pflanzen flachgelegt werden, bleiben sie gerade und folgen nicht der Krümmung, die ihrem jeweiligen Radius entspricht. Eine Ausnahme bilden die Pflanzen im Zentrumsbereich einer eng gewundenen Spirale. Wenn die Halme so liegen, daß sie ein Muster beschreiben, wie Sie es von den Rillen einer Schallplatte kennen, könnte man sie als tangential bezeichnen. Manche Kreise weisen ein solches Tangentialmuster auf, während andere im Krümmungswinkel ihres Bodenmusters von tangential bis hin zu geradlinigen Strahlen variieren. Wir haben Kreise gefunden, die mehrere Schichten verschiedener Bodenmuster hatten: wenn wir die Schichten nacheinander abhoben, kamen bis zu drei Lagen zum Vorschein. Die Ausrichtung der verschiedenen Schichten ist oft extrem unterschiedlich. So haben wir zum Beispiel unter einer im Uhrzeigersinn gewundenen Schicht eine zweite entdeckt, die entgegengesetzt verlief, und darunter eine strahlenförmige Lage. Trotz alledem waren die Pflanzen in diesem vielschichtigen Muster mit unterschiedlichen Ausrichtungen nicht beschädigt. Um die Dinge noch komplizierter zu machen, kann es vorkommen, daß nur ein kleiner Ausschnitt der Bodenfläche diese Schichtungen aufweist, während der Rest aus einer herkömmlichen Spirale mit einer Windung besteht. Natürlich leiden bei jedem Kreis die unten liegenden Pflanzen an Lichtmangel und gehen manchmal daran und an der

Feuchtigkeit zugrunde. Dazu trägt auch die dichte Aussaat des Getreides bei, denn ein weniger dicht eingesätes Getreidefeld hat, wenn es flachgedrückt wird, größere Chancen, nach einem Regenschauer wieder zu trocknen.

Einige Kreise besaßen ein weiteres rätselhaftes Merkmal: unter der Hauptspirale lag ein etwa 30 Zentimeter breiter Radialpfad. Wie üblich waren die Halme nicht beschädigt; das Getreide lag auf der einen Hälfte des Pfades vom Mittelpunkt aus gesehen auswärts gerichtet, während es auf der anderen Hälfte vom Rand aus einwärts zur Mitte lag. Auf halbem Weg überlappten sich die beiden Hälften.

Wir haben nun gegenläufige Drehrichtungen und Lagen beschrieben. Jetzt kommen wir zu einer interessanten Musterung, die nur auf der Hälfte einer Kreisfläche vorkam; es ist das in Schaubild 2, Graphik E abgebildete Muster. Das Getreide lag hier bis etwa 50 Zentimeter vor dem Kreisrand strahlenförmig. Dann traf es rechtwinklig auf eine rechtsläufige Spirale. Da das Spiralmuster stellenweise von den Strahlen überlagert war, muß es schon vor dem Strahlenmuster eingeprägt gewesen sein.

1987 tauchten im Vergleich zu früheren Jahren so viele verschiedene Bodenmuster auf, daß wir uns allmählich fragten, ob wir die Kreise in der Vergangenheit sorgfältig genug untersucht hatten. Nachdem wir die Aufnahmen aus früheren Jahren noch einmal gründlich durchgesehen und uns in Erinnerung gerufen haben, wie komplex die Bodenmuster früher waren, sind wir uns ziemlich sicher, daß die Bodenmuster des Jahres 1987 in den meisten Fällen sehr viel komplizierter waren, als wir es je zuvor gesehen hatten. Dies bestätigt vielleicht, daß es sich hier um ein unnatürliches, nicht wiederholbares, jährliches Ereignis handelt. Schon zu Beginn der Saison 1987 bemerkten wir, daß etwas anders war, nicht nur an den Bodenmustern, sondern auch an unserem Eindruck beim Betreten der Kreise. Es schien eine schwer zu beschreibende Atmosphäre zu herrschen.

Die Spiralmuster der Vorjahre waren ordentlich und feinsäuberlich rechts- oder linksläufig eingeprägt. Der einzige Unterschied bestand in der Anzahl der Spiralwindungen. Das Spiralmuster gehörte jedoch zu den konstanten und fundamentalen Merkmalen der Kreise.

Die Bodenmuster sind von Bedeutung, weil sie zeigen, daß hier eine Kraft wirkt, für die es keine bekannte wissenschaftliche Erklärung gibt. Die Wurzeln, Halme und Ähren des betroffenen Getreides sind, wie erwähnt, nur selten beschädigt, wie kompliziert das Bodenmuster auch sein mag. Selbst wenn die Halme in entgegengesetzten Richtungen liegen, sind sie offenbar nicht geknickt, sie müssen also säuberlich aneinander vorbeigeglitten sein.

In einigen Formationen fanden wir eine Art Scheitel- oder Fischgrätmuster vor, obwohl der Begriff Fischgrätmuster zu stark den Eindruck von Symmetrie erweckt. Wie in Abbildung 74 und in Schaubild 4 zu erkennen ist, liegen die Halme bei diesem Muster auf einer Seite des Scheitels fast parallel zur Scheitellinie, während sie auf der anderen Seite fast rechtwinklig vom Scheitel weglaufen. Die Kraft, die dies hervorgebracht hat, muß eine extreme Trennschärfe besitzen, um keine Übergangszonen zu hinterlassen. Kreise mit diesen Scheiteln, deren Länge von 1 bis zu 9 Metern reicht, weisen auch Spiralmuster auf, die jeder der in Schaubild 2 abgebildeten Formen entsprechen können.

Das in Schaubild 2, Figur K abgebildete Spiralmuster tauchte ausschließlich 1987 auf. Das Phänomen der Kornkreise ist schon kompliziert genug, auch ohne den Versuch, sich vorzustellen, wie eine Kraft S-förmige Spiralen hervorbringen kann mit Variationen von ebenmäßigen Sinuskurven bis hin zu einer großen Windung, die in der Kreismitte beginnt und am Kreisrand in einer kleinen Windung in Gegenrichtung ausläuft. Die Krümmung dieser kleinen Windung am Kreisrand ist ebenfalls unterschiedlich; manchmal verläuft sie am Ende der Windung parallel zur Kreisperipherie, ein anderes Mal ist die Krümmung flacher, und die Windung läuft in der umgebenden Wand aus. Auch S-förmige Spiralen bilden Stränge, die über den Kreisrand hinausragen. Wie bei Kreisen mit Strahlenmustern ist der Kreisrand nur an den Stellen abgestuft, an denen es zu solchen Auszahnungen kommt und die Halme sich am Ende der Ausbuchtungen nach oben biegen.

Welche Kraft ist in der Lage, in einem Kreis unterschiedliche Bodenmuster hervorzubringen? Wen die bisherigen Beschreibungen noch nicht verwirrt haben, den bringt vielleicht die folgende Beschreibung geflochtener Bodenmuster aus dem Gleichgewicht. Solche Muster wurden bisher in mehreren Kreisen beobachtet. Hier lagen die Halme in Bündeln zu einem typischen Zopfmuster verflochten, in dem jedoch alle Halme gerade blieben. An manchen Stellen lagen drei und mehr Stränge in unterschiedlichen Winkeln über- und untereinander, so daß sie tatsächlich ineinander geflochten waren. Das Kraftfeld, das

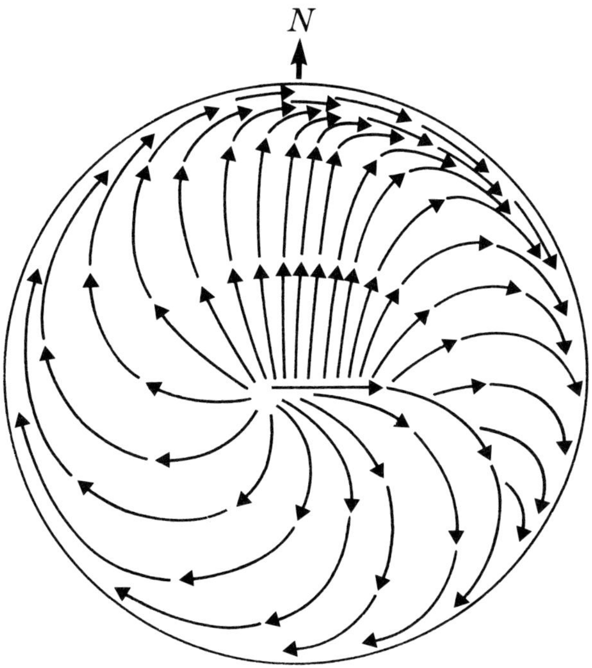

Schaubild 4.

solch ein Muster hervorgebracht hat, müßte wie eine Strickmaschine arbeiten. In zwei Fällen in verschiedenen Kreisen lagen einige Stränge der Zöpfe in gegenläufigen Richtungen.
Diese außergewöhnliche unbekannte Kraft scheint unerschöpfliche Möglichkeiten zu besitzen, immer kompliziertere Bodenmuster zu erzeugen.
In vielen Kreisen ist das Getreide in dem jeweiligen Muster so fest auf den Boden gedrückt, daß man ohne weiteres darauf laufen kann, ohne tiefere Spuren zu hinterlassen. Hebt man einige Halme sehr vorsichtig hoch, sind die Eindrücke zu erkennen, die sie im Boden hinterlassen haben. Die Bodenmuster in der Kreismitte sind sehr unterschiedlich. Bis 1986 wiesen sie gewöhnlich das klassische Spiralmuster auf (siehe Abb. 62) oder eines, das ihm sehr nahekam. Die Stränge entsprangen im Zentrumsbereich des Kreises rund um einen kleinen Fleck nackter Erde und liefen wie von einer Radnabe aus spiralförmig nach außen; das ganze Muster machte einen technisch sauberen und ordentlichen Eindruck.
Im Laufe der letzten zwei Jahre trafen wir auf erstaunliche Varianten dieser klassischen Form des Zentrumsbereichs. Da gab es Formationen, in deren Zentrum auf einer Fläche von zwei Metern im Quadrat alle Halme in einer Richtung ausgerichtet waren.

Abbildung 62.

An einer Seite dieser Fläche bildeten die Wurzeln der Getreidepflanzen eine gerade Scheitellinie (siehe Abb. 63), an der die Spiralstränge entsprangen und im Winkel abbogen. Am Kopfende dieses Quadrats setzten sich die Halmreihen in Spiralsträngen fort, in die auch jene Halme einmündeten, die an den Seiten des Quadrats entsprangen.

Auch der gescheitelte Zentrumsbereich ist eine interessante Formation. Gewöhnlich bildet sich hier im Zentrum eine etwa 1,50 Meter lange Scheitellinie, von der die Spiralstränge abbiegen. Solche ausgedehnten Zentrumsbereiche weisen zahlreiche Komplikationen auf und bestehen manchmal sogar aus mehreren Schichten; in solchen Fällen ist die eigentliche Spiralmitte schwer auszumachen.

Gewöhnlich ist das Spiralzentrum die einzige Stelle, an der gebogene Getreidehalme zu finden sind. Abbildung 64 zeigt zum Beispiel einen Kreis, in dem Gerstenpflanzen eng gewunden zu einer Art Schüssel mit einem Durchmesser von einem Meter formiert waren. Die Ähren der Pflanzen lagen auf ihren Wurzeln. Wenn die Spiralstränge im Zentrum in einer engen Windung entspringen, sind die Halme gebogen, aber nicht gebrochen. Bei sehr engen Windungen im Spiralzentrum haben wir gelegentlich beobachtet, daß Halme geknickt waren, jedoch

Abbildung 63.

nicht so stark, daß es ihr Wachstum beeinträchtigt hätte.
Die Variationen der Spiralzentren reichen von eng gewundenen Schüsselformationen bis hin zu geraden Strahlenmustern. Alle sind gleichermaßen fest gegen den Boden gedrückt. Gelegentlich gibt es auch gemischte Formationen, in denen auf einer Hälfte eine Spirale entspringt, während die andere Hälfte sehr viel gerader, manchmal sogar strahlenförmig verläuft. Ebenso wie für die Anordnung der Getreidehalme gilt auch für die Muster im Spiralzentrum, daß nichts sicher ist. Wenn es Variationsmöglichkeiten gibt, tauchen sie auch auf.
Wir haben vom Spiralzentrum und nicht von der Kreismitte gesprochen, weil die Spiralen nicht immer im Kreismittelpunkt entspringen. Wir haben exzentrische Verschiebungen bis zu 1,50 Meter vom Kreismittelpunkt gemessen. Manchmal ist das Zentrum einer Spirale schwer zu bestimmen, weil sie mehrere Ausgangspunkte zu haben scheint. Es sieht aus, als entspränge sie an drei Stellen auf einer Fläche von einem Quadratmeter aus einem Wirrwarr von Spiralaugen, die jedoch wie immer flach auf den Boden gedrückt sind.
Es würde die Lösung des Problems vermutlich vereinfachen, wenn klar wäre, daß die flachgedrückte Spirale immer im Kreismittelpunkt entspringt. Um die Dinge noch komplizierter zu machen, haben wir indes schon bei manchen Spiralen gesehen, daß die Stränge, die im Zentrum entsprangen, über Strängen lagen, die etwas weiter zum Kreisrand entsprangen; die Stränge im Spiralzentrum müssen also nach den äußeren Strängen flachgelegt worden sein.
Bei den meisten Kreisen liegt der Schluß nahe, daß das Getreide gleichzeitig flachgedrückt wurde, da auf jedem Halmbündel ein anderes liegt und so der Ausgangspunkt nicht klar zu bestimmen ist. Die einzelnen Bündel sind recht gut zu unterscheiden, als hätte

Abbildung 64.

Abbildung 65.

jemand sie von Hand zusammengefaßt und leicht gewunden, während man sie zu Boden drückte und mit angrenzenden und nachfolgenden Bündeln verflocht.

In einem Kreis fanden wir die untere Hälfte eines Bündels von der oberen Hälfte des vorigen Bündels bedeckt, so daß sie zusammen ein Katharinenradmuster ergaben (siehe Abb. 65). Kein Halm war gebogen und verknickt.

In Abbildung 66 sehen Sie ein interessantes Spiralzentrum, das eine Reihe der oben beschriebenen Merkmale in sich vereint: Bündel, Stränge, Spiralwindungen, Scheitellinie und gegenläufige Halmausrichtungen. Auf der Aufnahme ist auch recht gut zu erkennen, wie die Halme unmittelbar über dem Boden gebogen sind.

An der Bodenoberfläche im Spiralzentrum haben wir nie etwas Ungewöhnliches entdecken können, lediglich die unberührte Erdoberfläche. Gelegentlich gibt

Abbildung 66.

es ein paar Flechten oder Moose, soweit sie auch im übrigen Feld zu finden sind.

Kreiswand

Die Außenränder oder Kreiswände variieren in ihrer Ausprägung von klaren Grenzen zwischen horizontalen und vertikalen Getreidepflanzen ohne jeglichen Übergang bis zu ausgezahnten, unregelmäßigen Rändern mit Spuren von offensichtlicher Gewalteinwirkung. In Kreisen mit Spiralen von zwei und mehr vollen Umläufen sind die Ränder gewöhnlich klar und sauber abgegrenzt. Sie sehen technisch präzise aus, und jeder Halm wirkt wie eigens zur Untersuchung hingelegt. Die vertikalen Pflanzen machen um den ganzen Kreisrand herum den Eindruck, als wachten sie über ihre Kollegen, die fest und flach zu Boden gedrückt daliegen. Die Trennlinie ist erstaunlich und unnatürlich abrupt.

Spiralstränge mit einer nach außen abnehmenden Krümmung dringen meist leicht in die vertikale Umwandung ein. Das Strangende lehnt sich nicht gegen die stehende Pflanzenwand, sondern liegt ebenfalls flach, eventuell leicht nach oben gebogen wie ein schnell ausgerollter Treppenläufer; es wirkt wie in die Pflanzenwand hineingeschleudert. Je nach Größe hat ein Kreis mehrere solcher Auszahnungen, zwischen denen sich die gewundenen Getreidestränge jeweils an die Kreisperipherie anschmiegen. Da die Spiralstränge nicht im gleichen Abstand verteilt sind, verteilen sich auch die Auszahnungen nicht gleichmäßig über den Rand; ebenso variiert die Tiefe der Auszahnungen.

In manchen Kreisen kommt es vor, daß zwei oder drei Spiralstränge dicht nebeneinander über den Kreisrand hinausragen und eine Art Ausbuchtung in einer ansonsten konzentrischen Konfiguration bilden.

In Kreisen mit einem strahlenförmigen Bodenmuster sind die Randabstufungen am stärksten. Die Getreidestränge scheinen sich mit Wucht ihren Weg nach außen zu bahnen und richten sogar einigen Schaden an. In manchen Fällen, in denen wir dieses seltsame Merkmal vorgefunden haben, waren die Halme an den Stellen, an denen sie die Kreiswand durchbrachen, nicht nur gegen die stehenden Pflanzen gelehnt, sondern sogar abgebrochen. Ganze Pflanzen hingen mit Wurzeln kopfüber im stehenden Getreide. Die meisten der entwurzelten Pflanzen waren nur leicht beschädigt, einige überhaupt nicht. Manche lagen unversehrt auf den Ähren der umstehenden Getreidepflanzen.

Bei vielen der Kreise mit stark ausgezahnten Rändern verlief das Bodenmuster wie in Schaubild 2, Figur J im Zentrum in einer leichten Kurve, die sich allmählich streckte, bis sie zum Rand hin strahlenförmig wurde.

Nicht alle Kreise mit mehrfach gewundenen Spiralen haben einen präzise gezeichneten Rand. Bei manchen sind am Rand ein paar Halme in einem Winkel von etwa 45 Grad in Richtung der Spiralwindung geneigt. Es sieht so aus, als hätten diese Halme die Kraft, die auf die übrige Kreisfläche eingewirkt hat, nur zur Hälfte abbekommen. Die betroffenen Halme bleiben bis zur Ernte in dieser Position.

Kreisgebilde sind in vielen Formen aufgetaucht. Nur etwa zwei Prozent der von uns untersuchten Kreise hatten eine annähernd ebenmäßige Kreisform. Die meisten waren Ellipsen, und oft nicht einmal wirkliche Ellipsen, sondern hatten eine Eiform oder eine Gerade an einer oder sogar an zwei gegenüberliegenden Seiten. Bei Ellipsen mit 2 bis 3 Metern Differenz in der Achslänge spiegelt sich die Ellipsenform nicht zwangsläufig im Spiralmuster wider; meist hat die Spirale einen konzentrischen Ursprung und dehnt sich dann in einer Richtung zu einer elliptischen Form aus. Die Hauptachse der Ellipse verläuft meist in Nord-Süd-Richtung. Welche Bedeutung dem zukommt, ist nicht klar, sofern es nicht mit dem Magnetfeld der Erde zusammenhängt.

Je kleiner ein Kreisgebilde, desto höher ist unserer Beobachtung nach die Wahrscheinlichkeit, daß es die Form eines ebenmäßigen Kreises hat. Gleichzeitig können auch die kleinsten Kreise noch säuberlich zu einem ordentlichen Muster flachgedrückt sein oder verschiedene Abstufungen grober Muster aufweisen. Wie ebenmäßig ein Kreis ist, läßt sich erst bei einer Betrachtung vom Flugzeug aus wirklich abschätzen. Das ist ein unvergeßlicher Anblick, vor allem, wenn das Sonnenlicht sehr flach einfällt.

Die Neigung des Bodens, auf dem eine Kreisformation auftaucht, hat offenbar keinen Einfluß auf seine Form. Die erzeugende Kraft scheint nicht bergab zu gleiten. Es gab Fälle, in denen die Hauptachse einer Ellipse schräg zum Hang lag, und Fälle, in denen Ellipsen auf flachem Grund lagen. Das Phänomen ist von so widersprüchlichem Charakter, daß wir fast damit rechnen, nachdem diese Beschreibungen niedergelegt sind, in der nächsten Saison vielleicht auf dreieckige oder sonstige Formationen zu stoßen, als gelte es, einen Schritt voraus zu bleiben.

Jeder Kreis birgt ein ungewöhnliches Merkmal, dessen Entdeckung verblüffend ist. Das Phänomen an sich ist schon verwirrend genug, auch ohne den Versuch, zu erklären, weshalb bestimmte Eigenheiten hinzukommen. In einigen Kreisen fanden wir zum Beispiel kleine Büschel und schmale, kurze Streifen aufrecht stehenden Getreides innerhalb der Kreisfläche. Sie konnten etwa bei einem Kreis von 18 Metern Durchmesser in einem Abstand von 2 Metern zum Rand auftauchen oder aber in der Nähe der Kreismitte. Die stehenden Pflanzen sind völlig unberührt und unbeeinflußt von dem Ereignis, das um sie her stattgefunden hat. Die Kraft – was immer es auch gewesen sein mag –, die die umliegenden Pflanzen niedergedrückt hat, ist an den stehenden vorbeigegangen, hat sie völlig außer acht gelassen.

In manchen Kreisen sind über die Kreisfläche verstreut nur ein paar Halme aufrecht stehengeblieben. Sie fallen deutlich ins Auge und sind zwischen dem flachgelegten Korn ein äußerst signifikantes Merkmal, vor allem, wenn man bei näherem Hinsehen feststellt, daß sie aus einem dicken Teppich horizontaler Halme aufragen. Ein außergewöhnliches Merkmal bilden einzelne Halmbündel, die in einer völlig anderen Richtung als der Drehrichtung des Spiralmusters liegen. Solche Einzelbündel liegen immer unterhalb der Schicht des Hauptmusters. Wir haben auch einzelne vertikale Halme gefunden, die etwa 25 Zentimeter über dem Boden abgebrochen waren. In vier Kreisen fanden wir etwa 10 solcher Halme, und wie immer war kein Grund dafür ersichtlich.

Ringe und Pfade

Ein flachgelegter Ring verleiht einem Kreis zusätzliche Schönheit. Soweit uns bekannt, tauchten sie erstmals 1986 auf; aus früheren Jahren liegen uns keine Berichte über Ringe vor. Die Breite der Ringe ist von Fall zu Fall unterschiedlich, und zwar unabhängig vom Durchmesser des jeweiligen Kreises. Wir haben sowohl einen Kreis im Durchmesser von 17 Metern mit einem Außenring von 2 Metern Breite gefunden, als auch einen größeren Kreis mit einem 1,50 Meter breiten Außenring. Derartige Inkonsistenzen sind typisch für dieses Phänomen.

Auch die Breite des Kranzes aus aufrecht stehendem Getreide zwischen Kreis und Außenring ist unterschiedlich, und zwar ebenfalls unabhängig vom Durchmesser des Kreises und der Breite des Außenringes. Die Drehrichtung des flach gelagerten Korns verläuft jedoch im Außenring immer entgegengesetzt zum Innenkreis; doch schon nach der nächsten Saison könnte diese Feststellung widerlegt sein. Das Bodenmuster der Ringe entspricht dem klassischen Bodenmuster im Kreis, das heißt, das Getreide liegt tangential zum Ringmittelpunkt. Die Halme weisen leicht nach außen zum Rand des Ringes. In Ringen haben wir noch nie gegenläufige Halmlagen vorge-

funden. Das Getreide liegt feinsäuberlich in einer Richtung.
Die inneren und äußeren Ringwände weisen interessante Charakteristika auf, die denen der Kreiswände entsprechen. Die Innenwand eines Ringes ist meist klar umrissen und ohne Abstufungen. Die Außenwand ist häufig durch übergreifende Spiralstränge leicht ausgezahnt, wie es bei Kreisen der Fall ist. Die Stränge sind ebenso geformt wie die in Kreisen; da sie jedoch kürzer sind, haben sie natürlich kaum Möglichkeiten, sich zu teilen. An den Außenwänden der Ringe gibt es gelegentlich leichte Abstufungen. Sie sind um so stärker ausgeprägt, je steiler der Ausfallwinkel der Stränge ist. Auch hier wirken die Auszahnungen wie in die Außenwand hineingesprengt.
Wir haben in Ringen noch nie strahlenförmige Bodenmuster entdeckt, sie verlaufen immer in rechts- oder linksläufigen Spiralen. In manchen Ringen hatten die Außenwände Ausbuchtungen, für die es keinen ersichtlichen Grund gab. In diesen Ausbuchtungen liegt das Getreide flach am Boden und folgt der Wölbung der Bucht.
Die Form des Außenringes entspricht gewöhnlich der Form des Innenkreises, doch gibt es auch hier Abweichungen, die vor allem bei elliptischen Formationen deutlich werden. An einer Seite der Hauptachse ist der Ring in die Länge gezogen oder gedehnt. Der Kranz aus stehendem Getreide ist an dieser Stelle breiter, ebenso der Ring selbst. Um diese Form nachzuahmen, müßte die Ellipse mit dem Außenring auf eine dünne Gummifolie gezeichnet, die Ellipse entlang der Nebenachse festgehalten und die Gummifolie an einer Seite der Hauptachse in die Länge gezogen werden. Das Ergebnis entspräche der Form in Schaubild 3.
Würden Sie langsam eine solche Ringbahn entlanggehen und sorgfältig auf alle ungewöhnlichen Einzelheiten achten, dann würden Sie staunen, wie lange Sie für diesen Weg benötigen. Manche der größeren

Schaubild 3.

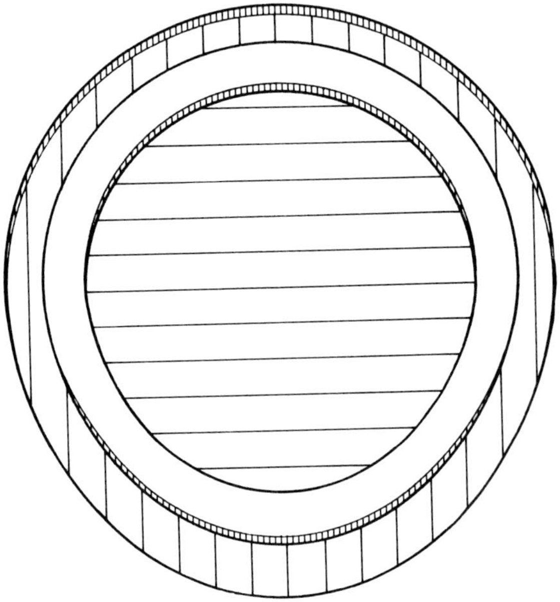

Ringe haben immerhin einen Umfang von 80 Metern, und auf dieser Strecke gibt es oft viel Interessantes zu sehen.
Aus manchen Ringen führt ein kurzer Pfad hinaus. Der Boden ist auf dieselbe Weise flachgedrückt wie im Ring. An der Abzweigung des Pfades aus dem Ring liegt das Getreide in einem komplizierten Muster, das eine Mischung aus der Windung im Ring und dem nach außen strebenden Muster im Pfad darstellt. Diese Pfade sind Sackgassen, die abrupt, gelegentlich mit einer leichten Abstufung enden und zwischen 2 und 16 Metern lang sind.
Zuweilen führen auch aus Kreisen Pfade heraus, es sind ebenfalls Sackgassen. Ein Pfad, der aus einem Kreis herausführte, beschrieb am Ende eine rechtwinklige Kurve, die nach einem Meter abrupt endete.

Hier lehnten die Getreidehalme gegen die unberührt aufrecht stehenden Pflanzen. Auf dem Pfad lag das Getreide vom Kreis weggewandt, flach und unversehrt am Boden; selbst in der rechtwinkligen Kehre waren die Halme in unterschiedlichen Winkeln überlagert, so daß die Breite des Pfades erhalten blieb. Kein einziger Halm lag in entgegengesetzter Richtung.

Aus der Luft betrachtet wirkt ein solcher Kreis mit Pfad im Umriß wie eine Kaulquappe, deren Schwanz sich jedoch nicht verjüngt, da die Seiten der Pfade immer parallel verlaufen.

Da das Bodenmuster auf den Pfaden immer vom Kreis wegweist, scheint er eher den Ausgang als den Eingang eines Kraftfeldes zu repräsentieren. Was immer auch die Ursache sein mag, habe ich den Eindruck, daß hier ein wesentlicher und signifikanter Schlüssel zu dem Problem liegt.

Vielleicht entdecken wir eines Tages in einem Kornfeld eine lange, gerade, flachgedrückte Bahn ohne einen Kreis und fernab von anderen Spuren. Nach den bisherigen Untersuchungen des gesamten Phänomens rechne ich mit dem Auftauchen jeglicher Ausprägungen und Konfigurationen.

KAPITEL 3

KREISMERKMALE IN EINZELBEISPIELEN

Abbildung 67: **Upton Scudamore, 1987.**
Dieses klassische Spiralzentrum weist die typischen Stränge oder Adern auf, die im Mittelpunkt entspringen und sich auf dem gewundenen Weg zur Kreisperipherie vervielfachen. Dieses Beispiel stammt aus dem Mittelkreis einer wie Würfelaugen angeordneten Fünfergruppe. Bei genauerem Hinsehen ist zu erkennen, daß die Halme nicht gebogen sind, wie der erste Eindruck glauben macht, sondern gerade liegen. Die Stränge wirken, als seien sie mit einem überdimensional großen Kamm in Form gebracht.

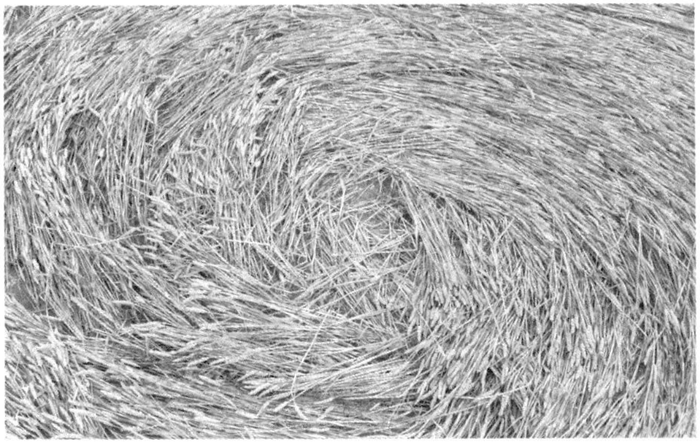

Abbildung 67.

Abbildung 68: **Dog-leg Field, Longwood Estate, 1987.**
Ein weiteres Beispiel für ein Spiralzentrum, bei dem die Strangbildung und die Windung der Stränge deutlich zu erkennen sind.

Abbildung 68.

Abbildung 69: **Kreis mit Außenring, Punch Bowl, Cheesefoot Head, 1986.**
Dies ist ein Beispiel für einen Kreis mit gegenläufigen Lagen. Die in entgegengesetzten Richtungen liegenden Halme sind deutlich zu erkennen. Die Halme auf der linken Bildhälfte liegen mit den Ähren zum unteren Bildrand, während die Halme der rechten Bildhälfte mit den Ähren zum oberen Bildrand gerichtet sind. Die Halme sind jeweils unmittelbar über dem Boden umgebogen und fest zu Boden gedrückt, ohne daß die Pflanzen beschädigt wären; sie wachsen daher horizontal weiter und reifen auch in dieser Position. Sie können einen abgeknickten Halm und einige, die verschoben sind, entdecken; das kommt gelegentlich vor, wenn einer von uns sich beim Begehen der Kreisfläche mit dem Fuß in den Halmen verfängt. Die Grenzlinie zwischen den beiden entgegengesetzten Richtungen ist äußerst bemerkenswert: die Halme greifen nicht ineinander, liegen nicht durcheinander oder seitlich verschoben; sie sind ohne Abstufungen an der Grenzlinie der beiden Richtungen aus einer stehenden in eine liegende Position gebracht worden. Eine leichte Fächerung der Halme, wie sie ge-

Abbildung 69.

Abbildung 70.

Abbildung 71.

legentlich am Ende eines Spiralstranges vorkommt, wenn er auf die Kreisperipherie trifft, ist gut zu erkennen.

Abbildung 70: **Ausschnitt des kleineren Kreises einer Zweiergruppe, Bratton, Juli 1987.**
Dieser Kreis wurde einige Tage später von einem größeren überlagert. Die Abbildung zeigt einen merkwürdigen dünnen, gegenläufigen Streifen, wie er 1987 bei mehreren Kreisen vorkam. Das Spiralmuster des Kreises verläuft gegen den Uhrzeigersinn, doch am Rand ist ein schmaler Streifen aus wenigen Halmen im Uhrzeigersinn flachgelegt; es handelt sich um ein Muster der Kategorie E, Typ Y. Bei genauerer Untersuchung wirken diese Kreise, als hätte jemand das Getreide zunächst gegen den Uhrzeigersinn gekämmt und zum Abschluß außen herum einen dünnen Strich in entgegengesetzter Richtung gezogen. Auf diesem Bild ist auch deutlich der klar und präzise gezogene Rand zu erkennen, den viele Kreise aufweisen.

Abbildung 71: **Punch Bowl, Cheesefoot Head, 1986.**
Die Abbildung zeigt eine Ausbuchtung an der Nordseite eines Außenringes in einer Kreisformation, die am Westrand der Punch Bowl auftauchte. Sie ist typisch für die Art von Ausbuchtungen, die gelegentlich in den Außenwänden von Ringen und Kreisen anzutreffen sind. Bislang haben wir dafür noch keinerlei Erklärung. Gewöhnlich sind sie etwa zwei Meter lang und greifen etwa 50 Zentimeter tief in das umstehende Getreide vor. Eventuell sind sie das Ergebnis eines Lückeneffekts (siehe auch Abb. 83) bei der Entstehung des Ringes oder Kreises. Die verursachende Kraft trifft bei der Bildung der Kreisperipherie auf eine freie oder dünn eingesäte Stelle und drängt vorübergehend nach außen; sie gelangt jedoch wieder auf ihre ursprüngliche Kreisbahn, und es entsteht eine Ausbuchtung. Eine andere Möglichkeit für das Zustandekommen solcher Buchten könnte darin

bestehen, daß die verursachende Kraft ansatzweise den Durchmesser eines Kreises oder Ringes vergrößert, nach einem kurzen Stück aber diese Ausdehnung abbricht. Wenn in einem Ring zwei Ausbuchtungen vorhanden sind, wölbt sich die Innenwand des Ringes an den gegenüberliegenden Stellen niemals nach außen.

Abbildung 72: **Bratton, 1987.**
Hier sehen Sie flach gelagerte Weizenpflanzen, die völlig unversehrt und gesund weiterwachsen, wie es für alle derartigen Kreis- und Ringgebilde typisch ist. Die Halme sind knapp über dem Boden weit heruntergebogen, während die Pflanzen im übrigen gerade bleiben. Die Biegung des Halms hat gewöhnlich einen Radius von ein bis zwei Zentimetern; falls ein Halm an dieser Stelle verknickt und beschädigt ist, ist jemand an oder dicht neben der Biegung darauf getreten. Ein Bündel dieser Halme wieder aufzurichten ist äußerst schwierig. Wenn wir mit der Hand unter eine Reihe von Halmen griffen und versuchten, sie anzuheben, spürten wir, daß die Halme sich steif und widerstrebend anfühlten. Es ist, als wollten sie, nachdem sie einmal flachgelegt wurden, auch in dieser Position bleiben. Bei Versuchen, mit allen erdenklichen Mitteln Getreidehalme auf eine in Abbildung 72 gezeigte Weise flachzulegen, verknickte oder brach immer ein großer Prozentsatz der Pflanzen. Falls eine außerirdische Manipulation das Getreide niederdrükken sollte, ist die verwendete Kraft in ihrer Funktionsweise für uns ohnegleichen.

Abbildung 72.

Abbildung 73: **Little Cheverall, Wiltshire, 1987.**
Das S-förmige Muster dieses Kreises beginnt in der Kreismitte mit einer Windung gegen den Uhrzeigersinn. Auf halbem Wege zum Kreisrand ändern die Stränge ihre Richtung und laufen gerade auf den Rand zu, bis sie kurz vor dem Kreisrand in eine rechtsläufige Windung abbiegen. Zum erstenmal zeigten im Jahr 1987 viele Kreise dieses spezielle Muster.

Abbildung 73.

Abbildung 74.

Abbildung 74: **Punch Bowl, Cheesefoot Head, 1987.**
Dies ist ein sehr ungewöhnliches Muster, bei dem die Scheitellinie im Zentrumsbereich deutlich zu erkennen ist. Es ist in Schaubild 4 im Diagramm nachgezeichnet.

Abbildung 75.

Abbildung 75: **Kreis mit Ringmuster, Punch Bowl, 1987.**
Das Bild zeigt einen Kreisausschnitt, in dem ein Strahlenmuster einen rechtsläufig gewundenen Außenkranz überlagert, wie es dem Muster E, Typ X, entspricht. Offenbar wurde der Außenkranz vor den Strahlenbündeln flachgelegt; die Kraft, die die Halme niedergedrückt hat, muß demnach ihre Richtung radikal geändert haben. Am oberen Bildrand ist das Ende eines Strahlenbündels zu erkennen, das gegen die Außenwand des Kreises geschleudert wurde. An dieser Stelle hörte der darunterliegende Spiralkranz auf.

Abbildung 76: **Upton Scudamore, 1987**.
Dieses Bild zeigt entweder das Ergebnis einer in der Richtung nicht festgelegten Rotationskraft, die zunächst im Uhrzeigersinn drehend begann und dann zur entgegengesetzten Richtung überging, oder das Ergebnis einer zweiten Einwirkung, die die ursprüngliche Spirale mit einer entgegengesetzt gewundenen überlagert hat. In Teilen des Bodenmusters waren eindeutig Beispiele für beide Richtungen zu erkennen. Ebenfalls deutlich zu erkennen sind einige Lokken an Stellen, an denen die rechtsläufig gewundenen Stränge aufgehoben und in Gegenrichtung geschleudert wurden. Es ist erstaunlich, wie wenig die Halme selbst bei dieser doppelten Richtungsänderung beschädigt wurden.

Abbildung 76.

Abbildung 77: **Headbourne Worthy, Winchester, 1986.**
In diesem eng gewundenen Spiralzentrum sind die Halme so stark gebogen, daß einige leicht geknickt sind; es ist der einzige Fall, in dem wir dies beobachtet haben. Wie deutlich zu erkennen ist, liegt die Gerste in dem klassischen linksläufigen Spiralmuster.

Abbildung 77.

Abbildung 78: **Punch Bowl, Cheesefoot Head, 1986.**
Hier sehen Sie die durchschnittliche Dichte eines Spiralzentrums in einem dicht eingesäten Weizenfeld. Die blanke Erdstelle in der Mitte ist normal, da alle Halme von dieser Stelle weglaufen. Auch hier sind die knapp über dem Boden weit heruntergebogenen Halme, die alle gesund weiterwachsen, deutlich zu sehen.

Abbildung 78.

Abbildung 79: **Bratton, Wiltshire, 1987.**
Das Bild zeigt den Zentrumsbereich eines Kreises in einem reifen Weizenfeld, das recht spärlich eingesät war. Da das Getreide nicht sehr dicht stand, sind die unteren Halmenden gut zu erkennen. Nachdem das Feld abgeerntet war, tauchte später ein kreisrunder grüner Fleck an dieser Stelle auf. Die reifen Körner waren aus den Ähren der horizontal gereiften Pflanzen, die der Mähdrescher nicht erfaßt hatte, herausgefallen und aufgegangen. Das Loch im Boden stammt von einer unserer Meßlatten. Wir sind von dieser Methode recht bald abgekommen, da sie die Authentizität der Kreismitte beeinträchtigt.

Abbildung 79.

Abbildung 80: **Punch Bowl, 1987.**
Eine große, im Muster nicht klar ausgeprägte Fläche, die mehr nach einem Scheitel aussieht als nach einer Spirale. Sie bildete den Zentrumsbereich des Mittelkreises einer Fünfergruppe.

Abbildung 80.

Abbildung 81: **Punch Bowl, 1986.**
Auf einer Fläche von 2 mal 2 Metern scheinen die Weizenpflanzen träge dahinzufließen. Außerhalb dieser Fläche gehen sie in das klassische Spiralmuster über. Wir fanden dieses Muster im Zentrumsbereich des Kreises am Westrand der Punch Bowl.

Abbildung 81.

Abbildung 82: **Punch Bowl, 1986.**
Hier wird deutlich, wie sauber und ordentlich die meisten Ringe ausgeformt sind. Innen- wie Außenwand sind klar abgegrenzt. Die Halme weisen leicht nach außen, ein typisches Merkmal aller Ringe.

Abbildung 82.

Abbildung 83: **Chilcomb, Winchester, 1987.**
In diesem Ausschnitt einer Kreis-Ring-Formation sehen Sie ein deutliches Beispiel für den Lückeneffekt. Der Spiralstrang des Ringes hat die Tendenz, den Treckerspuren zu folgen, kommt wieder auf seine ursprüngliche Bahn zurück und folgt weiter seiner eigenen Krümmungslinie; auf diese Weise entsteht eine Wellenlinie.

Abbildung 83.

Abbildung 84: **Dog-leg Field, Longwood Estate, 1987.**
Hier sind einige Pflanzen fest zu Boden gedrückt, während andere unbehelligt aufrecht stehengeblieben sind. Das könnte das Ergebnis von induzierenden Strahlen oder Kraftbändern sein, die nicht konzentriert genug waren, um die gesamte Kreisfläche niederzudrücken.

Abbildung 84.

Abbildung 85.

Abbildung 86.

Abbildungen 85 und 86: **Thruxton, Hampshire, 1987.** Auf beiden Bildern ist ein klar umrissener Kreis zu erkennen. Das Getreide ist nicht spiralförmig flachgepreßt, sondern ein Wirrwarr geknickter Halme, denen größtenteils die Ähren fehlen. Es ist nicht das Ergebnis einer Windhose, da keinerlei Anzeichen einer Spirale zu finden waren. Die Halme sind etwa auf halber Höhe abgeknickt. Die Ähren wurden mit einer minimalen Horizontalverschiebung vertikal nach unten gezogen. Verantwortlich für diesen Kreis sind vermutlich Krähen. Ein Bauer sah sie in ähnlich zugerichteten Flächen Gerstenkörner fressen. Weitere Untersuchungen können vielleicht klären, ob die Krähen von Anfang an für den Schaden in dieser Kreisform verantwortlich sind, oder ob der Kreis auf andere Weise entstand und sie ihn erst dann als leicht zugänglichen Futterplatz genutzt haben.

Abbildung 87: **Winterbourne Stoke, Wiltshire, 1987.** Das ist ein typisches Beispiel für die minimalen Abstufungen am Kreisrand. Der plötzliche Übergang von horizontalen zu vertikalen Weizenpflanzen gehört zu den verblüffenden Merkmalen dieses Phänomens.

Abbildung 87.

KAPITEL 4

Aufnahme- und Messverfahren

Aufnahmeverfahren

Wie bei allen neuen Phänomenen, waren die Aufnahme- und Meßverfahren zu Beginn recht einfach.

Anfang der achtziger Jahre fotografierten wir die wenigen Kornkreise, die wir vor Ort besuchten, von der nächsten Bodenerhebung oder aus der Nähe des Kreisrandes. Die Ergebnisse waren recht ordentlich, aber nicht sonderlich beeindruckend, da das Getreide recht hoch stand und die Kamera, wenn wir auf dem Boden standen, sich in Augenhöhe befand. Um den Kreis ins Bild zu bekommen, war es erforderlich, (maximal) zwei Meter vor dem Kreisrand zu stehen. Dann kam jedoch nur ein Ausschnitt des Kreises aufs Bild, sofern die Aufnahme nicht mit einem Weitwinkelobjektiv erfolgte.

Es dauerte nicht lange, bis uns klar wurde, daß wir dieses Problem mit einer erhöhten Kameraposition lösen konnten. Die verschiedenen Methoden, mit denen wir das bewerkstelligten, waren zeitweise ziemlich komisch. Die Kamera auf Armlänge über den Kopf zu halten war recht ermüdend, vor allem, wenn derjenige warten mußte, bis ein Kollege überprüft hatte, ob das Objektiv auch im richtigen Winkel nach unten gerichtet war, und wir im entscheidenden Moment, wenn alles in Ordnung zu sein schien, feststellen mußten, daß wir vergessen hatten, den Film zu spannen.

Um an Höhe zu gewinnen, fertigten wir Latten mit Halterungen für die Kamera am oberen Ende. Das war eine große Verbesserung, und es war wesentlich einfacher zu handhaben, als wenn drei oder vier von uns mit hochgereckten Armen in einem Kreis standen. Außenstehende müssen geglaubt haben, wir hielten eine rituelle Zeremonie ab. Ich bevorzuge eine Stehleiter. Ich besitze eine zwei Meter hohe Klappleiter, die in meinen Wagen paßt. An entlegenen Straßen löst sie jedoch zuweilen komische Reaktionen aus.

1987 hatten Colin und ich den Wagen auf der gegenüberliegenden Straßenseite an einem Weizenfeld mit einer Gruppe von sechs Kreisen abgestellt. Die Kreisformation lag etwa 30 Meter vom Straßenrand entfernt. Ich stellte meine Leiter auf einem 1,50 Meter breiten Randstreifen auf der gegenüberliegenden Straßenseite auf. Vom obersten Leiterabsatz hatte ich einen recht guten, wenngleich etwas schrägen Blick auf die Kreisgruppe. Als ich durch den Sucher der Kamera schaute, bemerkte ich die Wagen, die direkt vor mir mit hoher Geschwindigkeit auf dem langen geraden Straßenabschnitt vorbeirasten. Die meisten fuhren anscheinend auf der anderen Straßenseite, und zwar in beiden Richtungen. Offenbar machten sie einen weiten Bogen um diesen Burschen auf der Leiter, der auf ein allem Anschein nach leeres Feld hinausspähte. Da ich keinen Unfall verursachen wollte, klappte ich schnell meine Leiter zusammen und setzte dieser Ablenkung ein Ende.

An dieser Stelle fanden wir in der Nähe der Kreisgruppe Spuren im Weizenfeld und Schäden am Zaun, die offensichtlich von einem Wagen herrührten, der hier von der Straße abgekommen war. Ich fragte mich, ob der Fahrer wohl etwas gesehen hatte, das ihn ins Feld fahren ließ und das vielleicht mit der Entstehung der Kreise zusammenhing.

Auch bei anderen Gelegenheiten muß der Anblick, den wir boten, manch einen erstaunten Blick erregt haben. Nachdem wir vom Bauern die Genehmigung eingeholt haben, sein Feld zu betreten, ziehen zwei oder drei von uns im Gänsemarsch auf einer der Treckerspuren durch das hüfthohe Getreide, ich mit geschulterter Stehleiter, Colin und Busty mit langen Kameralatten.

Meist verwenden wir Farbfilme, da Schwarzweißfilme die Farbschattierungen der Bodenmuster nicht wiedergeben können. Zudem lassen sich in Farbaufnahmen gut die farblichen Änderungen des Getreides im Laufe des Sommers festhalten und junges Grün, das zwischen den Getreideschwaden durchwächst, ist gut zu erkennen. Bei Farbaufnahmen erübrigen sich auch viele Erklärungen bei der Beschreibung zahlreicher Einzelheiten. Der Gegenstand präsentiert sich hier so, wie wir ihn gesehen haben. Schwarzweißaufnahmen eignen sich zur Wiedergabe in Schwarzweißberichten, zum Beispiel in Zeitungen. Für einige Luftaufnahmen haben wir Infrarotfilme verwendet, sie haben jedoch keine überraschenden Aufschlüsse in den Kreisen oder in ihrer Umgebung erbracht. Wir hatten gehofft, etwaige Spuren eines wie auch immer gearteten Besuchs einer Maschine oder eines Wesens zu finden, der hier vielleicht stattgefunden hätte.

Aus verschiedenen Gründen ist es sehr wichtig, die günstigste Belichtungszeit zu wählen. Da die Kreise oft an zugigen Stellen liegen, nehmen wir die Gesamtsicht meist mit recht kurzen Belichtungszeiten auf, um Unschärfen durch wogendes Getreide zu vermeiden. Detailaufnahmen im Schatten der Kreiswände erfordern Filme mit hoher ASA-Zahl. Das gilt auch für Aufnahmen am frühen Morgen und am Abend, wenn das Sonnenlicht in flachem Winkel einfällt. Wir bevorzugen den Film mit 400 ASA, einen guten Mehrzweckfilm, für den wir uns entschieden, nachdem wir über 200 Fotos auf Filmen mit 100, 200 und 400 ASA gemacht hatten.

An der Punch Bowl in Cheesefoot Head bei Winchester haben sich schon viele leichte Unfälle ereignet. An der Senke in der Form eines natürlichen Amphitheaters läuft eine kurvige Straße entlang, die sich von Winchester die Hügel hinaufzieht. Auf halber Höhe des Hügels führt die Straße durch ein Waldgebiet mit einem schmalen Streifen Niederwald zur Linken. Durch dieses Gehölz ist ein erster Blick auf das Feld möglich, das etwa 60 Meter tiefer liegt. Unvermittelt hört das Wäldchen auf, und das ganze Feld bietet sich offen dem Auge dar. Die Straße macht nun eine Linkskurve, in der eine etwas erhöhte Grasnarbe die Straße vom Zaun zur Punch Bowl trennt. Vorbeifahrende sehen plötzlich eine Reihe Leute mit Kameras und Ferngläsern, die alle auf die Kreise im Korn hinunterzeigen. Natürlich können sie der Versuchung nicht widerstehen, mit einem Blick über die linke Schulter festzustellen, was dieses Interesse auf sich zieht. Wer je versucht hat, einen Wagen auf kurviger Straße in der Spur zu halten, ohne hinzusehen, wo es langgeht, weiß, weshalb die Grasnarbe jedesmal etwas anders aussieht, wenn wir neue Kreise in der Punch Bowl entdecken.

Von dieser Stelle aus gesehen sind die Kornkreise sehr fotogen. Hunderte Aufnahmen müssen hier von unzähligen Leuten gemacht worden sein. Wir haben hier nicht nur Ortsansässige angetroffen, sondern viele, die aus allen Teilen der britischen Inseln und sogar aus dem Ausland kamen. Sehr zum Leidwesen des Bauern Bruce, der dieses Land bestellt, läuft ein kleiner Teil der Leute seitlich in die Punch Bowl hinunter und querfeldein zu den Kreisen, nicht ohne Spuren der Zerstörung zu hinterlassen.

Um allen Erfordernissen gerecht zu werden, arbeiten wir bei unseren Fotoapparaten mit verschiedenen Objektiven von 150 Millimeter Brennweite bis zu Makroobjektiven. Zoomobjektive bieten die besten Variationsmöglichkeiten für die Gestaltung von Gesamtansichten bis hin zu Nahaufnahmen. Makroobjektive verwenden wir, um Spuren an Halmen, deren Ursachen nicht klar auf der Hand liegen, im einzelnen festzuhalten.

Wenn wir aufbrechen, um uns eine neue Fundstelle anzusehen, sind wir für die meisten Eventualitäten ausgerüstet. Unsere Einsatztasche enthält so nützliche Dinge wie zusammenlegbares Stativ, Reservefilme, Objektive, Verbandszeug, Kompaß, Landkarten, Meßlatten, ein 20-Meter-Bandmaß, Klemmbrett mit Schreibblock, Thermosflasche und Butterbrote.

1985 schaffte Busty sich eine Videokamera an, mit der er seitdem viele Stunden Film aus der Luft und am Boden aufgenommen hat. Die beeindruckende Symmetrie der Kreise ist aus der Luft am besten zu erkennen, und mit dem starken Zoomobjektiv lassen sich gute Detailaufnahmen machen. Busty hatte mit seiner Videokamera zwei alptraumhafte Erlebnisse. Das erste ereignete sich 1987 an dem Kreis mit zwei Außenringen in Bratton. Er hatte seine Videokamera an einem sehr langen Metallstab befestigt und ihn etwa 30 Meter vom Außenring entfernt an einem Hang in Stellung gebracht. Wir anderen bauten mit Leitern und Latten die Ausrüstung auf. Plötzlich hörten wir Warnrufe, gemischt mit Flüchen. Ich drehte mich um und sah die Videokamera an ihrer Stange im Getreide verschwinden. Busty war es gelungen, die Stange aufzustellen und mit einem Ende fest im Boden zu verankern. Er begann, die Kamera herumzuschwenken, doch das Gewicht am oberen Ende der Stange beschloß, dem Gesetz der Schwerkraft zu folgen, zuerst langsam, dann mit zunehmender Schräglage der Stange immer schneller. Trotz seiner lebhaften Aufforderungen, oben zu bleiben, landete sie schließlich der Länge nach im Weizen. Die Videoaufnahmen ergaben spannende Bilder, wie sie ein Pilot beim Sturzflug auf die Kreise gesehen hätte.

Ein paar Stunden später machten wir uns auf den Weg zum Kornkreis auf der Town Farm. Wir gingen auf den Treckerspuren am Feldrand nahe dem Bauernhof entlang, Colin vorneweg, ich mit der Leiter in der Mitte und Busty als letzter. Wir waren gerade um eine Kurve an der Ecke des Feldes gebogen, als ich hinter mir einen Schrei und einen Schwall von Flüchen hörte. Als wir uns umdrehten, sahen wir lediglich ein wild bewegtes Stück Weizenfeld, aus dem nicht druckreife Ausrufe drangen. Wir gingen zurück und fanden Busty ausgestreckt am Boden liegen, die Kamera noch an sich gepreßt, doch ohne die Metallstange. Er war über ein Stück Stacheldraht gestolpert, über das Colin und ich weggestiegen waren. Wir halfen ihm auf die Füße, klopften ihm den Staub aus den Kleidern und sammelten seine Ausrüstung ein, doch er klagte über starke Schmerzen im kleinen Zeh. Trotz seiner Pein arbeitete er weiter und machte ein paar hervorragende Aufnahmen des Kreises. Auch für uns war es ein Schock. Es war uns kaum zu verdenken, daß wir wahrhaftig geglaubt hatten, irgendeine Macht hätte ihn ergriffen und in die Tiefe gezogen.

Meßverfahren

Wenn wir in der Anfangsphase unserer Untersuchungen zu dritt oder viert zu einer Fundstelle hinausfuhren, richteten wir es so ein, daß jeder von uns einen anderen Teil des Kreises fotografierte.

Wenn wir zu einer neuen Fundstelle kommen, machen wir zuerst von außerhalb des Kreises Gesamtaufnahmen und gehen anschließend vorsichtig durch den Kreis, um den Zentrumsbereich zu untersuchen und zu fotografieren. Im Mittelpunkt des Kreises legen wir einen Kompaß auf den Boden. Einer von uns hält ein Maßband etwa 50 Zentimeter über dem Kompaß fest, während ein zweiter mit dem anderen Ende des Maßbandes in magnetischer Nordrichtung zum Kreisrand geht. Die Messung tragen wir auf einer vorbereiteten Kreisskizze ein, in der die vier Haupthimmelsrichtungen und die vier exakt dazwischen liegenden Kompaßpunkte eingezeichnet sind. Diese Messungen führen wir an allen acht bezeichneten Punkten durch und tragen sie ein; gewöhnlich geschieht dies gegen den Uhrzeigersinn, da es für uns als Rechtshänder einfacher ist, das Bandmaß mit der rechten Hand gegen den Kreisrand zu halten.

Etwaige auffallende Merkmale messen wir von derselben Stelle aus und notieren die Kompaßwerte. Wir messen auch die Getreidehöhe, Pfade, Scheitellinien, Ausbuchtungen und Auszahnungen sowie aufrecht stehende Getreidepflanzen innerhalb der Kreisfläche. Hat der Kreis einen Außenring, messen wir die Breite des Innenkranzes aus stehendem Korn und die Breite des Ringes an den acht Kompaßpunkten.

Handelt es sich um eine Kreisgruppe, etwa eine Fünfergruppe in der Anordnung von Würfelaugen, müssen auch die Abstände der Kreismittelpunkte und die

Lage der Kreise nach Himmelsrichtungen ausgemessen werden. Es hat sich als einfacher erwiesen, die magnetische Nordrichtung als Orientierungsgrundlage zu nehmen; falls nötig, ist sie später leicht in die geographische Nordrichtung zu transponieren. Diese Rundummessungen schließen auch die Anzahl der Spiralwindungen und ihren Abstand zueinander ein, der manchmal nach außen hin zunimmt.
Um die Entfernung der Kreismittelpunkte zu messen, müssen wir häufig auf den Treckerspuren zum Feldrand zurückgehen und dann auf anderen wieder bis an den nächsten Kreis heran, um möglichst wenig Getreide niederzutreten. Dann ziehen wir das Bandmaß ganz aus und werfen das Gehäuse von einem Kreis in den anderen. Wir messen auch die Entfernungen zu Strommasten, Pfaden und Feldwegen, wenn sie in vertretbarer Nähe sind und von diesen Daten bei der Auswertung eventuell einige Aufschlüsse zu erwarten sind.
Wenn die Kreise einer Gruppe recht weit voneinander entfernt sind, ist es notwendig, das Bandmaß mehrmals anzusetzen und die Ansatzpunkte jeweils mit Stöcken oder Zeichen am Boden zu markieren. Lange Nägel haben sich dazu als nützlich erwiesen. Zuerst nahmen wir Stöcke, die aber in steinhartem Boden völlig ungeeignet waren. Nägel lassen sich mit einem Stein einschlagen, sollten aber aus Gründen, die auf der Hand liegen, vorher mit einem farbigen Klebeband markiert werden. Ich mußte erst aus Erfahrung klug werden und bekam das Sprichwort von der Nadel im Heuhaufen gehörig in Erinnerung gebracht.
Der Zentrumsbereich birgt häufig Komplikationen wie zum Beispiel zwei Spiralaugen, einen Scheitel, ein Fischgrätmuster oder eine Spirale und einen Scheitel. Wir messen diese Merkmale sorgfältig aus, um später eine Zeichnung anfertigen zu können, und bestimmen ihre jeweilige Lage mit dem Kompaß, um sie den anderen Merkmalen korrekt zuordnen zu können.
Die Meßdaten vervollständigen wir durch Anmerkungen, Beschreibungen und Erklärungen, da häufig nur eine Ortsbesichtigung möglich ist. Wir möchten Spannungen mit den Bauern vermeiden und bemühen uns, ein Maximum an Informationen in einem Minimum an Zeit zu sammeln.
Wir haben die Aufgaben unter uns genau aufgeteilt, um Doppelinformationen nach Möglichkeit zu vermeiden. Aufzeichnungen, Messungen und ähnliches tauschen wir hinterher im Wirtshaus des Ortes aus. Ich habe mich schon oft gefragt, was wohl jemand denken mag, der zufällig unser Gespräch mithört und uns von ›Spiralsträngen‹, ›Sprengwirkung‹, ›gegenläufiger Drehrichtung‹ oder ›20 Metern von Mittelpunkt zu Mittelpunkt‹ reden hört und Zeichnungen von seltsamen Symbolen, Kreisen und Spiralen sieht. Vielleicht haben schon mehrere Leute beim Zuhören vermutet, hier sei eine neue Religion entstanden.

KAPITEL 5

THEORETISCHE ANSÄTZE

Wie entstehen diese Kreise und Ringe? Diese Frage taucht jedesmal auf, sobald das Gespräch auf dieses Thema kommt. Sie wird auf mancherlei Weise gestellt, vor allem von Neulingen auf diesem Gebiet. »Was ist es Ihrer Ansicht nach?« »Was bringt sie hervor?« »Wie kommen sie dorthin?« »Ist es ein Scherz?« Und von Leuten, die sich ernsthaft Gedanken machen, kommen Fragen wie: »Glauben Sie, es ist eine magnetische Einwirkung?« »Ist es elektromagnetisch bedingt?« »Ist es eine Gegenschwerkraft?« »Könnte es die Auswirkung eines piezoelektrischen Effekts sein ... eines atmosphärisch bedingten Strudels ... eines terrestrisch bedingten Wirbels ... eines Zusammenwirkens dieser beiden?« Nach achtjähriger Untersuchungsarbeit erwarten viele Menschen von mir, daß ich es weiß oder zumindest eine recht klare Vorstellung davon habe, welche Kräfte hier im Spiel sind. Wenn ich antworte, daß ich einfach nicht weiß, wie die Kreise entstehen, kommt eine gewisse Unzufriedenheit auf, die mir ein schlechtes Gewissen verursacht. Dann kommen mit schöner Regelmäßigkeit Erklärungsvorschläge, und das ist wahrscheinlich auch gut so, da es zumindest die Diskussion fördert. Sobald dies geschieht, ist zu hoffen, daß das Interesse der Leute genügend geweckt wird und sie sich vielleicht an andere Kreise erinnern, die sie gesehen oder von denen sie gehört haben.

Die Frage, ob diese Kreise ein Ulk sind, ist eine völlig normale Reaktion; es ist jedoch sehr schwer zu erklären, warum sie sich nicht zufriedenstellend nachbilden lassen. Mit Vorliebe kommt als erstes der Vorschlag, einen Pfahl in den Boden zu stecken, eine Kette oder Latte mit einem Ende daran zu befestigen und sie am anderen Ende in einem Kreis um den Pfosten herumzuziehen. Das funktioniert nicht. Das Getreide in den Kreisflächen, die wir untersucht haben, ist fest zu Boden gedrückt und in 95 Prozent der Fälle völlig unbeschädigt; es ist weder gebrochen noch gequetscht oder verknickt, es sind keine Ähren abgebrochen und keine Löcher in der Kreismitte.
Um festzustellen, wie sich mit dieser Methode ein flach gelagerter Kornkreis herstellen läßt, machte ich folgendes Experiment. Ich legte ein 1 Meter langes Stück Holz am Rand eines normalen Weizenfeldes zwischen die Halme auf den Boden. In der Mitte des Holzes befestigte ich ein ebenfalls 1 Meter langes Stück Kordel und daran eine Federwaage mit einer maximalen Belastbarkeit von 10 Kilogramm. Ich zog waagerecht an der Federwaage, bis die Maximalbelastung erreicht war. Das Holz hatte sich etwa 30 Zentimeter nach vorne bewegt und zwar in einem Steigungswinkel von ungefähr 45 Grad; es war mir nicht möglich, es in einer horizontalen Bahn zu halten. Die zuerst umsinkenden Halme lehnten sich gegen die nächste Halmreihe, die sich im Umsinken wieder gegen die nächste lagerte und so weiter; diese stufenweise Schichtung des Getreides ließ das Holz wie auf einer schiefen Ebene nach oben gleiten. Um es auf einen Abstand von etwa fünf Zentimetern an den Boden zu drücken, wäre ein Druck von 15 Kilogramm erforderlich. Werden diese Zahlen auf einen Kreis von 10 Metern Radius hochgerechnet, dann wäre ein Gewicht von etwa 150 Kilogramm nötig, um einen Balken am Boden zu halten. Dieses Gewicht in einem Kreis herumzuziehen, würde sehr viel Kraft erfordern. Selbst wenn es gelingen sollte, wäre das Korn stark beschädigt, vor allem durch die Füße des Ziehenden, der vor dem Balken herlaufen müßte. Welche Varianten wir uns auch vorstellen mögen, die oben beschriebenen Merkmale ließen sich auf diese Weise nicht herstellen. Welch ein Gewicht müßte die Ausrüstung haben, die für diese Operation erforderlich wäre!

Einige Kreise entdeckten wir abseits aller Fahrspuren, die die Trecker hinterlassen. Vielleicht fragen Sie sich, weshalb in den Feldern Treckerspuren sind. In der Wachstumsphase des Getreides spritzen die Bauern die Felder mit Insektiziden oder Düngemitteln; dazu fahren sie mit Treckern, die beidseitig mit 10 Meter langen Auslegern mit Spritzdüsen versehen sind, über die Felder und benutzen immer die gleichen Fahrspuren, um den Ernteschaden so gering wie möglich zu halten. Zu Kreisen, die zwischen zwei Treckerspuren lagen und deren Durchmesser kleiner war als der Abstand zwischen den Fahrrinnen, führten keinerlei Laufspuren hin. Ich habe versucht, durch ein Weizenfeld zu gehen, ohne Spuren zu hinterlassen, es war unmöglich; ich konnte nicht zwischen den Halmen hindurchgehen, ohne einige abzuknicken.

Wir haben uns zwei nachgemachte Kreise angesehen; es lag offen auf der Hand, daß sie nicht wie die echten aussahen. Einer entstand bei einer Mediendemonstration zu Publicity-Zwecken mit Gewinnabsichten; sie sollte zeigen, wie diese Kreise gemacht werden, aber aufgrund der angewandten Methode bot der Kreis ein hoffnungslos wirres Bild. Eine Person stand in der Mitte und hielt ein Seilende fest, während zwei weitere das andere Ende des Seiles hielten und mit den Längsseiten ihrer Stiefel das Getreide niedertrampelten. Nachdem sie den Kreisumfang niedergetreten hatten, gingen sie in konzentrischen Kreisen immer weiter zum Kreismittelpunkt vor, bis die ganze Kreisfläche niedergedrückt war. Das Ergebnis war eine grob gewirbelte Bodendecke aus zerknickten Getreidehalmen. Bei der anderen Nachbildung legten sich zwei Jugendliche auf den Boden und rollten unter Anleitung von zwei anderen, die in der Mitte standen, auf dem Boden entlang. Sie hinterließen eine grob rautenförmige Fläche ohne ausgeprägtes Spiralzentrum. An einigen Stellen war das Getreide flach zu Boden gedrückt, an anderen lagen Bündel, die wie umgefallene Garben aussahen.

Eine andere Kreisnachbildung wurde kürzlich im Fernsehen gezeigt. Einige Männer standen in einer Reihe an einem Seil, an dem sie sich in der richtigen Position hielten. Während der Mann am Seilanfang stehenblieb, gingen die anderen im Kreis um ihn herum. Das ergab einen niedergetretenen Kreis, aber das Getreide war stark beschädigt und zeigte in seinem Muster keine der an anderen Stellen dieses Buches beschriebenen Feinheiten.

Die echten Kornkreise sind, wie bereits beschrieben, von großer Schönheit, enormer Präzision und voller rätselhafter Einzelheiten.

Es dürfte nun klar geworden sein, wie schwierig es ist, einen Kreis nachzubilden, der durch ein Kraftfeld – wenn diese Bezeichnung zutrifft – entstanden ist. Experimente haben stattgefunden, um Getreide auf die gleiche Weise zu lagern wie in diesen Kreisen, doch es ist unmöglich zu schaffen, ohne die Pflanzen zu beschädigen und Spuren im Boden zu hinterlassen. Um Spiralwindungen, Stränge, Strangschläge, Mehrfachschichtungen, gegenläufige Drehrichtungen, scharf geschnittene Ränder meist ohne eine Spur, die in den Kreis hinein- oder aus ihm herausführt, herzustellen, bedarf es wohl einer speziellen Kraft.

Nach eingehenden Erkundigungen und langjährigen persönlichen Beobachtungen liegen uns keine Erkenntnisse vor, daß diese Kreise je zu einer anderen Zeit als in der Nacht entstünden. Wir wissen, daß sie in der Zeit von Anfang Mai bis Ende September in Südengland auftauchen können. Innerhalb dieser Zeit ist ihr Auftauchen unabhängig von Datum, Wochentag und Witterungsbedingungen, es ist völlig gleich, ob es heiß ist oder kalt, windstill oder windig, trocken oder regnerisch. Sie stehen in keinem offensichtlichen Zusammenhang zur Position des Mondes oder anderer Planeten. Die geologische Lage, ob der Boden also flach oder hügelig ist, ob es Bäume gibt oder nicht, hat anscheinend keinerlei Einfluß auf ihre Lage. Sie sind in schüsselförmigen Senken ebenso aufgetreten wie oben auf Hügeln.

1986 beschlossen Don Tuersly und ich, an der Punch Bowl in Winchester, einem Gelände, auf dem über Jahre hinweg Kreise aufgetaucht waren, Nachtwachen zu halten. Wir begannen in der zweiten Juniwoche und setzten die Wachen bis zur Nacht vom 6. auf den 7. Juli fort. In dieser Nacht blieb ich, bis Don kurz nach Mitternacht eintraf, um mich abzulösen. Da ich einen guten Nachtfeldstecher benutzte, wußte ich, daß sich bis gegen 23 Uhr nichts getan hatte; danach wurde es für weitere Beobachtungen zu dunkel. Gegen 3 Uhr morgens war ich wieder an unserem Beobachtungsposten. Bis Mitternacht war es trocken und bewölkt gewesen, inzwischen hatte sich das Wetter verschlechtert und war in einen feinen Nieselregen übergegangen. Gegen 3.45 Uhr ließ der Regen bis auf wenige Tropfen nach, und beim ersten Dämmerlicht konnte ich erkennen, daß sich im Feld etwas verändert hatte. In etwa 300 Metern Entfernung zeichnete sich am anderen Ende des Feldes die dunkle Silhouette einer Ellipse ab. Wir mußten noch weitere fünfzehn Minuten warten, ehe wir von unserem Standort oberhalb der Punch Bowl mit Sicherheit sagen konnten, daß sich dort ein neuer Kreis mit Außenring gebildet hatte. Wir hatten nichts gehört und gesehen, während wir sehr aufmerksam Wache hielten.

In vielen Fällen haben Bauern und Leute, die in der Nähe von Fundstellen leben, bestätigt, daß die Kreise über Nacht auftauchten. »Er war gestern abend noch nicht da, und heute morgen habe ich ihn schon ganz früh bemerkt«, das ist fast schon zu einer Standardäußerung geworden. Alles läßt darauf schließen, daß die Kreise nur nachts entstehen.

Welche Kraft drückt den Getreidefeldern unter all den genannten Bedingungen ihren Stempel auf? Eine Kraft, die außer dem Kreis keinerlei Spuren hinterläßt.

Nach den uns bekannten Fakten zu urteilen, scheint die gesamte Kreisfläche gleichzeitig flachgedrückt und in gewundenen Strängen zur Spirale gelegt zu werden. Diese unbekannte Kraft erzeugt all die unterschiedlichen Merkmale des Bodenmusters im Kreis in weniger als einer halben Minute, wahrscheinlich aber in mehr als fünf Sekunden. Wir nehmen dies an, weil die Halme, um aus dem Stand in eine spiralförmig gewundene, fest komprimierte Bodenlage zu gelangen, eine Mindestzeit brauchen; wird diese unterschritten, tritt das Peitschenphänomen auf, und sie knicken ab. Sind alle Halme in eine stetige Bewegung gebracht, könnte der ganze Kreis, ganz gleich wie groß er ist, vermutlich in zwanzig Sekunden gebildet sein.

Die Kraft, die diese Kreise hervorbringt, präsentiert sich auf mannigfaltige Weise. Die Bodenmuster einiger Kreise deuten auf etwa 33 Zentimeter breite rotierende Kraftbänder hin. Bei Kreisen mit großem Durchmesser wären es mehr Kraftbänder, bei Kreisen mit kleinem Durchmesser entsprechend weniger. Diese Kraftbänder wären als hängende vertikale Bänder vorstellbar, die zusammen eine Säule bilden. Wenn diese Säule mit unterschiedlichen Drehzahlen rotierte, könnte sie Spiralen mit mehr oder weniger Windungen erzeugen. Blieben die Kraftbänder stationär, könnten sie die geraden Strahlenstränge erzeugen, die wir oben beschrieben haben. Die Kraftbänder könnten einer punktförmigen Quelle entspringen und sich zu einer konischen, rotierenden Spirale ausweiten. Der Scheitelpunkt des Kegels könnte zwischen 10 und 100 Metern über dem Erdboden liegen. Es ist anzunehmen, daß bei einer solchen Höhenverschiebung der Kegelspitze Kreise unterschiedlichen Durchmessers entstehen könnten.

Leider liegen die Dinge nicht so einfach, und Spekulationen über die verschiedenen Möglichkeiten der Entstehung dieser Kreise stoßen auf alle möglichen Schwierigkeiten. Stellen Sie sich nur einmal einen kleinen Kreis vor, der in einer sauberen und ordentlichen Spirale gelagert ist. Es ist vielleicht nicht allzu schwer, sich verschiedene Möglichkeiten vorzustellen, wie ein Kraftfeld dies zuwege bringen könnte, doch wie wir wissen, liegt das Problem mit all den bislang dokumentierten Variationen nicht ganz so einfach. Unter den vielen Schwierigkeiten, die eine Herausforderung für unseren Verstand darstellen, bildet eine Besonderheit, die ich den ›Lückeneffekt‹ genannt habe, ein besonderes Problem. Wenn die Kraft, die diese Kreise hervorbringt, in einer spiralförmigen Drehbewegung verläuft, wird sie an allen Stellen, an denen ein Kraftband zufällig auf Lücken in der Bepflanzung trifft, von ihrer Kreisbahn nach außen abgelenkt. Unregelmäßigkeiten in den Kreis- und Ringrändern gehen meist auf diesen Lückeneffekt zurück. Schaubild 5 veranschaulicht dieses Phänomen.

Von oben betrachtet wirkt solch ein Kreis wie abgeflacht. Zu den Ausbuchtungen kommt es an Stellen, an denen das Getreide dünn gesät ist; die Größe der Ausbuchtung hängt von der Dichte des Getreidestandes ab. Auf manchen schlecht eingesäten Getreidefeldern steht das Korn unterschiedlich dicht. Wenn auf solchen Feldern ein Kornkreis entsteht, ist er aufgrund des Lückeneffekts an den Rändern ausgezahnt. Es entsteht der Eindruck, daß die erzeugende Kraft vorübergehend eine Ablenkung von ihrer Kreisbahn erfahren kann, daß sie jedoch genügend kontrolliert ist, um wieder auf ihre ursprüngliche Krümmungslinie zurückzukehren.

Dieser Lückeneffekt muß sich natürlich auf der gesamten Kreisfläche während der Bildung des Bodenmusters bemerkbar machen; vermutlich finden wir aus diesem Grund manche Besonderheiten in Spiral-

Schaubild 5: Ergebnis des ›Lückeneffekts‹, wenn die Kraftlinie in ihrer Kreisbahn auf interferierende Treckerspuren stößt. Die gestrichelten Linien zeigen den eigentlichen Verlauf der Kreis- und Ringränder. Nach der Abweichung kehren die Ränder auf ihre korrekte Kreisbahn zurück. In einem Kreis von 20 Metern Durchmesser kann die Abweichung sich über eine Distanz von 3 bis 4 Metern erstrecken.

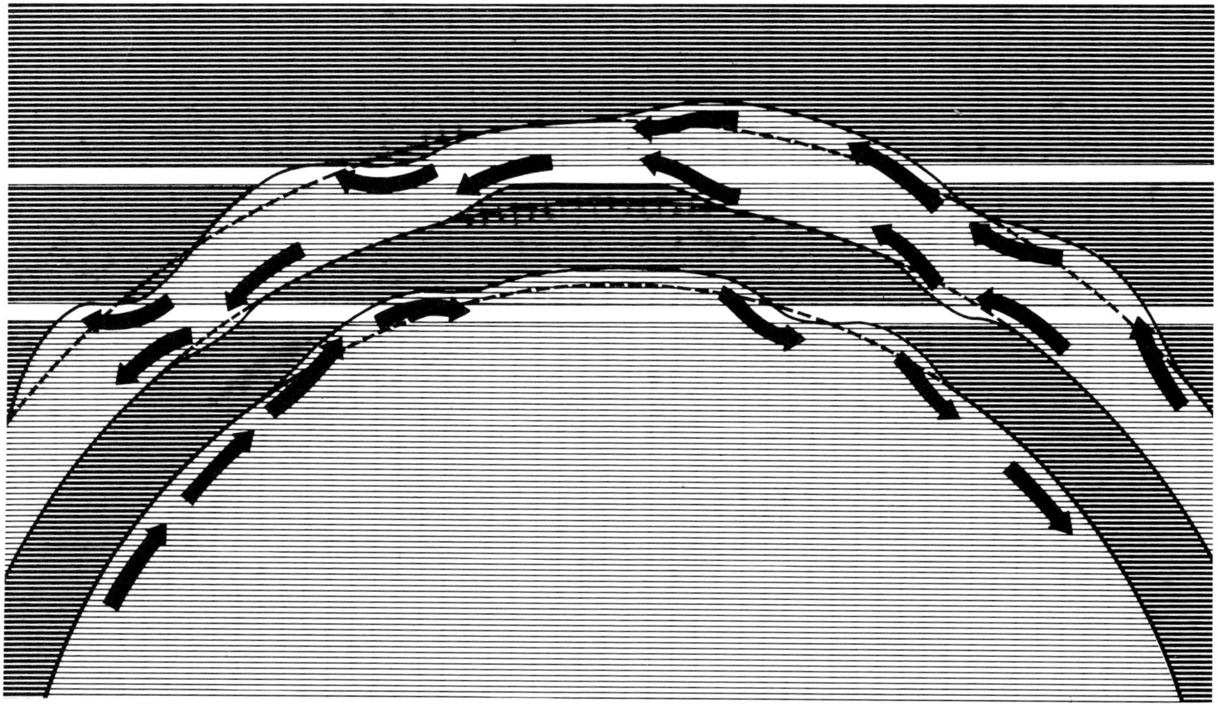

windungen und Strängen, bei denen die Lage der Halme von der allgemeinen Spiralwindung abweicht und dann wieder zu ihr zurückkehrt.
Spiralförmig gelagerte Kreise in einem gleichmäßig eingesäten Kornfeld weisen auf eine wesentlich diszipliniertere Wirkungsweise der erzeugenden Kraft hin. Die Kreisränder sind präzise gezogen, praktisch ohne halb gelagerte Halme und Auszahnungen, und wo eine Treckerspur den Kreis schneidet, verläuft die Abweichung über eine geringere Distanz. An dieser Stelle kommt es zu einer deutlichen Ausbuchtung, die nach einem kurzen Stück wieder auf die ursprüngliche Bahn zurückführt.
Die Ränder in Kreisen mit einem radialen Strahlenmuster sind je nach Dichte des Getreidestandes verschieden.
In dichtem Korn sind die Halme am Ende der Strahlenstränge in einer engen Kurve nach oben gebogen; steht das Korn dünner, verläuft die Kurve sanfter. Der in spiralförmigen Bodenmustern horizontale Lückeneffekt wirkt sich in strahlenförmigen Bodenmustern vertikal aus.
Jeder Versuch einer Spezifikation der Kraft, die all diese komplizierten Merkmale hervorbringen kann, muß folgende Charakteristika berücksichtigen: Getreidehalme unterschiedlicher Dicke werden ohne Beschädigung fest zu Boden gedrückt; es gibt Spiralwindungen, gegenläufige Windungen, mehrschichtige Getreidelager mit zum Teil unterschiedlichen Richtungen, radiale Strahlenmuster und zahlreiche unterschiedliche Ausprägungen des Zentrumsbereichs. Die betreffende Kraft muß nicht nur in der Lage sein, das Korn in die eine oder die andere Richtung zu lagern, sie muß auch in ein und demselben Kreis gegenläufig gewundene Kornlager ohne jeden Übergang hervorbringen können.
Es muß sich um eine starke, aber kurzlebige Kraft handeln, die die Pflanzen veranlassen kann, gegen ihre natürliche Tendenz horizontal und nicht vertikal zu wachsen. Hat diese Kraft die Pflanzen erst einmal flach gelagert, zeigen sie keinerlei Tendenz, sich wieder aufzurichten. Zu Ausnahmen kommt es lediglich, wenn die Pflanzen nur halb zu Boden gedrückt waren. Anscheinend kann diese Kraft in ihrer Stärke variieren und die Halme manchmal in einem Winkel von nur 40 bis 60 Grad lagern; in solchen Fällen mag es vorkommen, daß sie sich mit Hilfe des Windes und einer gewissen Neigung, vertikal zu wachsen, fast völlig wiederaufrichten. Die genauere Untersuchung eines solchen ungewöhnlichen Bodenmusters ergibt, daß mindestens 25 Prozent des Korns in der Kreisfläche völlig flach gelagert sind. Das wirft die Frage auf, wie die erzeugende Kraft so selektiv vorgehen kann. Sie muß zudem in der Lage sein, die unteren Enden dicker Halme so biegsam zu machen, daß sie sich fast im rechten Winkel neigen, ohne zu brechen und ohne daß das Wachstum der Pflanzen behindert wird.
Die erzeugende Kraft muß in der Lage sein, Außenringe aus flachgelegtem Korn um Kornkreise herum zu produzieren, die exakt den Konturen des Innenkreises folgen. Sie muß aber außer Kreisformen auch mehrere Meter lange, schnurgerade Bahnen aus flachgedrücktem Getreide hervorbringen können. Sie sollte schmale, gebogene Streifen Korns auslassen können, so daß hier die Halme aufrecht stehenbleiben wie ein flacher, dünner Schirm. Sie muß jedoch auch so gewaltig sein, daß sie wahllos Halme ausreißt oder entwurzelt und in das umstehende Korn schleudert. Sie muß lautlos sein; mit Ausnahme zweier möglicher Fälle, auf die wir später eingehen, liegen uns keine Berichte über Geräusche in Verbindung mit der Entstehung von Kreisen vor. Und sie darf nicht mit Lichtwirkungen oder Helligkeit verbunden sein.
Kurz zusammengefaßt müssen für die Spezifikation einer Kraft, die in einem Getreidefeld einen spiralförmig flach gelagerten Kreis hervorbringen könnte, folgende Kriterien erfüllt sein: sie ist lautlos, von kurzer Dauer, stark, nicht richtungsgebunden; sie lagert Getreide ohne Beschädigung flach am Boden, bildet

dabei Spiralwindungen, Stränge, Litzen und Wicklungen; sie verbiegt die Halme, läßt sie horizontal wachsen, ohne das Wachstum zu behindern; sie bildet gerade Bahnen, entwurzelt Pflanzen, wirkt in völliger Dunkelheit; hat die Eigenschaft, Lücken zu suchen; schafft Überlagerungen und Kreisgruppen; ist nicht an Witterungsbedingungen, äußere Gegebenheiten und topographische Bedingungen gebunden; kommt weltweit zur Wirkung. Für alle Kreise gilt, daß zu ihrer Entstehung ein Großteil dieser einundzwanzig Kriterien erfüllt sein muß.

Es ist äußerst ernüchternd, in einem solchen Kreis zu stehen und sich zu überlegen, welche Kraft hier aufgetreten und verschwunden sein und dieses wunderschöne Zeugnis ihrer Anwesenheit zurückgelassen haben mag, ohne auch nur den geringsten Hinweis auf die Art und Weise seiner Erzeugung zu hinterlassen.

Die bisherigen Beschreibungen und Darstellungen der Kreismerkmale mögen Ihnen den Eindruck vermittelt haben, wir nähmen an, die Kraft, die die Kreise erzeugt, operiere ausschließlich von oberhalb der Erdoberfläche. Natürlich könnte alles hier Beschriebene ebensogut das Ergebnis einer unterirdischen Kraft sein, die statt Druck von oben einen Sog nach unten ausübt. Es muß sich um das eine oder das andere oder aber um ein Zusammenwirken beider Kräfte handeln. Letzteres würde vermutlich spezielle Bedingungen erfordern, bei denen die Kräfte von oben und von unten exakt zusammenträfen.

Eine horizontal wirksame Kraft halten wir, aufgrund der Beobachtungen, wie die Halme in manchen Kreisen in den Boden gedrückt sind, für äußerst unwahrscheinlich. Die Eindrücke der Halme am Boden sind leicht zu erkennen, wenn wir die untere Getreidelage vorsichtig anheben. Eine wirklich horizontal wirkende Kraft könnte das Korn zwar flachlegen, es jedoch nicht in den Boden drücken.

Ein weiteres Argument, atmosphärische oder unterirdische Kraftsäulen in Betracht zu ziehen, sind die elliptischen Kreisgebilde. Bei der Projektion einer Säule in einem schiefen Winkel auf eine Fläche entsteht eine Ellipse. Dies ist offensichtlich der Fall, wie wir gesehen haben, wenn eine vertikale Säule auf ein abschüssiges Gelände trifft.

Einige Kreisgebilde waren abgeflacht wie ein langgezogener Kreis, der an beiden Seiten ein gerades Mittelstück hat. Nach ingenieurtechnischem Verständnis entsteht eine solche Form, wenn sich eine vertikale Säule horizontal über eine Ebene bewegt. Um eine Spirale zu erzeugen, müßte die Säule in einer Richtung rotieren. Um einen Kreis mit gegenläufigen Bodenmustern zu erzeugen, wäre eine im Uhrzeigersinn rotierende Säule notwendig, die paßgenau von einem gegen den Uhrzeigersinn drehenden manschetten- oder röhrenförmigen Kraftband umgeben ist. Diese rotierenden Kräfte sind so abgeschirmt, daß sie häufig keinerlei Abstufungen aufweisen. An der Säulenperipherie kommt es nicht zu einer Streuung der Kraft. Alle bekannten Kräfte haben ein Feld, das sich manchmal nur durch eine Metallabschirmung eingrenzen läßt, die Streueffekte verhindert.

Die exakten vertikalen Wände mancher Kreise verleiten zu der Annahme, daß hier eine Art röhrenförmiger Abschirmung in das Kornfeld heruntergelassen wurde, in deren Inneren sich die Bildung der flachgedrückten Spiralmuster vollzogen hat.

Als nächstes ist zu bemerken, daß dieselbe Kraft Kreise hervorbringt, in denen Strahlen vom Mittelpunkt zum Rand laufen. Hier handelt es sich nicht um eine rotierende Kraft; sie beginnt im Mittelpunkt und dehnt sich gleichmäßig zum Rand hin aus. Als Analogie kann die Vorstellung dienen, eine Kanne Wasser werde in die Mitte einer flachen runden Schüssel gegossen; das Wasser breitet sich schnell nach außen hin aus, bis es den Schüsselrand erreicht. Hier haben wir es nicht mehr mit einer rotierenden Kraft zu tun, sondern mit einer Kraft, die im Kreismittelpunkt eingespeist wird, bis die Länge des Kreisradius erreicht ist, und die dann in einer Aufwärtskehre ausläuft.

Die Kraft, die die in einer Spirale auslaufenden Strahlen erzeugt, muß ähnlich beschaffen sein, nur geschieht in diesem Fall gegen Ende der Strahlenbildung etwas, das die geraden Strahlenstränge plötzlich zu einer Seite ablenkt, als träfen sie an diesem Punkt auf eine Abschirmung.

Es war bislang schon schwierig genug, sich die Funktionsweise dieser Kraft vernünftig vorzustellen. Noch komplizierter sind die Verhältnisse bei der S-förmigen Spirale, die alle bisher erörterten Formen enthält. Sie beginnt in der Mitte mit einer Spiralwindung, geht in gerade Strahlenbündel über und schwenkt zum Kreisrand hin in eine gegenläufige Spiralwindung ein. Auf der gesamten Kreisfläche induziert diese Kraft zwei gegenläufige Spiralwindungen und gerade Strahlen. Es gibt keine Möglichkeit, eine uns bekannte Kraft so zu steuern, daß sie die komplizierten Muster dieses Phänomens hervorbrächte.

Viele haben als mögliche Ursache für die von uns beschriebenen Ringe auf einen Virus verwiesen. Beim Studium von Fotos der Bodenmuster oder der Besichtigung der Kreise vor Ort wird jedoch klar, daß ein Virus unter keinen Umständen solch ein Phänomen hervorbringen könnte. Ist ein Getreidefeld von einem Virus infiziert, dann bleibt das Korn im Wachstum zurück oder zeigt Mißbildungen, es wächst krumm oder lagert sich in zufälliger Weise. Die bekannten Feenreigen, die auf Rasen oder regelmäßig

Abbildung 88.

gemähten Grasflächen auftreten, haben mit Getreidefeldern nichts zu tun. Sie sind tatsächlich auf einen parasitären Pilzbefall zurückzuführen, der als Marasmus oreades oder Clitocybe gigantea bekannt ist. Sie treten auch in Weiden auf; um jede Verwechslung zwischen diesen Kreisen und unserem Untersuchungsgegenstand auszuräumen, stellen wir hier einige Aufnahmen zum Vergleich vor (Abb. 88 und 89).

Ich habe etwa sechzig Bücher durchgesehen, die sich mit Feenreigen und verwandten Pilz- und Viruserkrankungen beschäftigen. Nicht eines erwähnt die Formation spiralförmig flach gelagerter Kreise in Gras oder einer Getreideart. Ein Feenreigen besteht aus einem Ring aus saftigerem und dunklerem Gras gegenüber dem Gras der Umgebung, sowohl innerhalb als außerhalb des Ringes. Oft bleibt er über viele Jahre hinweg und dehnt sich stetig aus.

Häufig kommt auch der Vorschlag, elektromagnetische Kräfte könnten die treibende Kraft bei der Entstehung dieser Kreise sein. Wie sie Pflanzen in säuberliche Spiralwindungen und in all die anderen Muster legen sollten, ist kaum vorstellbar. Elektromagnetismus läßt sich mit Hilfe einer gewöhnlich aus Kupferdraht bestehenden Spule erzeugen, durch die ein elektrischer Strom fließt. Das so entstehende elektromagnetische Feld übt auf eine Eisenmasse eine Anziehungskraft in Richtung auf den Spulenkern

Abbildung 89.

aus. Die einzige Möglichkeit, diese Kraft auf Pflanzen anzuwenden, besteht darin, Partikel in den Halmen mit einer elektrischen Ladung zu versehen, die sie mit beträchtlicher Kraft veranlaßt, sich flach auf den Boden zu lagern. Sie lagern sich dann nicht in Zufallsmustern, sondern in den oben beschriebenen regelmäßigen Strahlenmustern. Experimente mit elektromagnetischen Einflüssen auf Pflanzen haben ergeben, daß es unter bestimmten Bedingungen möglich ist, Grashalme in Bewegung zu versetzen, jedoch nicht, sie fest auf den Boden zu lagern. Stellen Sie sich nur einmal die Größe der Ausrüstung vor, die Sie in ein abgelegenes Feld schleppen müßten, um einen Kreis von 20 Metern Durchmesser zu erzeugen.

Vereinfacht dargestellt funktioniert Elektromagnetismus folgendermaßen: Ein gerader Leitungsdraht, durch den ein elektrischer Strom fließt, hat auf der ganzen Länge ein spiralförmiges Magnetfeld um sich herum. Bei einer Spule, durch die ein elektrischer Strom fließt, verläuft im Kern ein Magnetfeld, das sich außen um die Spule herum fortsetzt und so einen vollständigen Kreislauf bildet. Damit nun ein spiralförmig flach gelagerter Kreis mit Hilfe einer elektromagnetischen Kraft entsteht, müßte ein elektrischer Leiter vertikal auf dem Boden stehen oder aus dem Boden herausragen. Wenn sich der Querschnitt des unter Gleichstrom stehenden Leiters nun vergrößern ließe, wären so die Halme eventuell in eine flache Bodenlage zu bringen. Um einen Kreis mit Außenring zu produzieren, könnte das Korn im Kreis mit einem größer werdenden Leiter, durch den ein Gleichstrom fließt, zuerst in eine Spirale im Uhrzeigersinn gelagert werden. Dann müßte man den Strom abschalten, um den Kranz aus aufrecht stehendem Getreide zu erhalten, den Querschnitt des Leiters jedoch weiterhin vergrößern. Würde dann der Strom wieder eingeschaltet, jedoch mit entgegengesetzter Fließrichtung, dann müßte der Ring mit einem gegenläufigen Spiralmuster entstehen. Mit dieser Theorie ließen sich also viele der bislang entdeckten Konfigurationen erklären.

Für ein strahlenförmiges Bodenmuster wäre eine Vorrichtung erforderlich, die einer großen Spule mit vertikal ausgerichtetem Kern entspräche. Die magnetischen Feldlinien, die vom Ende der Spule ausgingen, würden die Getreidepflanzen vom Mittelpunkt zum Rand hin niederdrücken.

Um diese Theorie noch einen Schritt weiter zu verfolgen, wenden wir sie jetzt auf das S-förmige Bodenmuster an. Rotiert die oben beschriebene Spule kurzzeitig gegen den Uhrzeigersinn und dann bei fließendem Strom im Uhrzeigersinn, würde das Korn möglicherweise in einer S-förmigen Spirale flach gelagert.

Diese Grundprinzipien des Elektromagnetismus können Sie nun erweitern und mit verschiedenen Quellen in Verbindung bringen, die Ihnen einfallen. Die Quelle müßte einen vertikalen Leiter und eine Spule mit vertikalem Kern simulieren.

Es muß betont werden, daß für die Anwendung von Theorien nicht ein einzelner Kreis als typisches Beispiel dienen kann. Welche Kraft Sie auch in Betracht ziehen, sie muß in der Lage sein, alle Kriterien zu erfüllen, die wir nach unseren Beobachtungen für die Kreise beschrieben haben.

Biologische Störungen, brunftendes Damwild, Hubschrauber, künstliche Herstellung mit Pfählen und Ketten, alles, was Sie sich sonst noch vorstellen können, ist bereits als Erklärung vorgeschlagen worden. Mit keiner dieser Erklärungen kamen wir sehr weit, wenn es um die Entstehung der Merkmale ging, die wir beobachtet haben.

Magnetismus ist als Kraft noch nicht vollständig erforscht. Wir alle erkennen ihn an seiner unverwechselbaren Wirkung auf Eisen. Manche glauben, er spiele bei der Bildung der Kreise flach gelagerten Korns eine wesentliche Rolle. Nur, wie dies vor sich gehen soll, ist schwer vorstellbar. Ein magnetisierter Getreidehalm – falls ein solcher möglich wäre – müßte am oberen Ende positiv und am unteren Ende negativ magnetisiert sein oder umgekehrt. Wenn alle Ähren positiv oder negativ magnetisiert wären, würden sie in einem vertikalen Magnetfeld alle parallel verlaufen. Es wäre diesem Magnetfeld unmöglich, die Halme horizontal in einem Kreismuster innerhalb einer senkrechten Wand aus nichtmagnetisierten Halmen zu lagern.

Auch die Theorie, daß alle Kreise über archäologisch bedeutsamen Orten auftauchen, erscheint höchst unwahrscheinlich. Es gibt genügend Literatur über kreisförmige Muster in Getreidefeldern, die nur von oben zu erkennen sind, also zum Beispiel von einem Berg oder aus dem Flugzeug. Diese Formen zeichnen sich aus zwei Gründen ab: gegenüber der Farbe des übrigen Getreides nehmen sie sich als hellere oder dunklere Ringe aus. Ursache dafür sind uralte, ringförmige Grundmauern.

Nachdem die Gebäude verlassen waren, verfielen sie allmählich. Die Steine dienten als Baustoff für andere Gebäude, oder sie wurden mit der Zeit in der Umgebung verstreut. Je nachdem, wie viele Steine im Verhältnis zum Bodenniveau entfernt wurden, entstanden flachere oder tiefere Gräben, die Wind und Regen im Laufe der Zeit mit Erde füllten. In flachen Gräben liegt daher über einem Steinfundament nur eine dünne Schicht Erde, die stark wasserdurchlässig ist und nur wenig Nährboden bietet. Infolgedessen ist das Getreide, das auf diesem Ring wächst, kleiner und blasser als das übrige Korn. In tiefen Gräben hat sich, von Wind und Regen herangetrieben, ein Ring aus fruchtbarerem Boden angesammelt. Hier wächst das Getreide höher und dunkler als auf dem Rest des Feldes. Die Erklärungen dieses Phänomens weichen leicht voneinander ab, aber im wesentlichen bleiben sie sich gleich.

Die Exaktheit mancher Einzelkreise bildet nur einen Teil des Problems, das wir zu klären versuchen. Mit den Kreisgruppen erhält es eine weitere Dimension. Denken Sie zum Beispiel an ein Kreispaar mit den für solche Formationen typischen Durchmessern von 8 und 4,50 Metern und einem Zwischenraum von 2 bis 3 Metern von einem Kreisrand zum anderen. Die Bodenmuster können gleich- oder gegenläufige Spiralen aufweisen. Haben zwei Kraftsäulen diese Kreise gleichzeitig erzeugt, oder sind sie das Ergebnis eines Kraftfeldes, das zwei Eindrücke mit unterschiedlichen Parametern hinterlassen hat? Wenn es zwei unabhängige Kraftsäulen waren, müssen sie völlig unabhängig voneinander und ohne jegliche Rotationsinterferenzen operiert haben. In Doppelkreisen mit präzise geschnittenen Rändern aus stehendem Korn zeigen sich an den gegenüberliegenden Rändern keinerlei Spuren einer gegenseitigen Anziehung oder Abstoßung. Diese Beobachtungen gelten ebenso für linear angeordnete Dreiergruppen und für Fünfergruppen in Würfelaugenanordnung. Sich vorzustellen, woher die Quelle des Kraftfeldes stammt, ist ebenso rätselhaft wie alles andere bei diesem Thema.

Aus der Überlegung, daß die Kraft aus der Erde kommt, ergäben sich dann folgende Fragen: welche Kraft ist es? Wie tief reicht sie? Gibt es eine Vernetzung? Was bestimmt die Drehrichtung? Und was bestimmt die Austrittsorte?

Welche Kräfte, die im Erdinneren existieren, sind uns bekannt? Zunächst natürlich 1) die Schwerkraft; sie bildet einen guten Ausgangspunkt, da wir es hier mit flach gelagertem Getreide zu tun haben; 2) der piezoelektrische Effekt; 3) Gasdruckbildung; 4) die elektrische Potentialdifferenz zwischen verschiedenen Elementen; 5) der mechanische Druck durch Verschiebung von Gesteinsschichten; 6) die durch die Erddrehung bewirkte Zentrifugalkraft; 7) der durch Sonnen- und Planetenstand bedingte Gezeiteneffekt; 8) vulkanisch bedingter Druck; 9) Dampfdruck.

Es ließen sich wahrscheinlich noch weitere Kräfte anführen, doch sie stünden höchstwahrscheinlich mit einer der genannten in engem Zusammenhang. Wenn wir nun kurz auf jede dieser Kräfte eingehen, mag dies vielleicht manche von Ihnen anregen, die angedeutete Denkrichtung weiterzuverfolgen.

1. Schwerkraft: Die gute, alte, für selbstverständlich genommene Schwerkraft. Außer unter bestimmten wissenschaftlichen Bedingungen wird alles senkrecht zur Erdoberfläche hin angezogen. Getreidepflanzen zum Beispiel bleiben aufrecht stehen, weil ihre Wurzeln sie in dieser Position halten. Würde jemand die Halme plötzlich von den Wurzeln trennen, fielen sie in einer Zufallsordnung zu Boden. Um die mit ihren Wurzeln verbundenen Pflanzen zu bewegen, in einer gleichmäßig gewundenen Spirale umzufallen, müßte die Schwerkraft so manipuliert werden, daß sie eine horizontale Komponente einschlösse. Das wäre unabdingbar, um alle Pflanzen zunächst zu veranlassen, sich in derselben Drehrichtung um einen Mittelpunkt herum zu neigen. Befänden sie sich erst einmal alle in einer Richtung in Schräglage, dann könnte die senkrecht wirkende Schwerkraft sie flach auf den Boden ziehen. Die Schwerkraft müßte natürlich um ein Vielfaches stärker sein, um Kornlager in dem Maße zu verdichten, wie wir sie vorgefunden haben.

2. Der piezoelektrische Effekt ist eine bekannte Methode, bei bestimmten Kristallen durch Druckeinwirkung unterschiedliche elektrische Ladungen zu erzeugen. Dies könnte in kristallinen Gesteinsformationen vorkommen, die tief im Erdinnern Druck ausgesetzt sind. Vielleicht gibt es eine Möglichkeit, wie das daraus entstehende elektrische Potential eine elektrische Ladung aufbaut, die gespeichert wird, sich durch die Erdkruste hindurch entlädt und bei ihrem Austritt das stehende Getreide beeinflußt. Wie dieser Einfluß sich übertragen sollte, ist eines der Hauptprobleme.

3. Gasdruckbildung: Hier könnte ein peripherer Zusammenhang mit dem piezoelektrischen Effekt bestehen. Gaseinschlüsse mit hohem Druck können Gesteinsschichten destabilisieren, das wiederum würde eine Drucksituation schaffen, die eventuell in einer Kreise erzeugenden Kraft gipfeln könnte.

4. Elektrische Potentialdifferenzen treten zwischen bestimmten ungleichen natürlichen Metallen auf, die im Boden liegen. Eine elektrolytische Substanz zwischen diesen beiden Metallen braucht einen Weg für den Spannungsfluß. Wie die Spannung sich akkumulieren und entladen könnte, läßt sich nur mutmaßen.

5. Mechanischer Druck, der durch Verschiebung von Gesteinsschichten entsteht, könnte einen Zusammenhang zu piezoelektrischen Ladungen haben.

6. Zentrifugalkraft: Die durch die Zentrifugalkraft bedingte Ausbuchtung am Erdäquator könnte mit der Schwerkraft und der piezoelektrischen Ladung in Zusammenhang stehen.

7. Die Gezeitenströme, die durch Schwerkrafteinflüsse von Sonne und Mond auf die Erdkruste entstehen, könnten ebenfalls mit piezoelektrischen Ladungen zusammenhängen.

8. Vulkanischer Druck ist als unmittelbare Ursache wahrscheinlich auszuschließen, obwohl die Möglichkeit besteht, daß weitreichende piezoelektrische Effekte sich über die Erdkruste verteilen. Falls dies der Fall ist, kommen akkumulierte Ladungen eventuell unter bestimmten Bedingungen an gewissen Punkten zur Entladung. An diesen Punkten käme es vermutlich zu einer geringfügigen Explosion mit Staubentwicklung.

9. Dampfdruck im Erdinnern läßt sich wohl nach den Folgen, die er zeitigen würde, mit vulkanischem Druck gleichstellen.

Es mag sein, daß diese Aufstellung der Erdkräfte den Schlüssel birgt, nach dem wir suchen. Was immer es auch sein mag und wie immer es zustande kommen mag, es sieht so aus, als würde es intelligenzgesteuert (siehe Schaubild 1 und 2).

Die meisten von Ihnen dürften mit dem Begriff der Reizzonen vertraut sein. Manche mögen die Kunst des Wünschelrutengehens schon selbst mit wechselndem Erfolg praktiziert haben. Es scheint außer Frage zu stehen, daß eine unbekannte Kraft in erkennbaren Zonen existiert, die mittels verschiedener Formen von Wünschelruten über längere oder kürzere Distanzen auszumachen sind. Diese Kraft, die vermutlich in Form eines Netzes auftritt, hat möglicherweise statische und variable Feldlinien. Die variablen Feldlinien sind vielleicht in wellenförmiger Bewegung wie ein Fähnchen in einer Brise oder eine Wasserpflanze in der sanften Strömung eines Flusses. Aufgrund dieser Bewegung mag es zu zufälligen oder vorbestimmten Überschneidungen von Feldlinien kommen. Sollte dies unter bestimmten Bedingungen geschehen, dann könnte sich eine kurzzeitige wirbelnde Drehkraft bilden, deren Energie ausreichte, einen Kreis flachgelegten Korns zu erzeugen.

Reizzonen sind als Oberflächenkraft anzusehen, und es gibt noch weitere, die sich in dieser Kategorie einstufen lassen.

Es ist bekannt, daß Vögel wie Krähen und Tauben, besonders aber Krähen, in Getreidefeldern kreisförmige Spuren hinterlassen. Die Abbildungen 85 und 86 zeigen ein Beispiel für einen auf Krähenschäden zurückgehenden Kornkreis. Der Ausgangspunkt solcher Formationen mag eine kleine Stelle sein, an der sich das Korn durch den Wind gelagert hat, wie es ein Bauer beschrieb, oder ein Wildschaden, wie er entsteht, wenn sich ein Damwild in das Feld legt, wie es ein anderer Bauer berichtete. Die Krähen fallen über dieses Lager her und fressen die jungen Körner, die am Boden liegen. Stehende Halme tragen das viel zu große Gewicht der Krähen nicht, wenn sie auf ihnen sitzen und die Ähren abstreifen. Haben sie einmal ein solches Getreidelager für sich entdeckt, können die Krähen hochflattern, die Ähre einer aufrecht stehenden Pflanze schnappen und nach unten ziehen; dabei knickt der Halm gewöhnlich auf halber Höhe ab. Zu Dutzenden setzen sie dieses Treiben fort, ziehen einen Halm nach dem anderen herunter und vergrößern den Kreis manchmal bis auf einen Durchmesser von 17 Metern.

Natürlich entstehen dabei auch andere Formen als Kreise. Es entstanden jedoch auch Aufnahmen von einem nahezu ebenmäßigen Kreis, den Krähen auf diese Weise geschaffen hatten.

Manche machen Tiere, vor allem Rotwild, für die Entstehung dieser exakten Kreisgebilde verantwortlich. Wir haben viele ihrer Wanderwege durch Kornfelder verlaufen sehen und konnten gelegentlich sogar die Herden eiligst davonspringen sehen. Als wir uns zum erstenmal dem Kreis mit Außenring in Chilcomb näherten, blieben Colin und ich 50 Meter davor stehen, um Aufnahmen zu machen. Ich bemerkte über dem Außenrand des Ringes einen dunkelbraunen Kopf mit großen Ohren, der zu uns herübersah. Ich versuchte, ihn zu fotografieren, aber der Hirsch sprang auf einer der Treckerspuren davon. Einen Moment später sprang ein zweiter Hirsch aus dem Kreis in den Außenring und raste hinter seinem Kollegen her; beide sprangen im Zickzack zum anderen Ende des Feldes und verschwanden. Nichts deutete darauf hin, daß sie sich längere Zeit in dem flachgelegten Kreis aufgehalten hätten; bei sorgfältiger Untersuchung fanden wir keinen Kot und keine frischen Schäden am Getreide. Sie konnten auf keinen Fall für die Entstehung des Kreises verantwortlich sein. Nur weil sie Tiere in Kreisen gesehen haben, nehmen manche Leute an, sie hätten sie verursacht und nicht nur als Ruheplatz benutzt.

Wie zögernd Menschen akzeptieren können, daß rätselhafte Dinge geschehen, zeigt das Beispiel eines in Rente stehenden Straßenarbeiters, mit dem ich 1983 sprach. Ich hatte erfahren, daß er über Jahre hinweg bei seiner Arbeit in dieser ländlichen Gegend immer wieder auf Kornkreise gestoßen war. Er sagte mir: »Es muß 14 oder 15 Jahre her sein, daß ich sie zum erstenmal bemerkte. Sie stammen von brunftenden Hirschen, ich habe nämlich Hirsche im gleichen Feld gesehen, in dem auch Kreise waren. Ich glaube, die Hirsche rennen herum und treten den Weizen flach.« Obwohl ich ihm entgegenhielt, daß das Korn dabei beschädigt werden würde, hielt er unerschütterlich an seiner Überzeugung fest.

Wir haben auch Kaninchen in den Kreisen gesehen, aber ich persönlich bin fest davon überzeugt, daß sie nichts anderes suchten als die Kaninchen in allen Feldern.

Wenn ein Phänomen wie die Kornkreise auftritt, ist es nur natürlich, sich zu fragen, wer oder was es auf welche Weise hervorgebracht hat. Im Grunde ihres Herzens mögen Menschen keine Rätsel, sie machen ihnen ein ungutes Gefühl; wir möchten für jedes Problem eine klare wissenschaftliche Antwort haben. Manche müssen alles in unsere herkömmlichen Wissenschaften einordnen können. Ich finde es jedoch vermessen, zu glauben, wir wüßten bereits alles, was es zu wissen gibt, und unseren wissenschaftlichen Erkenntnissen sei nichts mehr hinzuzufügen.

Wir wollen in diesem Buch die Tatsachen darstellen, Tatsachen, die Sie überprüfen können, wenn Sie in einen Kreis hineingehen und selber nachsehen. Es entspräche nicht ganz der Wahrheit, zu behaupten, wir hätten keine Meinung zu diesen Vorgängen – unserer Ansicht nach geschieht hier etwas, das wir nicht verstehen.

Als nächstes müssen wir uns atmosphärischen Kräften zuwenden wie Blitz, Wind, Sonnenstrahlungen, dem Magnetfeld der Erde, thermischen Veränderungen, statischer Elektrizität und anderen, unbekannten Kräften.

1. Blitze haben gewöhnlich sehr zerstörerische Auswirkungen. Ein sehr kurzer Blitzschlag, der Bäume und Häuser zerreißen kann, ist nichts Ungewöhnliches und die Resultate lassen keinen Zweifel an der Gewalt dieser konzentrierten Kraft. Diese Art von Kraft ist wohl kaum geeignet, Getreidepflanzen fest, aber sanft zu Boden zu drücken.

2. Luft. Diese Kraft ist unlenkbar, es sei denn, sie würde mechanisch kontrolliert; sie bedarf der Steuerung, um präzise Ergebnisse zu erzielen, vor allem in einem Getreidefeld (siehe Abb. 90).

Es ist schon viel darüber geschrieben worden, wie ein Wirbelwind Kornkreise erzeugen kann. Offenbar sind eine Reihe von Voraussetzungen notwendig, um diese einzigartige Aufgabe zu erfüllen. Zunächst muß ein steiler Hang in der Nähe sein, dessen Kuppe etwa 100 Meter über dem Getreidefeld liegt. Dann muß der Wind aus einer bestimmten Richtung kommen, so daß er über die Bergkuppe weht, auf der anderen Seite wirbelnd, drehend und rollend abfällt und durch die veränderten Druck- und Volumenverhältnisse über dem Feld eine Windhose bildet, die sich auf das Korn niedersenkt. Nun muß die Windhose stationär verharren und das Korn sanft in die beschriebenen Spiralen und Bodenmuster lagern, ohne es teilweise anzusaugen, wie Windhosen es gewöhnlich tun. Für die einzelnen Pflanzen, die wir entwurzelt und ausge-

Abbildung 90.

rissen gefunden haben, können sie nicht verantwortlich sein; Windhosen gehen nicht selektiv vor. Gegen diese Theorie spricht, daß leider viele der Kreise fernab von allen Hügeln lagen.

Wir wissen, daß Wirbelwinde durch Luft verursacht werden, die von allen Seiten spiralförmig auf einen Mittelpunkt zuströmt. Im Zentrum strömt die Luft spiralförmig nach oben und wird durch meist von der Basis her nachströmende Luft ersetzt. Das gilt sowohl für Windhosen, die am Boden entstanden sind, als auch für solche, die sich an der Basis von Wolken bilden. In Wolken entstehende Wirbelwinde bringen die meisten Menschen mit Wasserhosen und Tornados in Verbindung; ihre Zerstörungskraft ist weitgehend bekannt. In heißen Ländern gibt es die Hitze- oder Schönwetterwirbelstürme; gelegentlich treten sie auch in gemäßigten Zonen auf, jedoch ausschließlich am Tag, niemals nachts.

Jeder, der einmal in die Nähe eines Wirbelsturmes gleich welcher Art geraten ist, weiß, wie laut sie sind; selbst kleine Windhosen in heißen Ländern sind mit einem erheblichen Brausen verbunden. Ich habe in Australien einmal über zwanzig Windhosen gleichzeitig gesehen, und alle trieben in die gleiche Richtung wie die vorherrschende Luftströmung. Jede riß Sand, Staub, trockene Pflanzenteile und anderes in die Höhe und stellte so unter Beweis, daß Windhosen in ihrem wirbelnden Sog alles mit nach oben nehmen, was sich ihnen bietet. Ich habe sogar gesehen, wie eine leere 150-Liter-Öltonne in die Luft gehoben wurde. Die Wirkung eines Wirbelsturms ist einer leerlaufenden Badewanne vergleichbar. Betrachten Sie die Wasseroberfläche als Bodenniveau und stellen sich das Ganze umgekehrt vor, so daß der Wasserstrudel nach oben steigt, dann haben Sie die Wirkungsweise eines Wirbelwindes.

Aus dem oben Gesagten wird deutlich, daß Wirbelwinde nicht für die Entstehung unserer Kreise und Ringe, vor allem der letzteren, verantwortlich sein können. Bei Berücksichtigung aller Fakten ist es eine Beleidigung des Verstandes, zu verlangen, jemand solle glauben, daß diese wundervollen, präzisen Kreise durch wirbelnde Luftmassen erzeugt werden. Es kam sogar der Vorschlag, fünf präzise angeordnete Windhosen hätten die herrlichen Fünfergruppen hervorgebracht, die wie Würfelaugen angeordnet waren. Dieser Vorschlag ist ein Scherz, ein weiteres Beispiel für den Versuch, den Fakten mit Gewalt eine Theorie anzupassen.

3. Sonnenenergie. Sie umfaßt Hitze, die Spektralenergien, geladene Teilchen der Sonnenwinde, Röntgenstrahlen sowie alle die anderen Strahlen, Photonen und sonstigen Energien, die noch zu erforschen sind. Da die Kreise offenbar ausschließlich nachts entstehen, kommt die Sonne nach unserem derzeitigen Wissensstand nicht als Ursache in Frage, es sei denn, ein Teil ihrer Energie würde mit verzögerter Wirkung erst nachts zum Tragen kommen.

4. Das Magnetfeld der Erde könnte einen bislang unbekannten Einfluß auf Getreidepflanzen haben. Für die moderne Technologie würde es einen enormen Durchbruch bedeuten, herauszufinden, wie sich das Magnetfeld der Erde so manipulieren ließe, daß es ebenmäßige, spiralförmige Kreise flach gelagerten Korns mit gegenläufigen Drehrichtungen hervorbrächte. Möglicherweise bedarf es einer Abweichung der Feldlinien im Magnetfeld der Erde, um eine kegelförmige Spirale hervorzubringen, die aufgrund ihrer unnatürlichen Formation in der Lage ist, Pflanzen zu manipulieren.

5. Thermische Veränderungen müssen von der Sonne ausgehen oder möglicherweise vom Erdkern. Wie solche Veränderungen die Art von Kraft hervorbringen sollten, die nötig ist, um das Kornkreisphänomen zu produzieren, ist unvorstellbar, aber das ganze Problem ist ohnehin ein Rätsel, also entspringt möglicherweise diese Kraft eben der Quelle, die wir für die unwahrscheinlichste halten.

6. Statische Elektrizität wird von vielen als Erklärung bevorzugt, und warum auch nicht. Es ist jedoch schwer abzuschätzen, wie vielen Parametern der Kreiskonstruktion sie gerecht würde. Die Verteilung positiv und negativ geladener Pflanzenflächen müßte vor der Bildung sorgfältig geplant werden. Eine horizontale Komponente wäre nötig, um die Halme zunächst in Richtung der Spiralwindung abzulenken. Was mit den Ladungen geschehen würde, wenn die Halme an Nachbarpflanzen hinuntergleiten, ist nicht leicht einzuschätzen. Besonders schwer vorstellbar sind die Ladungsmuster bei gegenläufigen Getreideschichten. Um die Pflanzen nach unten zu ziehen, müßte im Boden ein klarer Kreis mit einer sehr starken entgegengesetzten Ladung vorhanden sein. Die horizontale und die vertikale Komponente müßten in genauer Aufeinanderfolge wirken, sonst fielen die Halme in zufälliger Weise um.

Das Hauptproblem ist bislang noch gar nicht angesprochen worden. Mit welchen Mitteln läßt sich eine Kraft bewegen, so auf Pflanzen einzuwirken, wie wir es eingehend erforscht haben? Viele Kreise entstehen in regnerischen Nächten; möglicherweise sind nasse Halme mit statischer Aufladung nicht vereinbar. Die Halme um den Kreisrand müßten mit antistatischen Mitteln behandelt werden. Das wäre eine ziemlich umfangreiche Aufgabe, die mit vielem Getrampel verbunden wäre und einige Verwüstungen im Korn anrichten dürfte. Das sind natürlich bloße Vermutungen, die lediglich beleuchten sollen, daß alles, was im Rahmen der herkömmlichen wissenschaftlichen Erkenntnisse als Ursache dieser Kreise vorgeschlagen wird, was immer es auch sei, nicht zu einer schlüssigen Erklärung des Problems führen kann. Es gibt zu viele Parameter, die zu berücksichtigen sind und denen nicht gerecht zu werden ist.

7. Die Anwendung herkömmlicher wissenschaftlicher Erkenntnisse setzt umfangreiche Apparaturen voraus. Die Tatsache, daß das Korn in der Umgebung der Kreise bei ihrer ersten Entdeckung völlig unberührt war, läßt darauf schließen, daß weder Menschen noch Maschinen mit diesem Boden in Berührung gekommen sind. Stellen Sie sich nur einmal vor, Sie sollten in einer dunklen, regnerischen Nacht ohne Licht Apparate mitten in einem Weizenfeld aufbauen, ohne Lärm zu machen. Zunächst müßten Sie am Rand des Weizenfeldes entlanggehen, um eine geeignete Treckerspur zu finden. Auf dieser Spur mit einer Ausrüstung bepackt entlangzulaufen, ohne über den Rand der Fahrspur hinauszustolpern, ist sozusagen unmöglich. Damit wären Sie aber erst auf dem Feld. Um wieviel unmöglicher wäre es, etwas so Kompliziertes zu produzieren wie die in Schaubild 1 abgebildeten Muster H oder L.

Wir müssen uns nach einer Kraft umsehen, die vom Bodenkontakt unabhängig funktioniert. Das bedeutet, wir suchen möglicherweise nach einer unbekannten Kraft, die an manchen Orten schon vorhanden ist, aber kontrolliert und gezielt eingesetzt werden muß; oder vielleicht nach einer nicht ortsgebundenen Kraft, die irgendeine Kontrollinstanz nach Belieben einsetzt. Beide Ideen gehen von einer Intelligenz aus, die diese Manifestationen aus uns unbekannten Gründen produzieren will.

Manchmal sprechen uns an leichter zugänglichen Fundstellen Leute an, die von diesen Kreisen fasziniert sind und mit offenen Äußerungen nicht zurückhalten, gewöhnlich in der Art: »Sie müssen von UFOs stammen, was meinen Sie?« Darauf können wir nur sagen: »Es könnte sein.« Es gibt viele Kreise und Ringe, in deren Nähe UFOs gesichtet wurden (siehe Kap. 6). UFOs sollen ja die Fähigkeit besitzen, die ungewöhnlichsten Verhaltensweisen und Phänomene zu produzieren. Es ist sehr wohl möglich, daß sie ein uns unbekanntes Kraftfeld beherrschen, das Kreise und Ringe hervorbringt. UFOs mögen durchaus in der Lage sein, ein rotierendes Kraftfeld zu steuern, das in eine trennscharfe elektromagnetische Abschirmung eingeschlossen ist. Es kann ebensogut sein, daß UFOs für uns nur sichtbar sind, wenn sie es in unserem Lichtspektrum sein wollen, und daß sie die Kräfte, die sie vielleicht beherrschen, so demonstrieren können, daß wir ihre Anwesenheit wahrnehmen können oder auch nicht.

Einige meiner Theorien sind in der weltweit erscheinenden Zeitschrift *Flying Saucer Review* veröffentlicht worden. Über diese Zeitschrift sandte mir ein Leser einen Artikel von Tom Johanson aus der *Spiritualist Gazette*. Er weitet die Theorie der Parallelwelten aus, die ich schon lange vertreten habe.

Alfred North Whitehead schrieb, die Wissenschaft sei blind, weil sie sich nur mit einem Teil der Fakten befasse, die die menschliche Erfahrung liefere. Es gebe noch viel mehr in der Welt der atomaren Materie. Arthur Young, ein ausgezeichneter amerikanischer Physiker, stimmte Whitehead zu. Er erklärte, man werde den ›ganzen Menschen‹ allein durch das Studium seiner physischen Erscheinung niemals vollständig begreifen. Der deutsche Physiker Werner Heisenberg schrieb über die atomare (materielle) Welt, Atome seien sehr viel mehr als Dinge. Er glaubte, es gebe noch etwas anderes, das beweise, daß es keine klare Unterscheidung zwischen Materie und Energie gibt. Ein anderer bekannter deutscher Physiker, Max Planck, untersuchte viele Jahre lang den subatomaren Bereich und kam zu dem Schluß, daß jenseits unserer gegenwärtig sinnlich erfahrbaren Welt noch eine andere reale Welt existiert.

Die ohne Zweifel verblüffendsten Entdeckungen machten zwei Physiker auf dem Gebiet der Quantenmechanik, der Italiener Sergè und der Amerikaner Chamberlain, die das Antiproton entdeckten. Die gegenwärtige Sinnenwelt baut auf Protonen und Elektronen auf, die das Atom bilden. Die Entdeckung des Antiprotons bedeutet, daß das Proton in zwei Formen vorkommt: als Proton mit Masse (greifbare Materie) und als Antiproton (Antimaterie). Die Welt, die wir heute sehen, besteht daher aus normaler atomarer Materie, innerhalb dieser Welt existieren jedoch subatomare Partikel: mit anderen Worten, eine masselose Welt durchdringt die Welt der Masse.

Arthur Young ging in seiner Erforschung der subatomaren Welt noch weiter. Er konzentrierte sich auf den Versuch, die (subatomare) Quantenmechanik mit dem Phänomen des Bewußtseins zu verbinden, und auf das seltsame, noch wenig verstandene Phänomen des Lichtes. Licht hat keine Masse. Licht ist wie Farbe. Farbe hat ebenfalls keine Masse. Sie können sich zum Beispiel Farbe nicht ohne einen Träger wie Blumen, Malfarben, farbiges Wasser, Färbemittel und so weiter vorstellen. Farbe ist also ohne Masse, aber sie ist dennoch vorhanden. Licht ist ebenfalls ohne Masse, ohne Ladung oder Energie; trotzdem ist es in der Lage, Protonen und Elektronen mit Masse und Ladung zu erzeugen. Young fand nun heraus, daß Licht Protonen besitzt. Protonen sind Lichtimpulse, die weder Masse noch Ladung haben, aber in der Lage sind, Protonen mit Masse und Ladung zu erzeugen; das beweist, daß zwei unterschiedliche Welten nebeneinander existieren, die der Materie und die der Antimaterie.

Der größte aller Physiker, Albert Einstein, hat bewiesen, daß es Photonen gibt, aber sie existieren nicht in der Zeit. Das heißt, sie unterliegen nicht der Zeit. Er hat auch gesagt, daß jede Existenz auf Photonen basiert. Das Photon hat eine unbegrenzte Lebensdauer und kann jede Form annehmen, die der Materie und die der Antimaterie. Mit dem Antiproton, dem Photon, das weder Masse noch Ladung hat, ist eine unbegrenzte Lebensdauer gegeben, die eine lebenswichtige Brücke zwischen dem Zustand des Seins (Jetzt) und dem Zustand des Nichtseins in der physischen Welt schlägt.

Das scheint die Theorie zu bestätigen, nach der diese Kreise von einer unbekannten Intelligenz mit einem unbekannten Kraftfeld geschaffen werden.

KAPITEL 6

WEITERE BEOBACHTUNGEN

Geheimnisvolle Vorfälle

In einigen Fällen sind verwirrende Dinge geschehen, die glauben lassen, daß bei dieser Sache unbekannte Mächte oder Kräfte im Spiel sind.
Als Colin und ich am 28. und 29. Juli 1987 den kleineren Kreis einer Zweiergruppe in Bratton ausmaßen, lag der Kompaß, den wir benutzten, im Kreismittelpunkt auf dem Boden. Wir hatten den Kreisradius für die Punkte Nord und Nordwest gemessen und wollten gerade den Radius in Westrichtung bestimmen, als wir bemerkten, daß die Kompaßnadel sich gegen den Uhrzeigersinn drehte. Wir trauten unseren Augen kaum. Plötzlich blieb die Nadel stehen; das Phänomen trat später nie wieder auf. Wir hatten den Kompaß weder berührt noch angestoßen, aber wir fragten uns, ob das Stahlbandmaß, das wir verwendeten, die Nadel vielleicht beeinflußt haben könnte. Obwohl wir sonst das Bandmaß immer 40 bis 50 Zentimeter über den Kompaß halten, um jede mögliche Beeinflussung zu vermeiden, legten wir nun das Ende des Bandmaßes auf den Kompaß und versuchten, die Nadel in eine Drehbewegung zu versetzen. Ein völliger Fehlschlag. Wir hatten schon Dutzende Kreise auf diese Weise ausgemessen, aber dieses Phänomen war hier zum erstenmal aufgetreten. Was hatte die Nadel zum Drehen gebracht? Etwas uns Unbekanntes hatte sich hier manifestiert.
Als ich am 4. Juli 1987 gegen 19 Uhr dem Kreis in Dog-leg Field bei Winchester einen zweiten Besuch abstattete, hatte ich ebenfalls ein merkwürdiges Erlebnis. Ich stand im Kreis auf halbem Weg zwischen dem Mittelpunkt und dem westlichen Rand und sah mir die Bodenspirale und die einzelnen aufrecht stehenden Halme an. Es war ein ruhiger, sonniger Abend, und von Nordwesten wehte eine sanfte, kühle Brise. Ich stand nach Süden gewandt, als mich plötzlich ein lautes, knisterndes Zischen überraschte, das etwa 10 Meter rechts von mir auf einer Länge von ungefähr 8 Metern über die Spitzen des Getreides zu hüpfen schien. Das Geräusch erinnerte an eine Hochspannungsentladung, war jedoch viel langgezogener und erfolgte in einem pulsierenden Rhythmus. Es hörte nicht abrupt auf, sondern klang allmählich aus. Ich war verdutzt.
Ich nahm daher am nächsten Abend einen Kassettenrecorder mit hinaus aufs Feld, um zu sehen, ob dasselbe wieder passierte. Ich war an diesem Abend sehr viel später dort, gegen 22.30 Uhr, und es war schon fast dunkel. Ich stellte den Recorder in der Nähe des westlichen Kreisrandes auf den Boden und ließ ihn eine Dreiviertelstunde lang aufnehmen. Ich sah und hörte während dieser Zeit gar nichts bis auf entfernte Fahrgeräusche von sechs vorbeifahrenden Wagen. Als ich nach Hause kam, spulte ich die Kassette zurück und hörte sie ab. Eine halbe Stunde lauschte ich dem normalen Hintergrundrauschen und leisen Brummen, das nur vom schwachen Geräusch vorbeifahrender Wagen unterbrochen wurde. Plötzlich setzte sehr leise ein seltsamer, sehr niederfrequenter Brummton ein, schwoll an und verklang. Das geschah dreimal und hörte dann ganz auf. Dieses oder ein ähnliches Geräusch taucht sonst an keiner anderen Stelle der Kassette auf. Zwei Tage später wiederholte ich diese Prozedur, aber diesmal ohne Ergebnis. Ich schätze, ich werde niemals erfahren, woher dieses Geräusch kam, aber es war ziemlich unheimlich.
Das Phänomen, daß ein Mikrophon Geräusche aufzeichnet, die zum Zeitpunkt der Aufnahme nicht zu hören waren, ist nicht neu. Es wurde schon in vielen Fällen beschrieben, aber das nimmt dem Einzelfall nichts von seiner Bedeutung.
Am 8. August untersuchten wir einen Kreis auf der Town Farm in Westbury. Colin fotografierte den Westsektor des Kreises, während ich in gebückter Haltung die Wurzeln der Pflanzen am Nordrand untersuchte. Plötzlich hörten wir ein lautes Klopfen, als habe jemand mit einem Hammer auf den Deckel einer Holzkiste geklopft. Mein Kopf befand sich knapp über dem stehenden Getreide; das Geräusch schien

ganz aus der Nähe zu kommen, von einer Stelle in vielleicht 6 Metern Entfernung unmittelbar über den Spitzen des Korns. Ich glaubte, dort sei jemand, der dies Geräusch machte. Sofort fragte ich Colin: »Hast du das gehört? Was war das?« Er hatte es gehört und war ebenso verblüfft wie ich. Wir besprachen, was jeder von uns wahrgenommen hatte, und waren uns einig über die Art und die Lokalisierung des Geräuschs. Vermutlich werden wir die Ursache des Geräuschs nie herausfinden.

Am 3. August 1987 geschah bei einer Kassettenaufnahme an der Dreiergruppe unterhalb vom White Horse in Westbury wieder etwas Seltsames. Die Kreisformation bildete eine große elliptische Fläche, an deren Nordseite zwei kleinere Kreise lagen. Das Bodenmuster war größtenteils gegen den Uhrzeigersinn gewirbelt, jedoch nur grob ausgeprägt mit einigen stehenden Kornbüscheln. Colin stellte seinen Kassettenrecorder mit externem Mikrophon in den Mittelpunkt der Ellipse und ließ ihn 90 Minuten lang aufnehmen, während wir unsere Messungen und Aufnahmen machten. Als Colin die Kassette im November abspielte, bemerkte er, daß auf der Aufnahme ein seltsames Klopfen zu hören war. Auch diesmal hörte es sich an, als klopfe jemand auf eine Holzkiste. Das Klopfen tauchte in unregelmäßigen Abständen auf, einzeln oder paarweise mit ein bis eineinhalb Sekunden Verzögerung. Die Intervalle waren zwischen 15 Sekunden und drei Minuten lang, und einzelne und paarweise Klopftöne waren unregelmäßig gemischt. Die Lautstärke schwankte, selbst bei den Doppeltönen. Innerhalb von 45 Minuten waren 32 Doppeltöne und elf Einzeltöne aufgezeichnet, die im letzten Drittel des Bandes allmählich leiser wurden.

Seit wir aus nächster Nähe mit diesen Geräuschen zu tun haben, werden wir vorsichtig, sobald wir uns in solche Kreise hineinbegeben. Es verstärkt den Eindruck, daß überall um uns herum unbekannte Kräfte wirken müssen, die ihre Anwesenheit auf unkonventionelle Weise kundtun.

Während unserer Untersuchung des Kreises im Dogleg Field auf der Longwood Farm geschahen unabhängig voneinander zwei merkwürdige Dinge. Colin, Busty, meine Tochter Jan und ich waren damit beschäftigt, den Kreis auszumessen, zu fotografieren und in allen Einzelheiten zu untersuchen. Nachdem ich einige Aufnahmen gemacht hatte, war der Film voll; ich ging zum Rand des Ringes hinüber und etwa einen Meter in eine Treckerspur hinein, um den Film zu wechseln, und hockte mich neben meine Zubehörtasche. Nachdem ich einen neuen Film eingelegt hatte, eine recht einfache Sache bei der Nikon FG, spulte ich ihn ein paarmal weiter, um ihn auf das erste Bild einzustellen. Dann klemmte der Transporthebel. Es blieb mir nichts anderes übrig, als die Kamera wieder zu öffnen und nachzusehen, was passiert war. Ich war entsetzt, als ich feststellte, daß zwar der Film unversehrt war, aber die Verschlußklappen nach oben gebogen waren und die Kamera unbrauchbar war.

Zur gleichen Zeit hörte ich laute Worte aus Bustys Richtung. Seine Videokamera hatte ohne ersichtlichen Grund blockiert und ließ sich nicht wieder in Gang bringen. Nach ein paar Minuten funktionierte sie wieder einwandfrei und hat seitdem nicht wieder den Dienst versagt.

Die Leute des Reparaturdienstes konnten sich nicht erklären, wie die Verschlußklappen meiner Kamera sich nach oben wölben konnten, das heißt in Richtung auf den Kameradeckel. Der Verschluß läßt sich leicht mit den Fingern nach unten drücken, aber ich hatte ihn nicht berührt, und ich hatte den Film ohne Schwierigkeiten um zwei Bilder aufwickeln können.

Es scheint gewiß, daß für einige Momente im und um den Kreis etwas entschieden Ungewöhnliches geschah. Was immer es auch war, es hat mich fast 400 DM gekostet, und ich habe seit diesem Vorfall immer sehr genau darauf geachtet, daß ich weit genug vom Kreis entfernt war, wenn ich einen neuen Film einlegte.

Im ersten Kapitel dieses Buches sind noch andere einzelne Vorfälle beschrieben, die sich während unserer Untersuchungen an Kreisen ereignet haben. In Goodworth Clatford wurden 1985 und in Westbury 1987 blaue Blitze gesichtet. Die klassischen Umrisse von UFOs tauchten auf Aufnahmen auf, die 1987 in Westbury gemacht wurden, und gabelähnliche Formen auf Aufnahmen, die 1987 in Chilcomb entstanden. Die Erlebnisse, die Colin nach dem Childrey-Bericht 1986 bei sich zu Hause hatte, mögen in einem Zusammenhang hiermit stehen oder auch nicht, doch seitdem ist keine so aktive Kraft mehr aufgetaucht, und wir hoffen, daß es auch nicht wieder vorkommt.

Zusammenhang mit UFOs?

Falls es sich hier um intelligente Wesen handelt, wissen sie etwas über die physische Welt, das wir nicht wissen, und sie wissen etwas über die psychische Welt, das wir nicht wissen – und beides wenden sie an.

Dr. ALLEN J. HYNEK

Immer wieder tritt die Frage an uns heran, ob diese Kreise und Ringe auf UFOs zurückzuführen sind. Wir alle sind in unserem Urteil hierzu sehr vorsichtig und stehen dieser Frage in unterschiedlichem Maße positiv gegenüber. Es gibt jedoch Berichte, denen zufolge in der Umgebung von Kreisen UFOs gesichtet wurden (siehe S. 179 ff.). Bei einem Kreis in Findon in West Sussex gab es Hinweise auf einen möglichen Zusammenhang mit UFOs; in die Wipfel einiger Bäume war eine Schneise geschnitten, und am Boden darunter waren Zweige und kleine Äste verstreut. Ein wacher Verstand ist immer von Vorteil, zumal im Umgang mit dem Unbekannten, das vielfältige Möglichkeiten eröffnet.
Im Folgenden geben wir den ersten Bericht über ein ungewöhnliches Vorkommnis wieder, das sich im Sommer 1987 zutrug. Am 30. August erreichte mich ein Anruf von einer Dame aus Dorset. Ihre Tochter hatte ihr einen Zeitungsausschnitt meines Artikels über die Westbury-Kreise geschickt. Sie sagte mir, nachdem sie ihn gelesen habe, sei ihr etwas eingefallen, das sie Anfang des Monats gesehen habe.
Zunächst erzählte sie mir jedoch über sich. Sie war weit in die Achtzig und wie ihr Mann im Ruhestand. Sie hatte schon immer Vögel beobachtet und ein gutes Auge für Details. »Wenn man Vögel beobachtet, muß man Einzelheiten schnell erkennen«, erklärte sie mir. »Ich habe mein Fernglas immer griffbereit, selbst jetzt noch.« Das Wohnzimmerfenster ihres Bungalows liegt zur Südseite hinaus und bietet einen herrlichen Blick auf den Himmel.
»Es war kurz nach Sonnenuntergang«, berichtete sie weiter. »Ich saß am Fenster und betrachtete den wunderschönen purpurnen Himmel, als ich einen leuchtend goldenen Stern bemerkte. Ich dachte zunächst, es sei ein Stern, bis ich ihn mit einer Reihe anderer Sterne verglich. Dann konnte ich erkennen, daß es sich auf mich zu bewegte. Ich nahm mein Fernglas und sah nun, daß es kein Stern war, sondern etwas Rundes mit sehr hellen, goldenen Lichtern. Die Lichter waren nicht am Rand, sondern etwas nach innen versetzt. Auf den Punkten bei sechs und sieben Uhr waren die Lichter von etwas verdeckt, das nach unten überragte. An den Punkten bei ein und zwei Uhr ragte etwas nach außen, das mit kleinen, hellen, goldenen Lichtern besetzt war. Am Ende dieses Vorsprungs war etwas wie ein Ball oder eine Kugel mit vielen kleinen, hellen, goldenen Lichtern. Alles leuchtete sehr stark.
Ich lief in den Garten, um es besser sehen zu können, da es sich jetzt direkt über uns befand. Ich rief meinen Mann, er solle kommen und sich das ansehen. In meiner Aufregung hatte ich gar nicht mehr daran gedacht, daß er ja jetzt blind ist, und auch das Fernglas hatte ich vergessen. Ich lief schnell wieder ins Haus,

es zu holen, und als ich zurückkam, war das leuchtend goldene Objekt immer noch da. Ich beobachtete es wieder durch das Fernglas, und da es über mich hinwegschwebte und sich allmählich entfernte, befand sich der leuchtende Vorsprung nun auf der linken Seite. Ich sah mich nach jemandem um, der es sich mit mir ansehen könnte, aber es war niemand da. Als ich wieder hochschaute, war das Objekt verschwunden; ich beschloß, den Weg, den es genommen hatte, mit dem Fernglas zwischen den Sternen zu verfolgen, und tatsächlich kam es wieder in Sicht. Diesmal wirkte das Objekt skelettartig, und die goldenen Lichter waren nur halb so hell wie vorher. Die kleinen Lichter auf der Kugel sahen aus wie viele 100-Watt-Glühbirnen. Wie eine Eingebung kam mir in den Sinn, daß es herunterkommt. Es kommt wirklich herunter und wird Spuren auf dem Boden hinterlassen. Es wurde nun allmählich schwächer und verschwand schließlich völlig, dabei sah es immer noch so aus, als käme es herunter. Ich weiß, daß es irgendwo über Salisbury Plain nördlich von hier herunterging.
Während es über mir schwebte, schien sich mir der Gedanke aufzudrängen: Dieses Jahr werden sie wirklich anders sein, es ist anders diesmal. Was irgend etwas mir damit sagen wollte, weiß ich nicht, zumindest wußte ich es nicht, bis ich von den Kreisen las, und da wußte ich, das ist es. Es drängte mich sehr, nach Westbury zu fahren und mir die Eindrücke am Boden anzusehen. Ich wußte nicht, wo Westbury lag, ich war noch nie dort gewesen. Ich bat meine Tochter, mich in ihrem Wagen hinzufahren; und das tat sie auch vor ein paar Tagen. Wir stöberten fast den ganzen Tag herum und versuchten, die Kreise zu finden, aber ohne Erfolg. Schließlich fragten wir einen Bauern, wo sie zu finden seien, und er riet uns, auf den Hang über dem White Horse zu fahren und auf die Felder hinunterzusehen. Das taten wir, aber ich war enttäuscht, denn es dämmerte schon, und obwohl meine Tochter sie noch sah, konnte ich sie leider nicht mehr erkennen, und ich wollte es doch so gerne. Ich wollte wirklich gerne die Spuren sehen, die das UFO, das ich beobachtet hatte, hinterlassen hat.«
Damit schloß sie ihren Bericht.
Diese Frau ist intelligent, wie die technisch einwandfreie Weise erkennen läßt, in der sie ihre Beobachtungen durchführte und beschrieb. Es ist schade, daß diese Episode für sie so fruchtlos endete.

Interesse der Wissenschaft

Wissenschaftler unterschiedlicher Fachrichtungen zeigen Interesse an diesem Thema; häufig erreichen uns Anfragen, jemandem Informationsmaterial, vor allem Fotos, über Einzelheiten der Kreise zur Verfügung zu stellen. Es fällt uns jedoch nicht leicht, unser oft mühselig und teuer erworbenes Wissen weiterzugeben. Viele Frauen und Männer haben uns angesprochen, Chemiker, Physiker, Astronomen, Geologen, Kernforschungsingenieure, Psychoanalytiker, Allgemeinmediziner, Meteorologen und vermutlich noch viele andere, die vor Ort mit uns gesprochen haben, ohne uns ihren Beruf zu verraten.
Eine Lehrerin aus Coronach in Saskatchewan, Kanada, schrieb mir: »Mir ist zwar nicht bekannt, daß es solche Kreise in den Weizenfeldern und Wiesen bei uns an der Grenze zu den Vereinigten Staaten gäbe, aber ich unterrichte Naturwissenschaften an einer High School und würde mich freuen, wenn Sie mir etwas allgemeines Informationsmaterial und vielleicht auch ein Foto zukommen lassen könnten, das ich im Unterricht verwenden könnte.« In diesem Fall sind wir der Bitte nachgekommen und haben ihr genügend Material für ihre Schüler geschickt, um ein Unterrichtsprojekt anzufangen.
Professor Archie Roy von der Glasgow University war begeistert von dem Thema, als wir uns zum erstenmal begegneten; eine Begeisterung, die er später in einem Radiointerview zum Ausdruck brachte. Als der *Observer* ihn einige Monate später nach seiner Meinung zu diesen Kreisen fragte, soll er erklärt

haben, sie seien alle ein Bluff. Ich bin der festen Überzeugung, daß er anderer Ansicht ist, aber vielleicht möchte er nicht mit einem hartnäckigen Rätsel in Verbindung gebracht werden.
Im folgenden geben wir ein Transkript des Interviews von Radio Solent mit Professor Roy wieder:

Radio Solent: Wie es scheint, soll eine umfassende wissenschaftliche Bewertung der Hampshire Kreise erfolgen. Sie soll der Leitung von Professor Archie Roy vom Department of Physics and Astronomy an der Glasgow University unterstellt sein. Ihn haben wir nun am Telefon. Professor Roy, wie haben Sie zum erstenmal von diesen Kreisen erfahren?
Professor Roy: Zum erstenmal hörte ich davon durch einen Artikel von Pat Delgado, die Fotos und Zeichnungen schienen mir äußerst interessant; da ich gerade hier im Süden (von England) war, nutzte ich die Gelegenheit, zu Mr. Delgado zu fahren und mich lange mit ihm zu unterhalten.
Radio Solent: Wie war Ihr erster Eindruck?
Professor Roy: Nachdem ich die Skizzen gesehen, die Geschichte der Kreise gehört und mir zwei davon in einem Feld, also eigentlich waren es drei, angesehen hatte, hatte ich den Eindruck, obwohl es zwar nicht unmöglich ist, daß sie von Menschen gemacht sein könnten, muß die Tatsache, daß bei einer Demonstration gezeigt wurde, daß man solch einen Ring machen kann, noch nicht zwangsläufig bedeuten, daß sie alle auf diese Weise entstanden sind. Man könnte auch sagen, die Tatsache, daß gefälschte Münzen in Umlauf sind, heißt noch nicht, daß alle Münzen gefälscht sind.
Radio Solent: In welcher Form würde Ihre Untersuchung ablaufen, falls es dazu kommt?
Professor Roy: Ich denke, bei allen wissenschaftlichen Untersuchungen, deren Ausgangspunkt ein anscheinend unbekanntes Phänomen ist, muß man einfach wie bei einer Briefmarkensammlung mit einer Phase des Sammelns anfangen. Mit anderen Worten, man sammelt so viele Variationen wie möglich, hält sie dokumentarisch fest, holt alle Informationen ein, die man nur bekommen kann, und beginnt dann, sie zu klassifizieren. Wenn man Glück hat, stößt man danach auf eine Art von Test, eine Theorie, die man anwenden kann, und wenn es eine gute Theorie ist, hat sie Voraussagekraft und man müßte unter gewissen Voraussetzungen voraussagen können, wie das Phänomen aussehen wird. Sehen Sie, gegenwärtig haben wir nicht die geringste Ahnung, aber ich muß sagen, daß einige der Erklärungen, die vorgeschlagen wurden, wissen Sie, wie Wirbelwinde oder Viren oder Fallströme von Hubschraubern, sie scheinen mir angesichts der wunderbaren Symmetrie und Ebenmäßigkeit dieser Kreise völlig inadäquat zu sein.
Radio Solent: Warum ist es überhaupt notwendig, zu wissen, was die Hampshire Kreise verursacht, denn die Bauern werden spielend mit alledem fertig, nicht wahr?
Professor Roy: Ja, das stimmt. Vor 150 Jahren nahmen es die Menschen auch als selbstverständlich hin, daß man, wenn man Katzenfell gegen Bernstein oder so etwas rieb, Funken bekam. Leute wie Faraday, Clark und Maxwell, die dem nachgegangen sind, haben uns die moderne Welt mit ihrer Technologie gebracht.
Radio Solent: Wenn Sie nun die Ursache der Kreise herausfinden, kann das Weiterungen für uns mit sich bringen, was meinen Sie?
Professor Roy: Das läßt sich unmöglich vorhersagen. Alle wirklichen Phänomene haben Folgen, und in diesem speziellen Fall sehe ich keine Veranlassung, zu bezweifeln, daß es weitreichende Konsequenzen haben könnte. Sehen Sie, die Schwierigkeit ist, daß man zu Beginn jeder wissenschaftlichen Forschungsarbeit wirklich nicht weiß, wohin sie führt. Als Lord Rutherford am Cavendish Atome spaltete, sagte er: ›Das wird natürlich niemals einen praktischen Wert haben.‹

Aus Professor Roys Worten spricht die aufgeschlossene Geisteshaltung, mit der denkende Menschen diesem Thema begegnen. Er läßt nicht zu, daß sein Denken in den Grenzen der herkömmlichen Wissenschaft befangen bleibt. Die Art, wie er als angesehener Fachmann auf seinem Gebiet an diese Frage herangeht, ist daher sehr erfrischend. Es gibt nur eine Äußerung von ihm, der ich nicht zustimme. Er sagte bezogen auf die Kreise: »... hatte ich den Eindruck, obwohl es nicht unmöglich ist, daß sie von Menschen gemacht sein könnten ...« Ich bin sicher, das hätte er nicht gesagt, wenn er dieselben gründlichen Untersuchungen durchgeführt hätte wie wir. Er hätte all die höchstkomplizierten Merkmale entdeckt, die sich unserer Ansicht nach einer Nachahmung durch den Menschen entziehen.

Obwohl er mit diesem Phänomen nicht umfassend vertraut war, hat er doch klar gemacht, daß es tiefgreifende Folgen hat und eine sorgfältige, eingehende wissenschaftliche Erforschung rechtfertigt. Während eines langen Gesprächs, das wir im Sommer 1986 bei seinem Besuch bei mir zu Hause über die faszinierenden Details der Kreise führten, machte er eine sehr ermutigende Bemerkung. Er meinte, das Thema rechtfertige eine professionelle, wissenschaftliche Erforschung, und er wolle erwägen, seine Kollegen in der Royal Society darauf anzusprechen. Dieser Schritt werde es gewiß ermöglichen, geeignetes Gerät für Beobachtungen bei Tag und Nacht zu beschaffen.

Colin war ebenfalls dort, und wir waren beide erregt bei dem Gedanken, was zukünftige Forschungen zutage bringen mochten.

Pendelreaktion

Die seltsamen Geräusche und Vorkommnisse, die bis Ende Juli 1987 aufgetreten waren, brachten mich auf den Gedanken, es einmal mit Wünschelruten zu versuchen. Falls Reste der wie auch immer gearteten Kraft, die die Kreise hervorgebracht hatte, immer noch aktiv waren, war es vielleicht möglich, sie mit Hilfe von Wünschelruten auszumachen.

Ich hatte mich vorher schon gelegentlich als Wünschelrutengänger versucht, doch ohne Erfolg. Ich hatte Astgabeln benutzt, Drahtgerten und freischwingende horizontale Drahtgerten, aber die Resultate beließen mich im Zweifel, ob ich etwas entdeckt hatte oder einfach meine Nerven zuckten. Als es daran ging, diese Kunst in einem Kreis zu versuchen, benutzte ich die horizontal schwingenden Ruten, aber sie schlugen nach links und rechts aus, ohne daß es viel Sinn ergeben hätte. Dann fiel mir die Pendelmethode ein, und ich machte ein Pendel aus einer M12-Stahlmutter und einem Stück fester Schnur. Sofort stellten sich verblüffende Ergebnisse ein.

Zunächst probierte ich es am 25. Juli 1987 in der Fünfergruppe in der Punch Bowl. Ich stand im Mittelkreis auf halbem Wege zwischen dem Kreismittelpunkt und dem Nordrand. Das Pendelgewicht hing an einer etwa 50 Zentimeter langen Schnur. Einige Sekunden hing es fast regungslos, dann begann es, im Uhrzeigersinn zu rotieren. Allmählich vergrößerte es den Durchmesser des von ihm beschriebenen Kreises, bis es sich auf einen Durchmesser von etwa 40 Zentimetern einpendelte. Ich hielt das Pendel an, und es schlug wieder auf dieselbe Weise aus. Ich wiederholte den Vorgang mehrere Male, immer mit dem gleichen Ergebnis. Ich ließ das Pendel sogar zunächst in entgegengesetzter Richtung schwingen, aber es kam sehr schnell zum Stillstand und schlug wieder in die ursprüngliche Richtung aus. Das vollzog sich in vier verschiedenen Abschnitten des Kreises. Ich wiederholte den Versuch in einem der Satellitenkreise mit einem Durchmesser von 3,50 Metern; hier schwang das Pendel ausschließlich gegen den Uhrzeigersinn, der Drehrichtung der Bodenspirale. Zwei der Satellitenkreise hatten einen stärkeren Ausschlag als die beiden anderen.

Um den Durchmesser des Kreises, den das Pendel

beschrieb, mit relativer Genauigkeit schätzen zu können, hatte ich 50 Zentimeter über dem Gewicht einen Knoten in die Schnur gemacht. In manchen Kreisen schlug das Pendel weit und kräftig aus, wenn ich die Schnur ein paar Zentimeter kürzer faßte, geradeso, als hätte ich es damit auf die jeweiligen Bedingungen abgestimmt.

Eine Ausnahme bildete die Reaktion des Pendels in der großen Ellipse mit zwei Satelliten in Westbury. In der Ellipse schwang das Pendel teils in einer Drehbewegung gegen den Uhrzeigersinn, teils vor und zurück. Ich war verwirrt, bis ich bemerkte, daß das Korn zur Hälfte in einer Spirale und zur anderen Hälfte in einem fast geraden Strahlenmuster lag und viele Büschel aufrecht stehenden Getreides enthielt; vermutlich zeigte das Pendel aus diesem Grunde so heftige Bewegungen.

Nach diesem seltsamen Erlebnis in der Ellipse ging ich zu dem nordöstlich gelegenen Satellitenkreis hinüber und ließ das Pendel über dem Kreismittelpunkt an einem Meter Schnur herunterhängen. Es bewegte sich nicht. Es fühlte sich wie eine steife, senkrechte Rute an und zwang mich, es in Richtung der Ellipse zu tragen. Als mein Arm sich dem Rand des Satellitenkreises näherte, machte die rutensteife Schnur plötzlich eine rechtwinklige Kehre und bewegte sich nach Süden. Sie hätte mich in dieser Richtung aus dem Satellitenkreis hinausgeführt, wenn ich sie nicht mit der anderen Hand ergriffen und so dem Geschehen ein Ende gesetzt hätte. Ich wiederholte den Versuch noch zweimal, immer mit dem gleichen Ergebnis. Das Pendel wollte durchaus nicht schwingen, es versteifte sich jedesmal wie eine Rute und zog mich zur Seite mit sich fort.

Ich habe nun den Eindruck, daß das Pendel mir ein »Gefühl« für einen Kreis vermitteln kann. Es entspricht in seinem Ausschlag immer der Spiralrichtung und den Bodenmustern, und die Energie, mit der es ausschlägt, scheint der allgemeinen Atmosphäre der Umgebung zu entsprechen.

Im Sommer 1987 dehnte ich meine Pendelversuche aus. Meine Frau Norah, meine Tochter Jan und ich beschlossen, den Rollright-Steinkreis in Oxfordshire in einen kleinen Ausflug einzubeziehen. Es ist immer ein Erlebnis, diesen im Durchmesser 32 Meter großen Kreis aus 70 oder mehr Steinen unterschiedlicher Größe und Form zu betreten. Außer uns waren noch ein Dutzend anderer Leute dort, darunter vier oder fünf Künstler, die an verschiedenen Stellen saßen und den Kreis malten.

Ich begann meine Pendelversuche am ersten Stein, den ich erreichte. Die Steine sind auf einer Karte durchnumeriert, und ich glaube, es war Stein 14 oder 15. An einer Schnurlänge von etwa 30 Zentimetern schwang das Pendel lebhaft im Uhrzeigersinn. Der nächste Stein zur Linken ließ das Pendel gegen den Uhrzeigersinn schwingen, und so ging es abwechselnd etwa zehn Steine lang weiter. Am nächsten Stein, er war etwa 1,50 Meter hoch, hatte ich das Gefühl, daß etwas anders war. Das Pendel schlug sehr stark im Uhrzeigersinn aus. Es bewegte sich schon fast horizontal, als mein Unterarm mit beträchtlicher Kraft gezwungen wurde, im Rhythmus der Pendelbewegung vor und zurück zu schwingen. Ich konnte diese Bewegung nur beenden, indem ich mich völlig abwandte.

Ich habe diese Geschichte hier angeführt, weil die Kraft, die meinen Arm zu beherrschen schien, sich genauso anfühlte wie die Kraft, die in dem Westbury Kreis die Schnur versteift hatte. Auch diese Kraft bemächtigte sich meines Armes.

Berichte aus der ganzen Welt

Die Vereinigten Staaten

1. Am 12. Juni 1969 entstand in Van Horn, Iowa, eine rätselhafte runde Fläche mit einem Durchmesser von 131 Metern, auf der die Sojabohnen verdorrt waren. Es war kein ebenmäßiger Kreis, an der Nordwestseite war er etwas langgezogen wie eine Birne. Die betroffenen Pflanzen waren großer Hitze oder einer Strahlung ausgesetzt gewesen.[1]

2. Es sind viele Fälle verbrannter Kreise in Grasflächen bekannt. Ein klassisches Beispiel ereignete sich 1970 in Connecticut. Auf dem Heimweg von einer Vorlesung sah eine Studentin eines Abends ein großes rundes Flugobjekt vor sich auf einem Feld landen. Wie sie berichtete, hatte es blinkende rote Lichter und Fenster. Sie ist sich nicht sicher, wie lange sie dort stand und es ansah. Als sie jedoch am nächsten Morgen wieder an die Stelle kam, an der es gelandet war, entdeckte sie einen großen, ebenmäßigen Kreis verbrannten Grases.[2]

3. Im September 1984 geschah etwas Seltsames in einer Baumschule in Wisconsin. Als George Kind durch eine Fichtenschonung ging, stieß er auf eine kreisrunde Fläche mit einem Durchmesser von etwa 29 Metern, auf der die Bäume umgebogen fast flach am Boden lagen. Da sie gewunden übereinander lagen, war es schwer, die genaue Zahl der betroffenen Bäume abzuschätzen, aber es waren um die 75. Etwa ein Viertel der Bäume war abgebrochen und abgestorben. Die übrigen stark gebogenen Bäume wuchsen weiter. Sie waren bis zu 14 Metern lang. Fachleute untersuchten den Fall, doch konnten sie bislang keine befriedigende Erklärung zu den Ursachen dieses Phänomens geben.

Übersicht über Fundstellen von Kreisen in der ganzen Welt

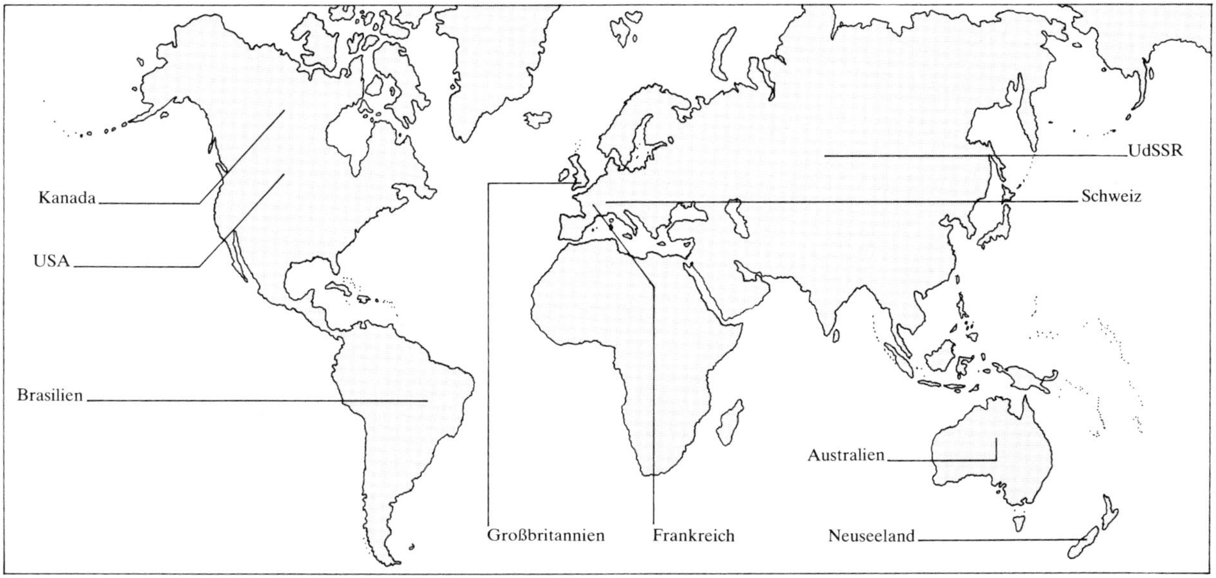

Australien

1. Wenn sie an Kreise in Australien denken, fällt den meisten Leuten sofort die Stadt Tully in North Queensland ein. Am 19. Januar 1966 fuhr der Trekkerfahrer George Pedley, der bei dem Landwirt Albert Pennisi beschäftigt war, auf die Horse Shoe Lagoon zu, einen landumschlossenen Meeresarm bei Euramo in der Nähe von Tully. Er war verdutzt, als er ein Objekt aus der sumpfigen Lagune aufsteigen sah, die von seinem Standort aus von Bäumen verdeckt war. Das Objekt flog leicht nach unten und entfernte sich dann mit der üblichen hohen Geschwindigkeit. Als Pedley die Lagune erreichte, sah er zu seinem Erstaunen, daß das Sumpfgras auf einer Fläche von 10 Metern Durchmesser flach lag und spiralförmig im Uhrzeigersinn gewunden war. Nachmittags erzählte er Pennisi und einem Freund von seinem Fund. Sie gingen gemeinsam zurück zur Lagune und fanden seinen Bericht bestätigt.
Die Nachricht von diesem UFO-Nest, wie es in Australien genannt wird, verbreitete sich wie ein Lauffeuer, und viele Menschen kamen, um die Stelle zu untersuchen. Es fanden sich vier weitere Kreise in der Lagune; in jedem waren die Pflanzen mit Wurzeln und Erde herausgerissen. Ein Kreis war gegen den Uhrzeigersinn gewirbelt, die anderen im Uhrzeigersinn. Der Durchmesser der Kreise lag zwischen 2,70 und 4 Metern. Die entwurzelten Pflanzen waren teilweise angesengt, und es gab Behauptungen, daß sie sehr viel schneller die Farbe verloren hätten, als es normalerweise bei ausgerissenen Pflanzen der Fall ist.[3]

2. Am 20. Februar 1987 entdeckte Pennisi in derselben Lagune fünf weitere Kreise. Alle hatten ein rechtsläufiges Spiralmuster, und ein Großteil der Pflanzen innerhalb der Kreisflächen war schwarz und schien völlig vertrocknet zu sein. Einen sechsten Kreis fand man in einem Wasserlauf, der näher bei den Farmgebäuden lag.[4]

3. Im Dezember 1971 fiel in einem Weizenfeld in Tooligie Hill, Südaustralien, eine ringförmige Rinne mit einem Durchmesser von 2,70 Metern und einer Tiefe von 10 Zentimetern auf. Die Rinne bestand aus nacktem Boden, während in dem von ihr umschriebenen Kreis der Weizen eine flach gelagerte, linksläufige Spirale bildete. Am Vorabend hatte ein Bauer aus der Gegend beobachtet, wie eine große rote Lichtkugel auf dem Feld landete, in dem sich später der Ring fand.[5]

4. 1973 tauchten in Bordertown, Südaustralien, sieben Kreise in einem Haferfeld auf. Sie waren im Durchmesser zwischen 2,30 und 4,80 Meter groß und alle spiralförmig gegen den Uhrzeigersinn gewunden.[6]

5. Im Dezember 1973 wurde in Wokurna, Südaustralien, ein Kreis in einem Weizenfeld entdeckt. Das Korn war in einer linksläufigen Spirale flach gelagert. Im Kreis fanden sich auch einige kahle Bodenstellen.[7]

6. In Port Neill, Südaustralien, fand sich im März 1977 eine ringförmige, kahle Rinne in einem Reihgrasfeld; der Ring hatte einen Durchmesser von 4,60 Metern. Trotz eingehender Untersuchungen gab es für keines dieser Phänomene eine Erklärung.[8]

7. Am 25. September 1976 sahen vier Zeugen, die sich kurz vor Mitternacht auf dem Heimweg befanden, etwa sechs Kilometer südlich von Karawinna bei Mildura, Victoria, eine Gruppe roter Lichter, die auf dem Boden zu ruhen schienen. Die Lichter begannen zu blinken, stiegen in die Höhe, schwebten davon und verschwanden mit einer Reihe von Blinkzeichen. Einige der Zeugen kamen drei Tage später wieder an diese Stelle und fanden das Gras auf einer Kreisfläche von 23 Metern Durchmesser ausgebleicht. Ein Busch, der am Rand des Kreises stand, war auf der dem Kreis zugewandten Seite versengt. Der Bauer, dem das Land gehörte, berichtete, daß am Morgen nach dem Vorfall eins seiner Rinder fehlte. Ein weiteres war in der Woche vorher verschwunden.

Das Auftauchen der hier aufgeführten Kreise und Ringe ist meist mit Beobachtungen von UFOs verbunden. Es gibt ausgesprochen viele Hinweise auf Landungen von UFOs. Kaum etwas ist so spannend an UFOs wie die versengten oder flachgedrückten Spuren, die sie in fast jedem Land der Erde am Boden, in Kornfeldern, in Eis und Schnee hinterlassen haben. Schon Hunderte Male wurden Ringe und Nester fotografiert und analysiert. Die Brandmale, die Wirbel in flachgedrücktem Gras und Getreide, all das deutet auf die Landung eines anomalen Flugobjektes hin, zumindest auf jemanden oder etwas, das uns vom Auftreten solcher Vorkommnisse wissen lassen will.

8. Eine besonders faszinierende Kreisformation, deren Auftauchen eine Lufterscheinung vorausging, gab es im Februar 1977 am Mount Garnet südlich von Mareeba in Queensland. Sie bestand aus fünf Kreisen, die wie Würfelaugen angeordnet waren. Der Mittelkreis hatte einen Durchmesser von 6 Metern, die anderen vier, jeweils 1 Meter im Durchmesser groß, gruppierten sich in gleichen Abständen symmetrisch im Quadrat um ihn herum. Sie lagen in einer Senke, die von der Straße nicht einzusehen war. In der Nähe war ein Baum umgestürzt.
In Findon, West Sussex, wurden in der Nähe einer Fünfergruppe, die 1985 auftauchte, ebenfalls Schäden an Bäumen gefunden. Einwohner der Gegend berichteten, Hunde hätten sich tagelang seltsam benommen, und der Radio- und Fernsehempfang sei durch atmosphärische Störungen beeinträchtigt gewesen.

9. In Leitchville, Victoria, tauchten in der Zeit von Ende 1977 bis März 1978 gleich mehrere Eindrücke am Boden auf. Im Auftrag der Victorian UFO Research Society besuchte Paul Norman, der in seinen Untersuchungen immer sehr gründlich vorging, die Farm von Tom Church in Leitchville. Dort befand sich ein Ring im Umfang von 8 Metern, der einen 35 Zentimeter breiten verbrannten Rand aufwies. Der die Gesellschaft beratende Physiker und Spezialist analysierte eine Bodenprobe aus dem Kreis und stellte fest, daß weder Pilzbefall noch radioaktive Strahlung vorhanden waren. Der Ring war durch einen Kurzschluß in einer Elektroleitung entstanden; ein Bulle in einem benachbarten Farmgebäude hatte eine Eisenstange umgebogen, an der er festgebunden war. Am 4. Dezember 1977 erfuhr Church, daß einige Nachbarn auf ihrem Land ebenfalls Kreise entdeckt hatten. Lloyd Naylor war auf seinem Besitz auf einen Kreis mit einem Durchmesser von 12 Metern gestoßen, und auch Gil Pickering hatte auf seiner Farm Kreise gefunden. Pickering hat Farbaufnahmen von den Kreisen auf seinem Land gemacht.

10. Auf einem Feldweg 10 Kilometer von Leitchville wurden noch weitere Kreise fotografiert. Wie Paul Norman berichtete, hatten sie alle exakt den gleichen Durchmesser und folgten immer im Abstand von 30 Zentimetern aufeinander. Sie paßten sich den Unebenheiten des holperigen Weges an und behielten unverändert ihre Tiefe von 12 Millimetern bei.

11. Über die Weihnachtstage des Jahres 1974 wurde die kleine Bauernsiedlung Narrogin in Westaustralien von einem unheimlichen Licht in der Luft heimgesucht. In dieser Zeit fand man etwa 12 Kilometer östlich von Narrogin in einem Weizenfeld auf dem Besitz von F. Chadwick ein Oval aus flach gelagertem Korn. Die Hauptachse war 18 Meter lang und die Nebenachse 12 Meter.

12. An einem Tag des Jahres 1977 berichteten sehr viele Leute in Orange, New South Wales, über die Luftakrobatik, die ein seltsames Licht am Himmel vollführt hatte. Am nächsten Tag war auf einer Farm ein flachgedrücktes und verbranntes Dreieck in den Boden geprägt. Ein Physiker untersuchte die Stelle vor Ort und führte einige Versuche durch. Sein Kompaß spielte völlig verrückt (vergleiche Bratton, 1987, S. 172). Die dreieckige Fläche war stark magnetisiert, und das Gras war, wie sich herausstellte, wasserabweisend.

13. Auf der Farm von Bill Boulton in Mildura, Victoria, sah Mrs. White ein UFO landen und wieder starten. Später suchten einige Bauern die Umgebung ab und fanden einen ebenmäßigen Kreis mit einem Durchmesser von 9 Metern, auf dem das Gras spiralförmig flachgedrückt und völlig ausgebleicht war.

14. Im August 1974 fand der Landwirt George Nauschutz in Jandowae, nordwestlich von Toowoomba, Queensland, eine kreisrunde, 30 Zentimeter tief eingedrückte Stelle mit einem Durchmesser von 2 Metern. An fünf Stellen dieser Vertiefung waren Löcher in den Boden gebohrt, die unter der Oberfläche die Richtung änderten und eine weiße, puderige Substanz enthielten.

15. Die Landwirte George und Vic Huckle entdeckten beim Pflügen auf ihrem Land in Forbes, New South Wales, einen Kreis auf einem Stück Brachland. Er lag in der Nähe eines Teiches, 45 Meter von einem einzeln stehenden Baum und weniger als einen Kilometer von den Farmgebäuden entfernt. Sie waren erstaunt über die Art, wie die Pflanzen zerstört waren. Im Kreismittelpunkt lag der Boden bloß, zum Rand hin waren die Disteln gegen den Uhrzeigersinn niedergemäht, und einige der Pflanzenstiele waren zerquetscht.

16. Im Oktober 1976 fand ein Bauer in Torrita, Victoria, auf seinem Land zwei Kreise im Abstand von 7 Metern, deren Durchmesser jeweils 5,50 Meter betrug. Nach Prüfung von Farbaufnahmen dieser Kreise kamen einige Forscher zu dem Schluß, daß sie allem Anschein nach durch beträchtliche Krafteinwirkung entstanden waren. Das Gras war verbrannt und spiralförmig gewunden. Jenseits der klar abgegrenzten Kreisränder wies das Gras keinerlei Brandspuren oder Windungen auf. Vier Tage vor dem Auftauchen dieser Kreise hatte der Weinbauer Jones den Fund eines im Durchmesser 9 Meter großen Kreises versengter Weinstöcke gemeldet. Sie trugen in diesem Jahr keine Trauben.

17. W. Errat aus Boggabri, New South Wales, entdeckte auf seinem Land ein in den Boden eingebranntes Loch. Die Fachleute, die die Untersuchungen durchführten, waren sich einig, daß es sich um ein ähnliches Loch handelte wie jene, von denen schon an anderen Orten in New South Wales und Victoria Fotos entstanden waren. Es war etwa 15 Zentimeter tief, hatte einen Durchmesser von 1,80 Meter und ein großes, 45 Zentimeter tiefes Loch in der Kreismitte. Am Rand der Vertiefung befanden sich noch mehrere kleinere Löcher. Wie der Kreis in Jandowae, Queensland, enthielt auch dieser eine weiße, puderige Substanz.

18. Im Februar 1976 beobachtete ein Zeuge in Kettering, Tasmania, die Landung eines UFOs auf einem holperigen Grasstreifen neben einem Sportplatz. Fünf Minuten lang beobachtete er es aus einer Entfernung von 25 Metern, bis es aufstieg und wie üblich mit hoher Geschwindigkeit davonraste. Am nächsten Tag ging der Zeuge wieder zu dem Landungsplatz und bemerkte, daß im Gras eine kreisrunde Fläche eingebrannt war. Der Durchmesser des Kreises betrug etwa 7,50 Meter.
Auch in anderen Teilen Australiens tauchten über viele Jahre hinweg zahlreiche Kreise und Ringe auf.

Brasilien
In den frühen Morgenstunden des 17. Juni 1969 beobachteten einige Leute in Ibiuna etwas, das wie ein »hellerleuchtetes Fenster« aussah. Dieses Fenster schwebte über dem Boden, wirkte gebogen und war ungefähr 9 Meter lang und 3 Meter hoch. Das Licht beleuchtete den Boden auf eine begrenzte Entfernung, und ein Scheinwerfer war auf einige Bäume und Büsche gerichtet. Den Beobachtungen nach blieb es etwa 45 Minuten lang unbewegt stehen und verschwand dann. Als die Leute den Boden, auf den das Licht gefallen war, bei Tageslicht untersuchten, fan-

den sie einen spiralförmig gegen den Uhrzeigersinn flachgedrückten Kreis im Gras. Er hatte einen Durchmesser von 8 Metern, und im Bodenmuster fanden sich einige kleinere Nebenspiralen.[9]

Kanada

1. 1974 stieß ein Bauer in Langenburg, Saskatchewan, auf ein kleines, diskusförmiges UFO, das in einem Rapsfeld im Uhrzeigersinn auf der Stelle rotierte. Als er näher kam, sah er, daß nicht eins, sondern fünf solcher Objekte auf dem Raps saßen. Gleichzeitig stiegen sie hoch, schwebten in 60 Meter Höhe eine Weile über ihm und schossen dann mit hoher Geschwindigkeit davon. Am Boden fand er fünf Kreise mit spiralförmig im Uhrzeigersinn gewundenen Pflanzen.

2. 1977 tauchte in Odessa, Saskatchewan, ein im Durchmesser fünf Meter großer Kreis in einem Grasfeld auf. Innerhalb des Kreises war das Gras völlig verkohlt. Um den Außenrand waren leichte Abstufungen erkennbar, und im Bereich der Kreismitte bildete das verkohlte Gras eine marmorierte Fläche von 1 Meter Durchmesser.[10]

1986 und 1987 bat mich die Canadian Broadcasting Corporation, in einer Sendereihe mit dem Titel »Quirks and Quarks«, die in ganz Kanada gesendet wurde, über Kreise und Ringe zu sprechen. Als Reaktion auf diese Sendungen erhielt ich zahlreiche Briefe, aus denen ich im folgenden einige Ausschnitte wiedergeben möchte.

Aus Sidney, British Columbia: »Vor etwa sechs Jahren hatte ich ein Erlebnis in einer Heuwiese, die wohl vier Hektar groß war. Es war Mitte Mai, und das Gras stand, soweit ich mich erinnere, 60 Zentimeter hoch. Die Heuernte ist bei uns früher als in England. Ich ging mit meinem Hund am Feldrain entlang, um mich herum war Stille, blauer Himmel und Sonnenschein; plötzlich gab es einen riesigen Knall, mein Hund machte einen Satz und wunderte sich, was um alles in der Welt hier passierte. Der Knall war viel lauter als ein Gewehrschuß. Ich habe jahrelang einem Schützenclub angehört und weiß also, wie sich ein Schuß anhört. Das Gras drehte sich krachend und knackend im Uhrzeigersinn und war so wild, wie Sie es sich nur vorstellen können. Ich dachte, es würde mitsamt der Wurzeln herausgerissen. Wir standen da und sahen zu. Nur 8 Meter von uns entfernt herrschte, sozusagen nach einem Augenblick, wieder Totenstille, alles war so ruhig wie zuvor, kein Windhauch, keinerlei Bewegung in den Bäumen. Ich ging zu dem Kreis hinüber und sah ihn mir an; das Gras lag schlaff und teilweise flach am Boden, kein bißchen ausgerissen, es sah einfach nur müde aus. Soweit ich mich erinnere, hatte der Kreis einen Umfang von etwa 3 Metern, und rundherum stand das Gras aufrecht wie auf dem Rest der Wiese, nur auf diesem einen Kreis unterschied es sich von der übrigen Wiese. Ich habe kein Spiralmuster in der Mitte des Kreises bemerkt, es sah alles gleich aus. Nachdem ich mir den Kreis eine Weile angesehen hatte, schüttelte ich den Kopf und sagte zu meinem Hund, wir würden nun unseren Spaziergang um die Wiese fortsetzen. Auf dem Rest des Weges war kein Zeichen einer Störung zu sehen, auch an keiner anderen Stelle der Wiese.«

Hugh Cochrane, Toronto, schrieb in seinem Buch *Gateway to Oblivion*: »Ich stieß auf eine Reihe von Berichten über diese Kreise, die zum Großteil in Niederungen in der Gegend um den Lake Scugog bei Ontario, etwa 80 Kilometer nordöstlich von Toronto, aufgetaucht waren. Das war Anfang der siebziger Jahre. 1978 gab es einige Berichte über flachgedrückte Kreise in Tabakfeldern um Delhi, knapp 100 Kilometer südwestlich von Toronto. Da die oben genannten Berichte sich auf Sumpfgras und Tabakpflanzen bezogen, ist das Phänomen anscheinend nicht auf Getreide beschränkt.«

Aus Belville, Ontario: »Sind Ihnen schon einmal Kreise in Maisfeldern, nicht Weizenfeldern, begegnet? Diese Kreise oder sonstigen Formen sind hier schon länger aufgetreten, aber die Ursache ist möglicherweise kein piezoelektrischer Effekt, da der Mais dafür vielleicht zu kräftig ist. In dieser Gegend wird vorwiegend Mais angebaut.«

Aus Ottawa, Ontario: »Was die rätselhaften Bodenkreise in England angeht, so hat Claire Strutt aus Eganville, Ontario, Luftaufnahmen (Dias) von ebenmäßigen Kreisen gemacht, die offensichtlich 1971–72 zur gleichen Zeit ins Gras eingebrannt wurden, als Berichten zufolge in dieser Gegend fliegende Untertassen gesichtet wurden. Er zeigte uns diese Dias bei einem Treffen der Ortsgruppe Ontario der Experimental Aircraft Association.«

Aus Sarnia, Ontario: »Ich habe drei kreisrunde Eindrücke untersucht, zwei in einem Wald- und Wiesengebiet in der Gegend des Pontiac County von Quebec und einen in der Nähe von Grand Bend, Ontario. Der Eindruck bei Grand Bend befand sich in einem Maisfeld. Die Eindrücke im Pontiac-Gebiet wurden etwa 9,5 und 20 Kilometer von Shawville, Quebec, entfernt entdeckt. Das liegt am Ottawa River, genau gegenüber vom Renfrew County, Ontario. Lassen Sie mich zunächst einen der beiden, übrigens fast identischen Eindrücke im Pontiac-Gebiet beschreiben. Bei einer Untersuchung des Geländes stellte ich einen Eindruck in der Form eines Gebäckkringels fest, der aus abgestorbenem Gras vor einem Hintergrund grüner, lebender Pflanzen bestand. Der Außenring hatte einen Durchmesser von etwa 9 Metern, während das innere Loch des Kringels im Durchmesser 7 Meter groß war. Auf diesem 1 Meter breiten Ring lag das abgestorbene Gras in einer Windung im Uhrzeigersinn. Es hatte den Anschein, als sei das Gras aufgrund einer starken Erhitzung des Bodens abgestorben. Die Halme waren nicht beschädigt, vielmehr war die Wurzelstruktur der Pflanzen zerstört. In der Mitte des Ringes war das Gras grün und gesund. Der ringförmige Eindruck lag an einem Hang mit 5 Grad Steigung unter einem großen Eisenbaum. Was immer den Ring verursacht hatte, hatte auch die Äste des Baumes verbrannt. Es sah aus, als wäre eine Art »Fahrzeug« von oben gelandet, hätte die Äste nach unten gedrückt, verbrannt und zwischen sich und dem Boden eingeklemmt. Bodenproben aus dem Ring und seiner Umgebung waren normal. Am Innenrand des Ringes (an der dem Kringelloch zugewandten Seite) wiesen zwei Granitblöcke Verfärbungen auf, als seien sie versengt. Zwei junge Eisenbäumchen (etwa 80 Zentimeter hoch), die am Außenrand des Ringes standen, waren umgebogen, deformiert und hatten schwere Verbrennungen; sie lebten jedoch und wuchsen weiter. Der Bauer erzählte, daß zwei oder drei ebenso große Pappelschößlinge abgestorben waren. Pappeln haben flachere Wurzeln als Eisenbäume; offenbar hatten sie das gleiche Schicksal erlitten wie das Gras. Als ich diese Spuren zum erstenmal sah, waren sie bereits zwei Jahre alt, und sie sind selbst jetzt, zehn Jahre später, noch zu erkennen. Wie der Mann erklärte, der die Kringelspur als erster entdeckte, tauchte sie über Nacht auf. Das wußte er, weil er den Weg über diese Wiese jeden Morgen als Abkürzung zum Treffpunkt seiner Fahrgemeinschaft nahm und am Spätnachmittag immer auf demselben Weg zurückkam. Ich bin sicher, daß niemand aus dieser seltsamen Erscheinung einen finanziellen Nutzen gezogen hat, ein aus finanziellen Gründen fortgeführter Bluff entfällt also als Möglichkeit. Wie der Bauer berichtete, nahmen ›Leute von der Behörde‹ Bodenproben vor Ort, aber es wurden nie Ergebnisse veröffentlicht. Dieser Vorfall hat etwas Unheimliches, zumal zu der Zeit, als diese Spuren entstanden, UFOs in dieser Gegend gesichtet wurden. Eine ganze Reihe Ortsansässiger haben von sichtbaren Erscheinungen berichtet, von denen manche sogar von mehreren Zeugen zur gleichen Zeit beobachtet wurden.

Der zweite Kringel erschien bei Ladysmith, Quebec.

Ladysmith liegt etwa 20 Kilometer von Shawville und ungefähr 16 Kilometer von dem Fundort des ersten Ringes entfernt. Auch dieser Abdruck liegt abgelegen an einem Hang mit 5 Grad Steigung unter einem großen Eisenbaum. Er hat etwa die gleichen Ausmaße wie der erste, vielleicht ist er aber auch etwas kleiner. Offenbar tauchte er an einem Tag Ende Dezember am frühen Abend bei schneebedecktem Boden auf. Ein Dorfbewohner, der etwa einen Kilometer entfernt lebt, rief den Bauern an, dem das Land gehört, auf dem der zweite Ring auftauchte, und teilte ihm mit, daß in seinem Gebüsch ein Feuer brenne. Anscheinend machten Schnee, Dampf, Reflexionen, Brechungen und Streuungen des Lichts den Eindruck eines Feuers. Den Berichten zufolge versperrte eine Scheune dem Bauern die Sicht auf diese Stelle, und da er weder Rauch noch Flammen sah, ging er der Sache nicht weiter nach. Nachbarn berichteten, daß sie etwa eine halbe Stunde später über dem nahegelegenen Gray's Lake ein hell erleuchtetes Flugobjekt in der Luft stehen sahen. Nach vielleicht fünf Minuten schoß das Objekt mit hoher Geschwindigkeit in südöstlicher Richtung davon.«

Vom Lac du Bonnet, Manitoba: »In meiner letzten Pfarrgemeinde in Langenburg, Saskatchewan, hatten wir ein ziemliches Erlebnis mit diesen Ringen. Eines meiner Gemeindemitglieder erntete an einem Septembermorgen Raps, als er, wie er selbst es ausdrückte, in seinem Feld auf fünf UFOs stieß, die auf der Stelle rotierten, dann abhoben und verschwanden. Überflüssig zu sagen, daß diese Geschichte einen ziemlichen Medienrummel auslöste und er eine Menge Spötteleien und Späße über sich ergehen lassen mußte.

Die Ringe waren jedoch als handfester Beweis vorhanden und sahen genauso aus, wie Sie es in Ihrer Sendung beschrieben haben. Ich glaube, daß sie auf einer benachbarten Farm ebenfalls auftauchten.

Ich bin jedoch nicht der Ansicht, daß sie durch Turbulenzen verursacht wurden, da es keinerlei Hinweis auf derartige Wetterbedingungen gab. Allerdings meine ich, daß diese Ringe auf piezoelektrische Kräfte zurückgehen könnten, die mein Gemeindemitglied möglicherweise dahingehend beeinflußt haben, die UFOs zu halluzinieren. Der Wirbelcharakter des Phänomens, den er wahrgenommen hat, deutet auf das Vorhandensein einer Art wirbelnder Kraft hin, die ein Bild erzeugte, das ganz seiner Vorstellung von einem UFO entsprach. Jedenfalls legt die Tatsache, daß Vieh und Hunde während dieser ›Schwingungen‹ ebenfalls ziemlich unruhig waren, die Vermutung nahe, daß sie unter dem Einfluß irgendeiner Kraft standen, die vielleicht dem entspricht, was Tiere vor Erdbeben spüren.

Ich bin zwar kein Physiker, wollte Ihnen aber gerne diesen Brief schreiben. All dies ereignete sich Ende der siebziger Jahre. Zeitungsberichte und Fotos sind bei den Lokalzeitungen zu bekommen, und auch der örtliche Fernsehsender hat Aufnahmen der Kreise gemacht.«

Aus Calgary, Alberta, kommt der Bericht über ein außergewöhnliches Ereignis, in das eine unbekannte Kraft verwickelt war: »Ich fuhr auf einer Schotterstraße in der Nähe von Arrowwood, Alberta, entlang, als es plötzlich 30 Meter vor mir in einem Brachfeld eine große Staubexplosion gab. Die Erde flog 9 Meter hoch in die Luft und fiel, vom Wind leicht abgetrieben, wieder herunter. Ich hielt an und fuhr zurück, um mir die Stelle anzusehen. Mein erster Gedanke war, daß hier wissenschaftliche Versuche zur Erdbebenforschung stattfanden, aber wie sich herausstellte, war das nicht der Fall. Es war auch kein Wirbelwind und keine Windhose, da der Staub sachte wieder zu Boden fiel. Ich untersuchte sorgfältig die Stelle, an der die Explosion stattgefunden hatte, konnte aber an der Bodenoberfläche keinerlei Spuren ausmachen. Nach meinem Eindruck war die Staubexplosion auf eine Fläche von 1 Meter Durchmesser beschränkt. Nachdem ich das Gelände untersucht und keinerlei Spuren gefunden hatte, begann ich wirklich zu glauben, daß ich mir etwas eingebildet hatte.«

Aus Fauquier, British Columbia: »Ich habe ein solches Phänomen 1980 in einer Spartgrasfläche in der Nähe von Coeur d'Alene, Idaho, beobachtet. Der Durchmesser betrug etwa 6 Meter, und die Ränder waren sehr scharf geschnitten, ohne Auszahnungen. Der Boden bestand aus einer üppigen Sumpferde über einem Seitenarm des Coeur d'Arlene Lake, der durch Erosion und Flußablagerungen aufgefüllt war. Es war fast ein Moor. Falls Ihr Korrespondent in Großbritannien daran interessiert ist, habe ich ein Foto, das ich aus meinen Unterlagen heraussuchen und ihm zur Verfügung stellen kann. In dieser Gegend waren auch noch kleinere Kreise, aber um über ihre Form und Größe etwas sagen zu können, müßte ich die Fotos heraussuchen und mein Gedächtnis auffrischen.«

Aus Labrador City, Neufundland: »Wir leben in New Ross, Nova Scotia, in einer ländlichen Gegend, jedoch ohne Weizenfelder; hier werden Weihnachtsbäume angebaut. Es gibt allerdings sehr viel Weideland, und hinter unserem Haus ist eine große Weide, auf der es, glaube ich, einmal einen Steinkreis gegeben hat. Auf dieser Weide waren nachts seltsame Lichter zu sehen, kein Sumpfgas, da es eine sehr trokkene Hochebene ist. Einige der Lichter schienen die Gestalt sogenannter UFOs anzunehmen. Sie waren dem Anschein nach an kreisrunden Objekten befestigt, die auf dem Boden landeten oder starteten. Einige stiegen in die Höhe und blieben die ganze Nacht am Himmel stehen, oder sie bewegten sich in verschiedene Richtungen von Westen bis Osten, oder sie schienen Bockspringen miteinander zu spielen. Ich untersuchte eine Stelle, an der eines von ihnen gelandet zu sein schien, da das Gras jedoch zu kurz war, war ich mir nicht sicher, ob das Objekt Spuren oder Eindrücke hinterlassen hatte. Ein Bauer, der gut 160 Kilometer von uns entfernt lebt, hat jedoch auf seinem Land einen kreisförmigen Abdruck im Gras gefunden. UFOs sind also eine mögliche Erklärung.

Was UFOs angeht, so ist zu sagen, daß sie nicht immer sichtbar sind, vor allem bei Tageslicht; dessen bin ich mir ziemlich sicher, denn wenn eines nachts über uns hinweggeflogen ist, hat es häufig die Zeit auf unserer Uhr beeinflußt; wir wurden sogar alle in der Zeit ›zurückversetzt‹, selbst in unseren Gesprächen, dem Radio, dem Fernsehen oder der Stereoanlage. Das passiert auch manchmal bei Tage, doch obwohl wir uns umgesehen haben, konnten wir selbst an klaren Tagen nichts am Himmel entdecken. Die UFOs, die wir erlebt und manchmal auch gesehen haben, hatten eine elliptische Form, und mir kam die Idee, daß sie vielleicht aus der Energie der Gedanken bestehen, die ich auch schon gesehen habe, obwohl ich nicht mit Sicherheit sagen kann, daß ich gesehen hätte, wie eines entstanden ist. Die größte Annäherung hatte ich daran, als eins plötzlich auf der Weide auftauchte; anfänglich war es ein Ring aus Licht.«

Aus Pembroke, Ontario: »Ich konnte 1967 in Grattan, County Renfrew, Ontario, einige rätselhafte Ringe beobachten. Auf einer ebenen Fläche am Ufer des Garvin Lake hatte ich verdächtige Ringe bemerkt, die fast völlig ebenmäßig waren (fast zu präzise, um eine natürliche Ursache zu haben). Das Gelände, ein alter verlassener Bauernhof, war mit Wildgräsern überwuchert, in denen sehr deutlich zwei nebeneinanderliegende Ringe erkennbar waren.

Die beiden Ringe hatten einen Durchmesser von etwa 4 Metern und waren vielleicht einen Meter breit. Das Gras, das auf diesem Kranz wuchs, war anscheinend völlig vertrocknet und verkümmert oder niedergetrampelt. Einiges deutete darauf hin, daß Jäger dieses Gelände benutzt und Behelfszelte aufgeschlagen hatten. Ich dachte, diese Ringe stammten von Jagdhunden, die man an einen Pfahl gebunden

hätte und die dann im Kreis herumgelaufen seien und das ganze Gras niedergetreten hätten.
Einige Monate später entdeckte ein Bauer in der Nähe von Chapeau, Quebec, ähnliche Ringe mit einem Durchmesser von 8 Metern auf seiner Weide. Das Gras schien verbrannt zu sein, wie aus seinem Bericht im *Pembroke Observer* hervorging. Ich war nie dort. Der Vorfall veranlaßte mich jedoch, mir die Ringe, die ich entdeckt hatte, genauer anzusehen, aber ich konnte weder Brandspuren finden, noch Hinweise, daß hier jemals Hunde angebunden gewesen wären. Da ich häufig an diesen Ort kam, um zu jagen oder zu fischen, konnte ich feststellen, daß das Gras noch zwei Jahre lang verkümmert blieb. Im dritten Jahr waren die Ringe nicht mehr zu erkennen.«

England
1. 1978 sahen zwei Soldaten des Royal Armoured Corps während einer Fahrt mit dem Land-Rover durch die Yorkshire Moors ein UFO. Es schwebte in einer Entfernung von etwa 50 Metern vor ihnen in der Luft, als ihr Motor aussetzte. Als das UFO nach ungefähr fünf Minuten verschwand, ließ sich der Motor wieder starten. Am nächsten Morgen kamen sie mit einem Sergeant wieder zurück und entdeckten an der Stelle, über der das UFO geschwebt hatte, einen großen Kreis verbrannten Grases.[11]

2. In Elgin im Nordosten Schottlands sahen zwei junge Mädchen ein UFO in einem Wald schweben. Ihrer Beschreibung nach erglühte es in einem roten Licht, und ein Mann in einem silbernen Anzug stand daneben. Die Mutter eines der Mädchen erklärte, sie erinnere sich, etwa um dieselbe Zeit, als die Mädchen das UFO sichteten, ein schwirrendes Geräusch gehört zu haben. Als die Mädchen mit der Mutter und einem Nachbarn wieder an die Landungsstelle gingen, fanden sie eine kreisförmige Fläche mit flachgedrücktem Gras vor.[12]

3. Im Juli 1963 entdeckten einige Leute zu ihrem Erstaunen einen kreisrunden Eindruck im Boden, in dessen Mitte sich ein 1 Meter tiefes Loch befand; der Kreis hatte einen Durchmesser von 2,80 Metern. Er war über Nacht in einem Kartoffelfeld auf der Manor Farm, Charlton, Wiltshire, aufgetaucht. Vom Mittelpunkt liefen radial vier Risse zur Peripherie. Der Kreis bestand nur aus nacktem Boden.[13]

4. Während der berühmten UFO-Panik von Warminster Mitte der sechziger Jahre, als Hunderte Berichte über gesichtete UFOs einliefen, ereignete sich folgende Geschichte. An der Straße, die von Sutton Common über Norton Bavant nach Heytesbury, Wiltshire, führt, entdeckte der Autor Arthur Shuttlewood eine Reihe ›Landungsstellen‹ in bewaldetem Gebiet, meist in der Nähe von Sümpfen. In allen Fällen waren das Ried und das Gras auf eigentümliche Weise flach gelagert und zwar, wie es schien, stets im Uhrzeigersinn gewunden, und die Halme waren gleichmäßig zu flachen Vertiefungen niedergedrückt. Die meisten der niedergedrückten und klar ausgeprägten Kreise hatten bezeichnenderweise einen Durchmesser von exakt 9 Metern, manche waren etwas größer.[14]

Frankreich
Einem Bericht aus St. Souplet (Nordfrankreich) zufolge hörten eine Frau und ihr Sohn spät abends ein lautes Geräusch außerhalb des Hauses. Als die Frau aus dem Fenster sah, bemerkte sie ein rotes Licht, das über dem Spinatbeet schwebte. Sie rief ihren Sohn ans Fenster, und beide beobachteten das Licht, bis es davonflog. Am nächsten Morgen fanden sie einen Kreis mit einem Durchmesser von 3 Metern, auf dem die Pflanzen zu Boden gedrückt waren, ohne beschädigt zu sein.

Neuseeland
Am 4. September 1969 entdeckte man im Buschland bei Hamilton, Neuseeland, einen Kreis mit einem

Durchmesser von 13 Metern. Die Pflanzen waren vertrocknet und radioaktiv. Im Zentrumsbereich des Kreises befanden sich drei starke Vertiefungen, die ein Dreieck bildeten und jeweils 3 Meter voneinander entfernt waren. Außerhalb des Kreises war die gesamte Vegetation völlig gesund. Der Gartenbaufachmann John Stewart-Menzies erklärte: »Anscheinend ist an dieser Stelle irgendein Objekt gelandet und wieder gestartet, das eine Art kurzwelliger Hochfrequenzstrahlung emittiert hat. Sie scheint die Pflanzen augenblicklich von innen heraus zerstört zu haben. Mir ist keine erdgebundene Energiequelle bekannt, die einen solchen Kreis hervorbringen könnte.« Atomwissenschaftler, von den Behörden zu Rate gezogen, erklärten, die Ursache sei Wurzel- und Trokkenfäule.[15]

Sowjetunion
Ende der siebziger Jahre zelteten drei Wissenschaftler in einem Gebiet 100 Kilometer von Moskau entfernt. Eines Nachts, als sie in ihren Zelten lagen, hörten sie ein lautes Stimmengewirr. Keiner von ihnen erkannte die Sprache, und alle drei verspürten eine unerklärliche Angst. Erst nach einer halben Stunde trauten sie sich, hinauszusehen, und da stand ein leuchtendes, violettes Objekt, das etwa 25 Meter hoch war und wie eine überdimensionale Glühbirne aussah. Es stieg leicht schwankend auf und schwebte hoch in eine fluoreszierende Wolke hinein. Am nächsten Morgen fanden die drei Männer 180 Meter vor ihrem Zelt an der Stelle, an der das UFO gestanden oder geschwebt hatte, einen Kreis mit flachgedrücktem Gras.[16]

Schweiz
In dem faszinierenden Buch *Light Years* von Gary Kinder[17] entdeckt die Hauptfigur, Eduard ›Billy‹ Meier eine Reihe spiralförmiger Kreise im Gras. Diese Kreise oder ›Bahnen‹ stammen, wie Meier behauptet, von UFOs, mit denen er offenbar Dutzende Begegnungen der vierten Art hatte, als er entführt wurde.
Die Beschreibungen der Kreise in Kinders Buch spiegeln und bestätigen die Beschreibungen des vorliegenden Buches. So zeigt zum Beispiel Meier zwei Forschern zwei Dreiergruppen von Kreisen. Er berichtet, daß sie etwa 100 Meter durch den Wald gingen, bis sie an eine Lichtung kamen. Vom dichten Wald umschlossen stand das Gras auf dieser Lichtung fast einen Meter hoch. Zwei Raumschiffe hatten sechs Landespuren hinterlassen. Innerhalb dieser Kreise war das Gras gegen den Uhrzeigersinn gedreht. Interessanterweise war es nicht geknickt. Wenn Gras bricht, legt es sich auf den Boden, aber das Gras hier war nicht gebrochen. Das übrige Gras auf der Wiese rund um die präzise flachgedrückten, linksläufigen Spiralen mit einem Durchmesser von 2 Metern stand noch völlig aufrecht.
In den Beschreibungen der Kreise kommt deutlich zum Ausdruck, wie erstaunt die Augenzeugen waren, daß diese flach gelagerten Spiralen in das hohe Gras eingedrückt werden konnten, ohne es zu verknicken, und daß das Gras keinerlei Tendenz zeigte, sich wieder aufzurichten. Es wuchs horizontal weiter. In anderen Beschreibungen erklärt Kinder, wie die Graspflanzen seiner Ansicht nach induziert wurden und nun mit einer horizontalen magnetischen Orientierung wuchsen, statt wie in einem normalen Feld vertikal.

Schluß

Die unumstößlichen Fakten über die Kreise und Ringe liegen alle offen ausgebreitet vor uns und warten nur darauf, verstanden zu werden. Jede Fundstelle, wo immer sie auch auf der Welt auftauchen mag, liefert zu den bereits vorhandenen Erkenntnissen ähnliche oder neuartige Befunde. Jede neue Formation bestärkt viele Leute in ihrem gegenwärtigen Eindruck, daß wir es hier mit etwas zu tun haben, das auf irgendeine Art manipulierter Kraft hindeutet. Beim gegenwärtigen Stand der herkömmlichen Wissenschaften gibt es keine Erklärung, die alle in diesem Buch beschriebenen Merkmale dieses Phänomens abdecken könnte.

Viele Behörden behandeln diese Kreise ebenso wie UFOs: sie leugnen entweder offen ihren rätselhaften Charakter, oder sie zeigen keinerlei Interesse.

Theoretisch ließe sich vertreten, daß die Kreise unseren Boden ebenso verletzen, wie die UFOs unseren Luftraum verletzen. Anders als UFOs sind die Kreise jedoch kein flüchtiges Phänomen, das sich ignorieren oder fehlinterpretieren ließe. Viele bleiben über Wochen und Monate erkennbar. Wenn die Ursache dieser Bodenspuren letzten Endes einmal geklärt sein wird, ist zwar theoretisch unser Grund und Boden verletzt worden, doch tatsächlich ist uns kein echter Schaden entstanden. In einigen Fällen ist etwas Korn verlorengegangen, aber die Kreise und Ringe sind Werke von großer Schönheit, und wir sollten ihnen wohl zugute halten, daß sie Menschen im gemeinsamen Interesse an einem Untersuchungsgegenstand vereint haben.

Wenn etwas auftritt, das eine Verlagerung von Stoffen oder Materie zur Folge hat, betrifft das die Naturwissenschaften, vor allem die Physik. Wenn es regelmäßig auftaucht und in Getreidefeldern Kreise und Ringe produziert, dann sollte eine hochqualifizierte wissenschaftliche Untersuchung stattfinden, und zwar so, daß interessierte Menschen in der ganzen Welt über die Ereignisse und Fortschritte auf dem laufenden gehalten werden.

Unsere Gruppe hat innerhalb der Grenzen ihrer persönlichen Mittel einen kleinen Beitrag zur wissenschaftlichen Untersuchung dieses Phänomens geleistet. Wir sind mittlerweile in der Lage, anzugeben, welche Forschungsprogramme wir für notwendig erachten, und zwar sowohl für das Stadium vor der Kreisentstehung, als auch für die Kreisentstehung selbst sowie für langfristige Beobachtungen nach der Kreisentstehung. Selbst bei unseren begrenzten Forschungsmöglichkeiten treten ständig neue Einzelheiten zutage, eine Situation, die ohne Zweifel fortbestehen wird.

Wir hoffen, daß die etablierten Wissenschaftler auf breiter Ebene erkennen, daß die Rätsel, die das Phänomen der Kornkreise aufgibt, schon jetzt in den ureigensten Bereich der Naturwissenschaften gehören, so daß eine ernsthafte Forschung beginnen kann.

Abschließende Ergebnisse und endgültige Antworten liegen noch in weiter Ferne. Während der Fertigstellung dieses Buches haben wir jedoch eine äußerst interessante Forschungsrichtung weiterverfolgt, die sehr wohl den Weg nach vorne weisen mag. Wir setzen unsere Bemühungen fort in der Hoffnung, daß unsere Geduld belohnt wird.

Ich weiß nicht, wie ich der Welt erscheinen mag, aber mir selber komme ich vor wie ein Knabe, der am Meeresufer spielt und sich damit belustigt, daß er dann und wann einen glatteren Kiesel oder eine schönere Muschel als gewöhnlich findet, während der große Ozean der Wahrheit unerforscht vor ihm liegt.

SIR ISAAC NEWTON, 1642–1727

Anmerkungen

1. Dinah L. Moche, *Life in Space*, Ridge Press, 1979.
2. Ebenda.
3. *Australian Flying Saucer Review*, November 1966.
4. Australien Centre for UFO Studies, September 1987.
5. *ACOS Bulletin*, Nr. 11, September 1977 (Zeitschrift des Australian Co-ordinated Section Centre for UFO Studies).
6. Ebenda.
7. Ebenda.
8. Ebenda.
9. *Flying Saucer Review*, Bd. 16, Nr. 1, Januar–Februar 1970.
10. Moche, *Life in Space*, siehe Anm. 1.
11. Nigel Blundell und Roger Boar, *The World's Greatest UFO Mysteries*, Octopus, 1983.
12. Ebenda.
13. W. Ramond Drake, *Gods and Spacemen in Greece and Rome*, Sphere, 1976.
14. Arthur Shuttlewood, *The Warminster Mystery*, Neville Spearman, 1967.
15. *Spacelink*, Bd. 6, Nr. 2, 1970.
16. Blundell and Boar, *The World's Greatest UFO Mysteries*, siehe Anm. 11.
17. Gary Kinder, *Light Years*, Viking, 1987.

Übersetzung der Briefe, Abb. 11 und 12:

UNIVERSITY OF SURREY

Guildford, Surrey Guildford (0483)71281 Telex 85331

Untersuchungsbericht zur Probe ›SIGAP 11/8/85‹

Die erste optische Mikroskopuntersuchung wurde von Dr. Moss durchgeführt. Er fand keinerlei Anzeichen, die bestätigten, daß es sich um einen Schleimpilz (Myxomyzet) handelte, wie ursprünglich vermutet. Er stellte folgendes fest:

1. Eine große Anzahl Stärketeilchen, die durch ihre Reaktion mit Jodlösung identifiziert wurden.
2. Kristalle, die mit verdünnter Säure aufschäumten und die wir für Kalziumkarbonat halten.
3. Das Fehlen schwer löslicher Kristalle wie Zucker.
4. Eine kleine Anzahl von Zellstrukturen, die nach unserem Dafürhalten pflanzlichen Ursprungs sind.
5. Eine große Anzahl Bakterien.

Er kam zu dem Schluß, daß es sich bei der Probe um irgendeine verdorbene Süßigkeit handelt; er stellte auch einen leichten Honiggeruch fest.

Die Probe wurde folgenden weiteren Tests unterzogen:

1. Die Probe wurde mit Wasser aufgeschüttelt. Sie war nur unvollständig löslich und zeigte eine leichte Schaumbildung.
2. Es wurde ein Zucker-Reduktionstest mit Fehlingscher Lösung vorgenommen. Das Ergebnis war negativ. Glukosesirup, der für die meisten handelsüblichen Süßwaren verwendet wird, und Honig zeigen bei diesem Test eine positive Reaktion.

ALBURY LABORATORIES Ltd.

Wir erhielten von Ihnen drei Proben zur Untersuchung:

1. Bodenprobe aus dem »Kreis«.
2. Kontroll-Bodenprobe.
3. Gallertartige Substanz aus der »Kreismitte«.

Die Proben wurden zunächst einer Strahlenprüfung unterzogen, von keiner der Proben ging eine Gammastrahlung aus.

Die beiden Bodenproben wurden nach ihrem pH-Wert und Nitratgehalt verglichen; die erzielten Werte sind unten angegeben:

	Probe 1	*Probe 2*
pH-Wert	6,7	6,8
Stickstoffgehalt %	0,40	0,35

Alle Proben wurden in normalem und ultraviolettem Licht geprüft, es ließen sich keine Unterschiede feststellen.

Probe 3, die gallertartige Substanz, wurde bakteriologisch untersucht; sie enthielt die normale Bodenflora, das heißt *Bacillus sp.* und koliartige Organismen. Es wurden keine besonderen oder ungewöhnlichen Merkmale festgestellt.

Das Schönste, was wir erleben können,
ist das Geheimnisvolle.
Es ist das Grundgefühl, das an der Wiege
von wahrer Kunst und Wissenschaft steht.

ALBERT EINSTEIN, 1879–1955

Supplement zu **KREISRUNDE ZEICHEN** *von Pat Delgado & Colin Andrews*

DIE ZEICHEN MEHREN SICH

Neue Fakten und Fotos zum Phänomen der spiralförmig flachgelagerten Bodenmuster in Kornfeldern

Die Zeichen werden komplexer. Es erscheinen Piktogramme.

Vorwort zur erweiterten Ausgabe

Das Buch *Kreisrunde Zeichen* ist rund um die Welt in die Bestsellerlisten eingegangen und hat in vielen Ländern wesentlich dazu beigetragen, großes Interesse bei Publikum, Forschern und öffentlichen Stellen zu wecken.
Mit dieser Aktualisierung entsprechen wir der Nachfrage nach weiteren Informationen über ein Phänomen, das inzwischen in weiten Kreisen als eines der größten Rätsel unseres Jahrhunderts gilt. Es steht in einer Reihe mit anderen ungeklärten Fragen wie UFOs, Geistern und PSI-Phänomenen. Nach meinem Dafürhalten ist es durchaus möglich, daß diese Phänomene einen gemeinsamen Kern haben. Diese unerreichbar ferne Dimension wird in dem Maße faßbarer, wie sich unser Bewußtsein verändert – schneller als je zuvor in der überlieferten Geschichte. Das zeigt sich schon in der Sorge um die Welt, die Menschen rund um die Erde bewegt, und in den politischen Konstellationen, die von den Völkern ins Wanken gebracht und neu strukturiert werden. Unser Planet ist dem Tode ebenso nah wie dem Aufbau einer Gesellschaft, die ihren Platz in der Natur kennt und die Früchte genießt, die ihr daraus erwachsen.
Heute bin ich noch mehr als zu der Zeit, in der das Buch *Kreisrunde Zeichen* entstanden ist, davon überzeugt, daß ein Bewußtseinsprozeß mit diesem Symbolismus verbunden ist, denn diese wundervollen Muster haben sich weiterentwickelt.

Colin Andrews
Juli 1990

Polizeifoto.

KAPITEL 7

Neue Fakten

Abbildung 91.

CHEESEFOOT HEAD, 1989

Wieder waren wir in Cheesefoot Head, jenem Ort etwa drei Kilometer südlich von Winchester, Hampshire – der alten Hauptstadt von England –, an dem mit die meisten rätselhaften Kreisformationen aufgetaucht sind. Hier plante ich eine umfassende Überwachungsaktion – die Operation »White Crow« –, bei der hochempfindliche Nachtkameras zum Einsatz kommen sollten. Vom 10. bis 18. Juni waren die neuesten Infrarotkameras und Kameras mit Restlichtverstärker auf die natürliche Senke unter uns gerichtet; Videorecorder zeichneten die Aufnahmen auf; sie waren in Fahrzeugen untergebracht, die hinter einer Weißdornhecke an einer steilen Böschung am Rand der A272 abgestellt waren (Abbildung 92). Der Eigentümer des Feldes, Commander Bruce, hatte in diesem Jahr Erbsen angebaut, eine Frucht, die nur äußerst selten betroffen ist. Die Zeit würde erweisen, wie es in diesem Jahr wäre. Da Commander Bruce auf seinem Land keine Nachforschungen zuließ, war dies die beste Alternative.

Mehr als 50 Beobachter waren zur Teilnahme eingeladen, viele von ihnen Wissenschaftler und Ingenieure wie wir selbst. Alles blieb ruhig und ereignislos, bis einige Beobachter in der Nacht vom 12. auf den 13. Juni gegen 3.30 Uhr plötzlich hinter dem Feld am Himmel ein helles, stationäres Objekt auftauchen sahen. Vier bis fünf Minuten verharrte es auf der Stelle. Ron Jones, einer der Beobachter, blieb unerschütterlich bei der Ansicht, er habe im Inneren des Objekts etwas sich bewegen sehen. Ein Laster kroch die Steigung von Winchester zur Punch Bowl hinauf und durchbrach die nächtliche Stille. In dem Moment, als der Laster sich der langgezogenen Kurve näherte, die um das Feld herumführt, und seine Scheinwerfer über das Feld leuchteten, verschwand das Objekt.

Ich traf am nächsten Morgen gegen acht Uhr ein, um mit drei oder vier ausgeruhten Beobachtern meine Wache anzutreten. Die beiden Hauptzeugen, Ron Jones und Terry Clark, hatten ihre Beobachtung sorgfältig aufgezeichnet und übergaben mir die Videobänder ihrer Wache. Es klingt vielleicht merkwürdig, aber wir brauchten viele Tage, bis wir alle Bänder geprüft hatten. Die umfangreiche Überwachungsoperation, die auch noch mit dem Erscheinen des Buches *Circular Evidence (Kreisrunde Zeichen)* in Großbritannien zusammenfiel, brachte uns beide unter extremen Zeitdruck.

Während der letzten Stunden der Operation »White Crow« bat ich acht Kollegen, mit mir 300 Meter die Straße entlang zum Longwood Estate zu gehen, wo einige Tage zuvor ein großer Kreis aufgetaucht war, der zweite in diesem Gerstenfeld.

Gegen 12.20 Uhr saßen wir neun in diesem Kreis; nach 10 bis 15 Minuten völligen Schweigens hörte ich ein leises, knisterndes Geräusch. Es war dem Geräusch verblüffend ähnlich, das ich zwei Jahre zuvor in Kimpton (s. Seite 66) unter beängstigenden Umständen gehört hatte. Ich suchte in den Gesichtern neben mir nach Anzeichen, daß auch die anderen etwas hörten. Dann brach ich das Schweigen und fragte: »Hören Sie das gleiche wie ich?« Sie alle antworteten: »Ja«. Mein Freund Pat

saß neben mir, er schien von den Vorgängen noch viel stärker gefesselt zu sein. Auf merkwürdige Weise erschien ein großer Teil des Geschehens wie einstudiert.
Es fällt mir schwer zu beschreiben, was in den nächsten 25 Minuten geschah. Das »Geräusch« hatte sich von den östlich gelegenen Feldern dem Kreis (Abbildung 91) genähert, in dem wir saßen. Es wurde lauter, umringte uns und kam nahe an Pat und mich heran. Wir standen auf und gingen darauf zu; die anderen blieben sitzen und beobachteten diesen phantastischen Vorgang. Das »Geräusch« kam bis auf etwa einen Meter an uns heran, wich dann zurück und entfernte sich nach Osten über die Felder, woher es gekommen war. Pat hatte instinktiv den Eindruck, wir sollten den Kreis verlassen, und das taten wir auch.
Es kam uns vor, als hätten wir dieser unsichtbaren Macht die Hand geschüttelt. War dies der Urheber der Kreise? Es war jedenfalls höchst seltsam.
Wir gingen über die Straße zu den Beobachtungsfahrzeugen zurück. Einer der Beobachter, George Wingfield, schlug vor, ich solle mit ihm zu dem Kreis zurückgehen und meinen Kassettenrekorder mitnehmen. Fünf Minuten später waren wir wieder dort – und plötzlich war »ES« auch da. Es schien mit uns zu flirten, hielt sich aber immer östlich von uns. Vor allem aber hatte ich es aufgenommen. Als es anfing zu dämmern, hielt ein Streifenwagen bei uns an; die Polizisten fragten uns, ob wir den

Abbildung 92.

neuen eindrucksvollen Kreis mit Außenring in dem Feld östlich von uns bemerkt hätten. Das war die Richtung, in der das Geräusch verschwunden war; von dem Kreis wußten wir noch nichts. Zehn Tage und Nächte hatten 50 Beobachter mit einer Ausrüstung im Wert von 90 000 DM das Feld im Norden keinen Moment aus den Augen gelassen, und im Feld östlich davon tauchte ein neuer Kreis auf. Pech, Absicht eines intelligenten Wesens oder Zufall?

Als wir schließlich die Videobänder abspielten, stellten wir erregt fest, daß wir die orange leuchtende Feuerkugel aufgenommen hatten, die in der Nacht vom 12. auf den 13. Juni aufgetaucht war. Sie hatte keinen Kreis hinterlassen und befand sich deutlich in einiger Entfernung von dem Feld; was sollten wir davon halten? Ein Kollege, Professor Archie Roy, sah sich den Film an und war sich sicher, daß es sich weder um den Mond noch um einen anderen Planeten handelte. Und wir waren sicher, daß es kein Flugzeug gewesen war.

Es gibt den Bericht eines Augenzeugen (s. Seite 63), der beobachtet hat, wie ein orangefarbenes Licht auf einem Feld landete, in dem bereits Kreise entstanden waren.

Colin Andrews

Abbildung 93.

Beckhampton, 1989

An einem ganz besonderen Tag, dem 10. August 1989, hatte das »Geräusch« in Beckhampton seinen ersten Fernsehauftritt. Ein Fernsehteam der B.B.C. machte für die Sendung »Daytime Live« ein Interview mit Pat Delgado und mir. Um 15.00 Uhr hatte ich gerade mein Interview abgeschlossen, und Pat nahm seine Position in der Nähe der Kreismitte dieser mit 40 Metern Durchmesser ungewöhnlich großen Formation aus Kreis und Außenring ein (Abbildung 93). Uns beiden fiel dieser Auftritt ungemein schwer; wir hatten das Gefühl, eine zentnerschwere Last läge auf unseren Köpfen. Meine Zunge fühlte sich bleiern an, und meine Lippen wollten den Anweisungen meines Gehirns nicht gehorchen.

Das B.B.C.-Team arbeitete mit einer neuen, hochmodernen Videokamera im Wert von 150 000 DM; doch sobald sie in die Nähe dieses und nahegelegener kleinerer Kreise kam (siehe Abbildung 94, C. Andrews in einem der kleineren Kreise), gab es Schwierigkeiten. Tonstörungen überlagerten die Aufnahme, und rote Lämpchen zeigten blinkend alle möglichen Probleme an. Zu diesen Schwierigkeiten mit der Kamera sollte bald noch etwas anderes hinzukommen.

Als das Interview mit Pat begann – sein drahtloses Mikrofon war an seiner Krawatte befestigt –, stand ich neben dem Tontechniker Richard Merrick am Kreisrand. Der Regisseur David Morgenstern und der Aufnahmeleiter John Macnish gaben das Zeichen zum Drehbeginn. Unmittelbar darauf fragte der Tontechniker: »Was ist denn das?« Ich hörte, was er meinte. Aus seinen Kopfhörern drang das »Geräusch«. Es war laut und übertönte die Worte, die gerade aufgezeichnet wurden; im gleichen Moment spürte Pat Delgado, daß eine starke Energie ihn umflutete. Sobald er aus dem Energiefeld heraustrat, sagte der Tontechniker: »Es hat aufgehört.« Pat ging mehrmals in die Energiesäule hinein und wieder heraus, und jedesmal war auf dem Aufnahmegerät die entsprechende Reaktion des »Geräuschs« festzustellen.

Die B.B.C. brachte die gesamte Aufzeichnung in ihrer Sendung und versetzte damit die britischen Fernsehzuschauer in Staunen.

Später analysierten die Tonexperten der B.B.C. das Geräusch; es blieb jedoch ein Rätsel, ebenso wie die Ursache der Kamerastörungen. Die Kamera mußte mit hohem Kostenaufwand völlig überholt werden.

Colin Andrews

Abbildung 94.

LOCKERIDGE, WILTSHIRE, 1989

Gegen Ende der »Saison« 1989 für Kornkreise rief uns ein Bauer an, Mr. Cutforth, dessen Felder südlich der kleinen Ortschaft Lockeridge in Wiltshire liegen. Er teilte uns mit, daß in einem seiner Felder ein großer Kreis mit Außenringen sei. Erwartungsvoll fuhren Colin Andrews und ich nach Lockeridge und fanden nach mehrmaligem Fragen den Bauernhof. Mr. Cutforth brachte uns dann freundlicherweise zu dem Feld, das an einem Hang lag.

Von unserer erhöhten Position aus konnten wir über das Tal hinweg in einem Feld auf der gegenüberliegenden Seite einen sehr großen Kreis sehen, der von schmalen Ringen umgeben war. Im Vordergrund lagen noch mehrere kleinere Kreise, die im Vergleich zu dem großen Kreis eher unbedeutend wirkten.

Wir machten einige Fotos, fuhren dann den Hang hinunter ins Tal, überquerten die Straße und gingen durch das Weizenfeld hinauf bis zu dem riesigen Kornkreis.

Die Entfernung von uns bis zum gegenüberliegenden Kreisrand war beeindruckend; auf einer riesigen Fläche lag das Korn flach (Abbildung 95).

Wir ließen die enorme Größe dieses neuen Kreises eine Weile auf uns wirken, ehe wir uns den Außenringen zuwandten. Seltsame Dinge hatten sich bei der Entstehung dieser Ringe getan; an den Schnittstellen der Ringe mit Treckerspuren zeichneten sich deutliche Spuren des Lückeneffekts ab. Eindeutig war es hier zu Störungen gekommen, und dieses Merkmal gehört mit zu den wichtigsten, weil die Untersuchung des Lückeneffekts wichtige Hinweise liefern kann, wie die erzeugende Kraft wirkt und wie sie zu beeinflussen ist.

Wie die Detailaufnahme zeigt, verliefen die drei schmalen Ringe gleichmäßig konzentrisch (Abbildung 96).

Die Messungen ergaben, daß der in einer rechtsläufigen Spirale gewundene Kreis einen Durchmesser von 32 Metern hatte. Das erste Band stehenden Korns war zwei Meter breit. Der innere Ring hatte eine Breite von 60 Zentimetern und war gegen den Uhrzeigersinn gewunden. Das zweite Band stehenden Korns war ebenfalls zwei Meter breit. Der mittlere Ring hatte eine Breite von 50 Zentimetern und verlief im Uhrzeigersinn. Das dritte Band stehenden Korns war nur einen Meter breit, und der Außenring hatte nur eine Breite von 10 Zentimetern und war ebenfalls im Uhrzeigersinn gewunden. Es ist denkbar, daß Mittel- und Außenring eigentlich zusammengehörten, daß aber der Einfluß der Treckerspuren, die zu beiden Seiten des Kreises verliefen, groß genug war, sie zu spalten. Zusammengenommen hätten beide Ringe dieselbe Breite wie der Innenring. Vielleicht bringt die Zukunft hier weitere Erkenntnisse.

Interessehalber ist anzumerken, daß dieser Fundort ganz in der Nähe einer alten römischen Befestigungsanlage liegt, dem Wandsdyke. Auf dem Foto sind die Überreste einer alten römischen Siedlung am Bildrand oben rechts zu sehen; in dem grünen Feld jenseits der Straße sind auch die Autospuren zu erkennen, die entstanden, als wir von unserem ersten Aussichtspunkt ins Tal hinunterfuhren.

Abbildung 95.

Die unregelmäßige Bahn im Vordergrund (Abbildung 96) ist ein Merkmal, das wir häufig in der Nähe der Kreise beobachten konnten. Die Getreidehalme in diesen Bahnen sind nur teilweise flach gelagert und haben oftmals kleine Abzweigungen, die nach kurzer Zeit in einer Sackgasse enden. Auch dies ist ein Rätsel.

Pat Delgado

Abbildung 96.

Abbildung 97.

WINTERBOURNE STOKE, 1989

Der Landwirt Mike Bucknell hatte auf seinem Land schon einmal Kreise entdeckt (siehe Seite 103 ff.). Es dürfte ihn also nicht überrascht haben, als ein junger Student, der bei ihm arbeitete, mit offenem Mund in einen erstaunlichen Kreis von 21,40 Meter Durchmesser stolperte (Abbildung 97). Der junge Mann konnte sich nicht erklären, was er da vor sich sah, und ging los, um die Sache zu melden.

Der erste, dem er begegnete, war Peter Molyneux, der ebenfalls auf dem Hof beschäftigt war. Molyneux hatte das Buch *Kreisrunde Zeichen* gelesen und 1987 auch die Formationen in der Nähe gesehen. Er sah sich das neue Zeichen an und fand nur 16 Meter von dem wunderschönen großen Kreis entfernt zwei kleinere mit Durchmessern von 6 und 5,35 Metern. Das Bodenmuster war faszinierend und gehörte mit zu den beeindruckendsten, die wir bis dahin gesehen hatten. An dieser Stelle hatte es zwar kein Flugzeugunglück gegeben (siehe Seite 104), aber sie lag auf der Flugroute der damals verunglückten Maschine.

Etwa drei Kilometer östlich davon fand sich auf Bucknells Land ein Einzelkreis, der dicht neben der westlichen Landebahn von Boscombe Down lag. Er tauchte am 10. Juli auf, etwa einen Monat vor diesem jüngsten Fund in Winterbourne Stoke.

Eine Woche nachdem der Student in dem Weizenfeld auf das Kunstwerk aus flach gelagertem Getreide gestoßen war, bot sich 400 Meter weiter westlich neben der Autobahn A303 ein ähnlich faszinierender Anblick. Von der Straße nicht mehr einsehbar lag dort ein Kreis mit einem Durchmesser von 18,50 Metern (Abbildung 98). Die Pflanzen lagen in einem Muster, das den Kreis in vier gleiche Teile teilte, und liefen im rechten Winkel von den Scheitellinien fort – das war einmalig. Um den Innenrand des Kreises lief ein ein Meter breites, rechtsläufiges Band, das zur Hälfte von den Ähren aus den vier Kreisausschnitten überlagert war.

Diese komplizierten Bodenmuster waren meiner Ansicht nach von einem einzigen Punkt aus entstanden und sahen aus, wie mit spitzer Feder gezeichnet; das Ganze mußte mit großer Geschwindigkeit vor sich gegangen sein.

Colin Andrews

Abbildung 98.

Abbildung 99.

Chilcomb Farm, 1990

Es war Mitte Juni und einer der seltenen Tage, an denen ich meine allmorgendliche Beobachtungsrunde nicht hatte machen können. Daher rief mich ein eifriger Beobachter von Getreidefeldern, Bob Trevellyan, an, um mir mitzuteilen, daß er auf dem Weg zur Arbeit eine neue Formation entdeckt hatte.

Seine Beschreibung des neuen Bodenmusters war fast nicht zu glauben, daher packte ich, so schnell ich konnte, meine Standardausrüstung zusammen, versuchte, den Bauern zu erreichen, und fuhr zu dem Feld hinaus.

Als ich dort eintraf, sah ich sofort, daß es sich um etwas völlig Neues handelte. Schon beim ersten kurzen Blick von der Straße bot sich mir ein atemberaubendes Bild. Der Landwirt John Guy, der sich sehr für diese Rätsel interessiert und immer hilfsbereit ist, bestätigte, daß die Formation am Vorabend noch nicht dagewesen war. Als ich vorsichtig in die Formation hineinging, überkam mich ein Gefühl ehrfürchtigen Staunens und ein Bewußtsein für die Energien, die diesen Ort durchdrangen.

Zuallererst zeichnete ich das Muster auf und notierte die verschiedenen spiraligen und geraden Lagerungsformen des Getreides in der Mittelbahn und den separaten Rechtecken. Diese Rechtecke beeindruckten mich ganz besonders, so etwas war noch nie zuvor aufgetaucht (Abbildung 99). Hier war es zu einer völlig neuen Wirkungsweise jener Energie gekommen, die das Korn flach lagerte. Die Rechtecke lagen völlig getrennt von der Mittelbahn, ohne Verbindung zu ihr, bis auf eine Strähne aus zwei oder drei Halmen. Solche Strähnen sind inzwischen ein gewohntes Merkmal isolierter Teile derartiger Formationen. Es erinnert mich an Buchstaben, die mit Zuckerguß auf Kuchen gemalt werden. Am Ende läuft der Zuckerguß gelegentlich aus, wenn er zu flüssig ist.

Es gab zwei seltsame Merkmale. Erstens war der Absatz, an dem die Mittelbahn ihre Breite änderte, vom schmaleren zum breiteren Teil leicht abwärtsgebogen. Zweitens lief das Ende des schmalen Teils nicht bis in den kleineren Kreis hinein.

Vom großen Kreis aus gesehen lief der rechte Rand des breiteren Pfadteiles nicht in die parallel verlaufende Treckerspur hinein, sondern blieb durch einen etwa acht Zentimeter schmalen Streifen stehenden Korns von ihr getrennt (Abbildung 100). Der rechte Rand war im Bereich des breiteren Pfadteiles auch nicht so sauber begrenzt wie auf der linken Seite, ganz so, als hätten hier einige der Energiestöße gefehlt, die das Korn flachgelegt hätten.

Das Bodenmuster der Rechtecke wies ein besonders wichtiges Merkmal auf. Auf den ersten Blick

Abbildung 100.

sah es aus, als läge in allen vier Rechtecken das Korn vom großen Kreis abgewandt. Bei näherem Hinsehen stellte sich jedoch heraus, daß auf einem Streifen von 24 Zentimeter Breite das Korn jeweils in der Gegenrichtung gelagert war. In allen vier Rechtecken befand sich dieses gegenläufige Band auf der dem Mittelpfad zugewandten Seite; ein Paar bildete das Spiegelbild des anderen.

Die Grenze zwischen dem Rand des großen Kreises und dem Beginn des Mittelpfades war extrem scharf ausgeprägt. Die Halme lagen im rechten Winkel zueinander, und kein einziger fiel aus der Reihe.

Die gleiche Präzision fand sich auch in den Rechtecken, in denen alle Halme von einer klar gezeichneten Grundlinie wegliefen. Die gegenüberliegende Seite der Rechtecke war noch interessanter. Das flach gelagerte Korn lief in Strähnen, die den Saatrillen entsprachen, in den Rand des stehenden Getreides hinein. Es wirkte, als habe es jemand mit einem groben Kamm durchgekämmt, dessen Zähne zehn Zentimeter Abstand hatten.

Der Eindruck dieser Formation war überwältigend. Sie bedeutete einen erheblichen Sprung nach vorne in der Ausprägung dieses Phänomens. Es war unmöglich, alle Weiterungen beim ersten Besuch zu erfassen, und würde gründliches Nachdenken und viel Forschergeist erfordern, zu verstehen, wie und warum diese faszinierende Schöpfung entstanden war.

Colin Andrews und ich wußten zu dieser Zeit noch nicht, welche Formvielfalt und ungeahnter Bedeutungsreichtum sich noch entwickeln sollte.

Pat Delgado

Abbildung 101.

LONGWOOD ESTATE, HAMPSHIRE, 1990

Auf Longwood Estate in der Nähe von Winchester, Hampshire, wurden südlich der A272 zwei überraschend komplexe Formationen entdeckt. Matthew Lawrence, ein eifriger Kreisesucher, stieß am Morgen des 30. Mai auf einem Streifzug durch die Umgebung auf eine äußerst klar ausgeprägte Formation aus drei Ringen. Die Ringe glitzerten in der Sonne, die sich in den flach gelagerten Halmen widerspiegelte; sie sahen aus, als hätte ein kosmischer Künstler sie mit weißer Hochglanzfarbe gemalt (siehe Abbildungen 101 und 102). Matthew Lawrence wirkte nach der Entdeckung, als habe er im Lotto gewonnen; und wir konnten nachempfinden, welche Gefühle die erste Entdekkung dieser Art weckt. Normalerweise hat keiner zweimal sechs Richtige im Lotto. Lawrence konnte

Abbildung 102.

daher sein Glück kaum fassen, als er auf einer seiner morgendlichen Runden durch die Gebiete in der Umgebung der altehrwürdigen Stadt Winchester, die für das Auftauchen von Kreisen bekannt waren, am 6. Juni etwa um die gleiche Zeit auf demselben Feld ein weiteres Zeichen fand, das jedoch völlig anders aussah. Es lag wesentlich näher an der Straße und bestand aus zwei durchbrochenen inneren Ringen und einem vollständigen Außenring (siehe Abbildungen 103 und 104, oben links verläuft die A272).

Pat Delgado und ich verabredeten uns für den nächsten Tag an diesem Kreis. Als wir dort waren, spürten wir eine ungemein starke Energie, die Pat über den zentralen Kreis vor mir trieb, während sich auf seinem Gesicht fast schon Entsetzen abzeichnete. Ich habe beobachtet, daß mein Freund ein zunehmendes Gespür für die Energien entwikkelt, die in diesen Kreisen am Werk sind und bin zeitweise schon beunruhigt über die starke Wirkung, die sie auf ihn haben.

Colin Andrews

Abbildung 103.

Abbildung 104.

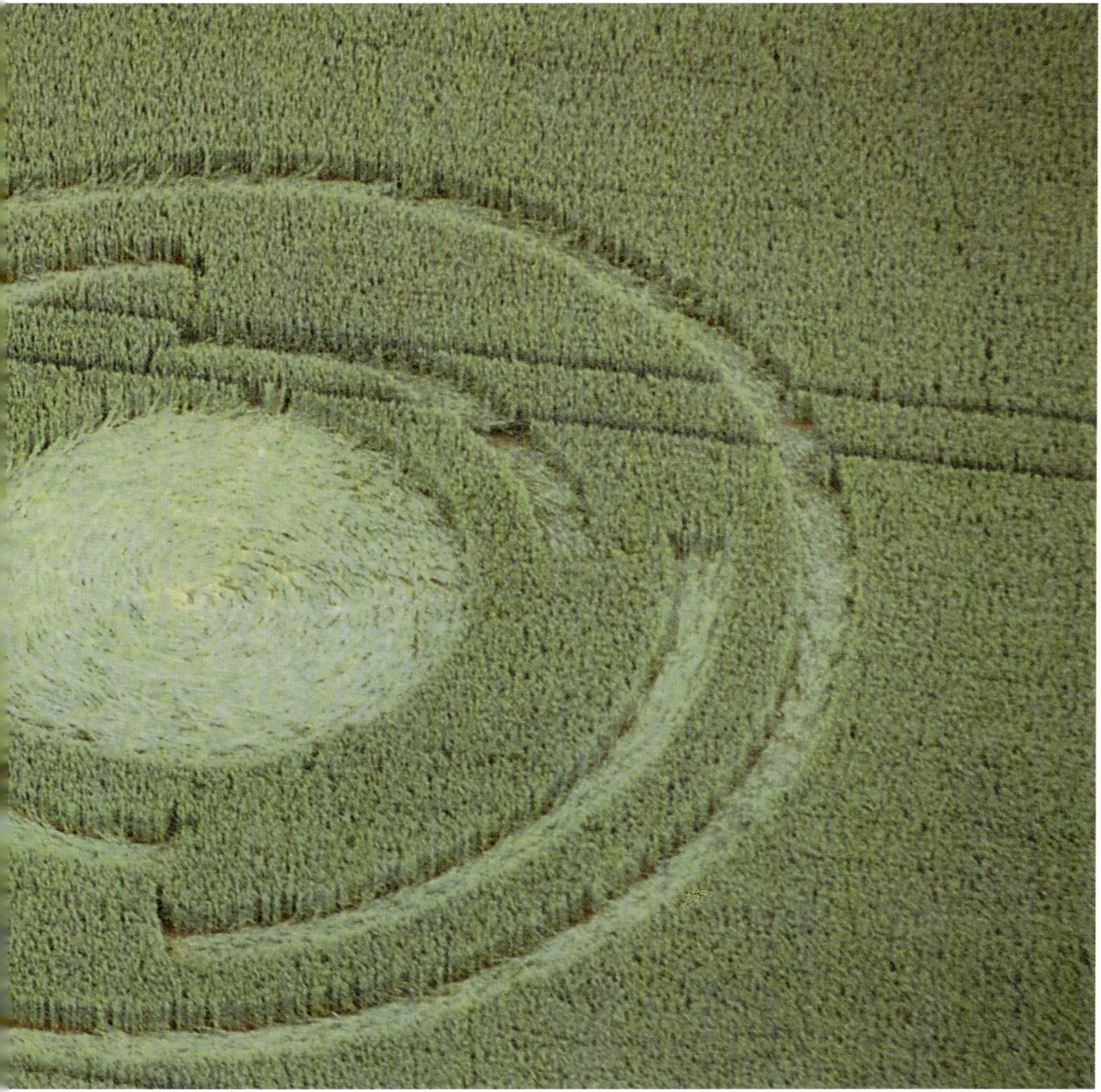

Abbildung 105.

TELEGRAPH HILL, 1990

Mitte Juni alarmierte mich Steve Cole, ein eifriger Kornfeldbeobachter. Ich fuhr zu einem Feld in der Nähe der Chilcombe Farm, um eine offenbar recht merkwürdige Formation zu untersuchen.
Als ich mich dem Feld auf der Straße näherte, konnte ich die Umrisse der Formation nicht klar ausmachen, da der Blick darauf verstellt war. Sie lag auf halber Höhe des steilen Hangs von Telegraph Hill und schien nur aus einem Kreis mit einem auslaufenden Pfad zu bestehen.
Voller Spannung und Erwartung (sie hat sich nach all den Jahren immer noch nicht gelegt) baute ich mein Kamerastativ zusammen, das übrigens eine verbesserte Version meines früheren Modells ist. Es besteht aus einem ehemaligen Antennenmast, der in vier Teile à 1,20 Meter geschnitten ist; zusammengeschraubt und meine Körpergröße mitgerechnet, wenn ich ihn in die Höhe halte, ergibt sich für die Kamera eine Gesamthöhe von 6,50 Meter.
Ich betrat das Feld, das neben dem ersten Piktogramm liegt, und folgte einer Treckerspur. Sie führte mich direkt in einen spiralförmig gewundenen Kreis, der, wie sich herausstellte, Teil einer faszinierenden Formation war (Abbildung 105).
Nachdem ich die Schönheit dieses neuen Kreises auf mich hatte wirken lassen, folgte ich einem Pfad, der in einen zweiten Kreis mündete. Mir fiel auf, daß sowohl in den beiden Kreisen als auch auf dem Pfad die Ränder scharf abgegrenzt waren.
Als ich in den zweiten Kreis trat, bemerkte ich zu meinem Erstaunen, daß er von drei halbkreisförmigen Ringbahnen umgeben war (Abbildung 106).
Zwischen dem zweiten Kreis und den Halbringen gab es keinerlei Verbindungen, Pfade oder Bahnen; sie waren völlig separat. Die Messungen zeigten, daß die Halbringe und auch die Zwischenräume zwischen ihnen sehr gleichmäßig und konzentrisch verliefen.
In beiden Kreisen und in beiden inneren Halbringen war das Korn in einer rechtsläufigen Spirale flach gelagert; im äußeren Halbring lag es linksläufig. Abbildung 106 – eine Seitenansicht, die vom Boden aus aufgenommen ist – zeigt wieder einmal, wie erstaunlich präzise manche dieser Muster ausgeprägt sind.
Diese Formation schien voll und ganz von der Ausrichtung der Treckerspuren beeinflußt zu sein – ein wichtiger Anhaltspunkt, wenn es gilt, gemeinsame Merkmale dieses Phänomens herauszufinden.

Pat Delgado

Abbildung 106.

Abbildung 107.

EXTON,
1990

Ich konnte der Versuchung nicht widerstehen, diese schöne Fünferformation in einer idyllischen Umgebung mit aufzunehmen.
Wir haben zwar schon über viele Fünfergruppen berichtet, doch diese wirkt besonders außergewöhnlich.
Die großflächigen Satellitenkreise verleihen ihr eine Kühnheit, die dem Weizenfeld machtvoll ihren Stempel aufgedrückt zu haben scheint. Der im Uhrzeigersinn gewundene Mittelkreis hat einen Durchmesser von 20 Metern und ist umgeben von im Durchmesser sechs Meter großen Kreisen, deren Spiralen gegen den Uhrzeigersinn laufen. Diese Kombination ist hier zum erstenmal aufgetaucht (Abbildungen 107 und 108).

Pat Delgado

Abbildung 108.

Abbildung 109.

Hazeley Farm Fields, 1990

Zu Beginn der ersten Juniwoche fuhr ich den Hügel von Cheesefoot Head hinauf und stellte meinen Wagen auf dem Parkstreifen ab. Sofort fiel mein Blick auf eine Stelle mit dunklen Eindrücken in einem Feld etwa einen halben Kilometer entfernt.

Ich nahm mein Fernglas heraus, das einen wesentlichen Bestandteil meiner Grundausrüstung bildet, und sah zwei Kreise mit einem Verbindungspfad. Was ich nicht deutlich erkennen konnte, war ein unerklärlicher Abdruck neben dem nächstgelegenen Kreis.

Der Landwirt, Gerald James, der schon in früheren Jahren Kreise in seinen Getreidefeldern bemerkt hatte, von denen wir nichts wußten, zeigte sich sehr interessiert, konnte aber für diese neue Formation auch keine Erklärung geben.

Ein langer Fußmarsch führte meine Tochter Jan und mich zunächst über einen öffentlichen Weg zu dem Feld und dann über eine Treckerspur direkt in einen der beiden gut sichtbaren Kreise.

Ich sah, daß beide Kreise durch einen leicht gebogenen Pfad aus flach gelagertem Korn verbunden waren. Als ich aus dem rechtsläufig gewundenen ersten Kreis hinaustrat und diesem Pfad folgte, bemerkte ich rechts und links neben dem Pfad je zwei Rechtecke, die wie leicht gebogene Finger wirkten. Sie mündeten mit einem Ende in einem Ring, der den zweiten, ebenfalls rechtsläufig gewundenen Kreis umgab (Abbildung 110). Innerhalb der

Rechtecke lief das Getreide geradlinig flach gelagert auf den Ring zu. An den Stellen, an denen die »Finger« in den Ring einmündeten, hatten sich Verflechtungen und Überlagerungen der Getreidestränge aus Ring und Fingern gebildet. Es war ein exquisites Kunstwerk (Abbildung 109).

Auffallend war hier, wie stark sich bei dem Ring der Lückeneffekt, der bereits an anderer Stelle erwähnt wurde (siehe Seite 157), ausgewirkt hatte. Die Treckerspuren hatten die verursachende Energie offenbar beeinflußt und von ihrer linksläufig konzentrischen Bahn abgelenkt. Ein Teil der Energie folgte der ersten Treckerspur, während ein anderer Teil bis in die zweite Treckerspur hinausgetragen wurde. Sie folgte dieser Spur ein kurzes Stück und kehrte dann auf ihre konzentrische Bahn zurück.

Pat Delgado

Abbildung 110.

LICHFIELD, 1990

Früh am Sonntagmorgen, dem 24. Juni, rief mich ein Freund an, Bob Skinner, den ich nun bereits seit einigen Jahren kenne und der ein eifriger Beobachter von Kornfeldern ist. Sein aufgeregter Bericht über ein neues Piktogramm, das er am Abend vorher entdeckt hatte, ließ wieder einmal diese magische Spannung in mir aufkommen.
Seiner Beschreibung nach unterschied sich auch diese Formation von den anderen, die wir bislang gesehen hatten; das steigerte natürlich mein Verlangen, so schnell wie möglich zum Fundort hinauszufahren. Meine Tochter Jan kam mit; sie war ebenso begeistert wie ich, und nach einer halben Stunde Fahrt sahen wir das Piktogramm vor uns. Es lag etwas erhöht an einem Hang neben der A32 in Lichfield.
Schon der erste Blick bestätigte Bobs Beschreibung (Abbildungen 111 und 112). Der Anblick der beiden Halbringe und der vier Rechtecke der Formation beeindruckte mich tief und warf ein Licht auf die subtile Intelligenz, mit der wir es hier zu tun haben. Da wir mit dem Besitzer des Landes eine Absprache hatten, beschloß ich, mir die Formation aus der Nähe anzusehen, allerdings nicht, ohne

Abbildung 111.

vorher einige Fotos von der Straße aus gemacht zu haben.
Der erste Schritt in eine neue Formation ist immer etwas Besonderes, und auch dieser bildete keine Ausnahme. Der tiefer gelegene, größere Kreis hatte einen Durchmesser von 11 Metern und war in einer rechtsläufigen Spirale gewunden. Der Mittelpfad war 18 Meter lang, an einer Stelle 8 Meter breit, und das Korn lag hangaufwärts. Der obere Kreis hatte einen Durchmesser von etwa sieben Metern und war ebenfalls in einer rechtsläufigen Spirale gewunden. Der innere Halbring hatte eine Breite von einem Meter und war im Uhrzeigersinn gewunden, während die Spiralwindung im ebenso breiten äußeren Halbring gegen den Uhrzeigersinn verlief. In diesem Ring lief eine Mittellinie aus stehendem Korn über die gesamte Länge und teilte ihn in zwei Bahnen. Die vier Rechtecke waren drei Meter lang und 1,30 Meter breit. In allen vieren lag das Korn hangaufwärts in Richtung auf den Halbkreis.

Pat Delgado

Abbildung 112.

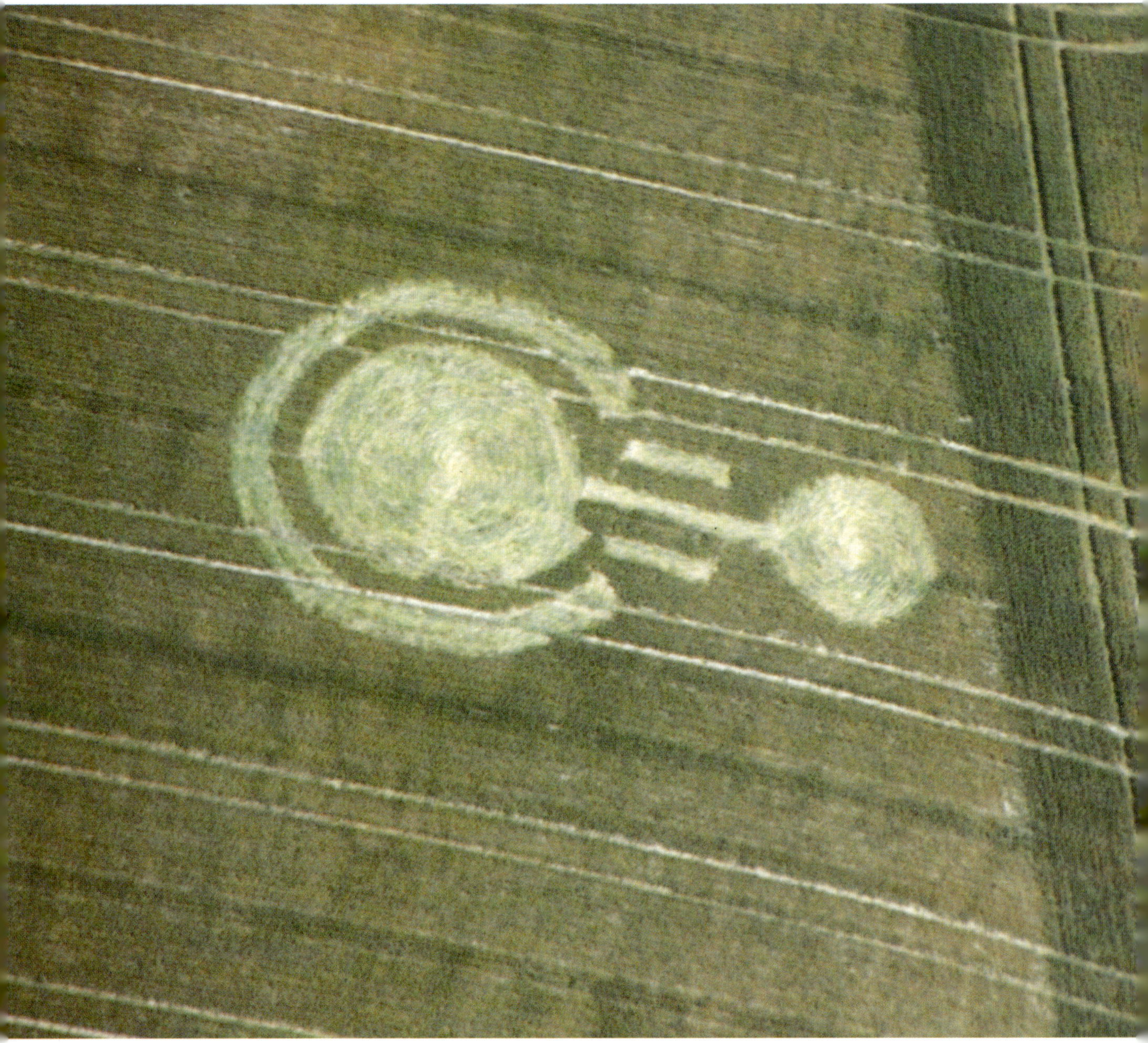

Abbildung 113.

MORESTEAD, 1990

Am Morgen des 30. Juni rief Angela Green an, um ein neues Piktogramm zu melden. Es lag neben der Straße von Winchester nach Morestead. Schon als ich dort eintraf, konnte ich sehen, daß auch diese Formation wieder anders war als alle bisherigen.

Das hervorstechendste Merkmal bildeten die einzelnen Rechtecke zu beiden Seiten des Mittelpfades. Bei näherer Untersuchung stellte sich heraus, daß in dem linken Viereck, das hangaufwärts lag, das Korn hangabwärts gerichtet war. Im rechten Viereck lag es entgegengesetzt. Bei dieser Formation hatte deutlich eine Störung stattgefunden. Ganz offensichtlich wurde dies, als ich später den Fundort überflog, um Luftaufnahmen zu machen (Abbildung 113).

Das Piktogramm hat eine Gesamtlänge von 31 Metern. Beide Kreise haben eine rechtsläufige Spiralwindung, während der unvollständige Ring linksläufig gewunden ist.

Pat Delgado

Abbildung 114.

Abbildung 115.

Die Kreise von Wiltshire, 1990

Das bislang aufregendste Jahr der Kornformationen begann am 3. Mai 1990 um 16 Uhr, als David Shepherd, der Besitzer der Baltic Farm in Bishop's Canning, Wiltshire, auf einen großen Kreis stieß, der in sein junges Weizenfeld eingeprägt war.

Pat Delgado und ich suchten ihn am nächsten Tag auf. Shepherd war sehr daran interessiert, mehr über diese großen, präzisen Bodenmuster zu erfahren, die er schon in den vergangenen vier Jahren auf seinem Land beobachtet hatte. Vorher waren sie ihm noch nie aufgefallen. Er befragte uns eingehend nach unserer Ansicht über die möglichen Ursachen. Dann brachte er uns an eine abgelegene Stelle, wo ein rechtsläufig gewundener Kreis mit einem Durchmesser von 23,50 Metern zu sehen war. Es war ein wunderschöner Ort. Im nordwestlich gelegenen Feld lag eine Einfriedung aus der Bronzezeit, im Norden und Nordosten erhob sich eine Reihe frühgeschichtlicher Grabhügel (Tumuli), und am Südrand des Feldes schlängelte sich der Erdwall von Wandsdyke durch die westliche Landschaft.

Sechs Wochen lang traten in Wiltshire Bodenmuster auf, die zur Kategorie »keltisches Kreuz« gehörten. Zur gleichen Zeit traf aus Hampshire eine Serie von Meldungen über eine erstaunliche neue Kategorie von Bodenmustern ein, die »Piktogrammen« ähnlich waren. Es konnte nicht mehr nur von rätselhaften Kreisen die Rede sein, da nun auch Rechtecke und gerade Bahnen auftraten.

Am 1. Juni 1990 gab ich gerade einem Fernsehteam aus Fudschi, Japan – einem unter vielen, die aus aller Welt eintrafen – in unserem Forschungsbüro in Andover ein Interview, als das Telefon klingelte. Es war Terry Butcher, der landwirtschaftliche Planungsleiter eines Lebensmittelgroßhandels in der Nähe von Devizes, Wiltshire. Er teilte mir mit, daß der Verwalter des Geflügelhofes, Jim Stirton, eine rätselhafte Kreisgruppe mit engen Außenringen in einem Gerstenfeld neben dem Golfplatz in Blackland in der Nähe seines Büros entdeckt hatte. Es war wirklich ein wichtiger Anruf, denn als Pat Delgado und ich am nächsten Tag zu dem Feld hinausfuhren, sagte uns der Vormann, Andrew Woolley, er habe auf dem zum Hof gehörigen Land mindestens 20 weitere Kreise gefunden.

Ein Merkmal war in den vergangenen zwei Jahren immer wieder aufgetreten: in der Umgebung großer Kreise mit komplexen Bodenmustern waren immer mehr kleinere Kreise mit Durchmessern zwischen einem und fünf Metern aufgetaucht. Die meisten der neuen Kreise in dieser Gegend gehörten der kleinen, ungleichmäßig gestreuten Sorte

Abbildung 116.

an. Abbildung 116 zeigt eine Reihe von ihnen in dem Feld mit dem bisher größten Kreis.
Pat Delgado blieb mit dem Vormann auf dem Feld, auf dem sich zunehmend Neugierige einfanden (Abbildung 115). Ich fuhr zurück, um ein Flugzeug zu organisieren. Als der Pilot, Derek Christopher, dann von diesem neuen Exemplar eines »keltischen Kreuzes« in Richtung Westen abdrehte, bemerkte er etwa 800 Meter südwestlich von dem Kreis, in dem wir Pat mit Messungen beschäftigt sahen, einen weiteren riesigen Kreis. Über das ganze Feld verstreut waren 36 kleinere Kreise. Diesen Flug werde ich niemals vergessen. Wir fotografierten drei größere Formationen, die in Sichtweite voneinander lagen, und über 50 Einzelkreise in den umliegenden Feldern.
Der größte Kreis hatte einen Durchmesser von 61 Metern und vier enge Außenringe; die gesamte Formation maß im Durchmesser 98,40 Meter. Wie Nachfragen ergaben, war sie schon einige Wochen alt und hatte nur drei Außenringe, als sie zuerst entdeckt wurde. Diesen Punkt hielt ich Dr. Terence Meaden auf einer Tagung vor, die im Juli in Oxford zu den rätselhaften Kreisen stattfand. Er reagierte verwirrt und ausfallend vor den versammelten Wissenschaftlern und Reportern aus aller Welt.
Sie waren gekommen, um sich seine Beweisführung anzuhören, wie er das Rätsel gelöst zu haben meinte. Er erklärte uns, die Ursache seien stationäre Wirbelwinde, die elektrisch geladene Windhosen produzierten, Plasmawirbel genannt – ein Effekt, der auf bestimmten Wetterbedingungen in der Nähe von Hügeln beruht. Ich fragte ihn – und das schien ihn noch mehr aufzubringen –, wie er sich nach den Drehmomentgesetzen die Entstehung der neuen »Piktogramm-Formation« erkläre. Die physikalischen Regeln von Drehmoment-Kräften müssen nämlich erfüllt sein, damit seine Plasmawirbel-Theorie glaubhaft wird. Er verweigerte jede Antwort auf meine Frage und wurde noch emotionaler. Schließlich fragte ich ihn, weshalb er die Konferenzteilnehmer nicht über andere wichtige Problempunkte unterrichtet habe, die mit sekundären Änderungen bereits bestehender Formationen zusammenhingen. Seine Wirbelwindtheorie krankte in entscheidenden Punkten.
Als ich eine Laboranalyse von Pflanzenproben veranlaßte, war es mit seiner Theorie endgültig zu Ende. Ich bat Rosemary und Kenneth Spelman, Pflanzenproben aus der Nähe von Stroud, Gloucester, die den von Terry Butcher gemeldeten Kreisen entnommen waren, einem speziellen Analyseverfahren zu unterziehen. Ihnen gehört das einzige Labor in Großbritannien, das diesen Test durchführen kann; die Ergebnisse waren faszinierend. Die Energiestrukturen der Kristalle, die in einem Destillationsprozeß aus den Pflanzen aus dem Kreisinneren erzeugt wurden (Abbildung 118), zeigten erhebliche Abweichungen von jenen der Kontrollproben, die anderen Pflanzen desselben Feldes entnommen waren (Abbildung 117).
Mit all diesen neuen Befunden sehen wir uns nun einem sehr realen und bedeutenden Phänomen gegenüber, das nichts mit Scherzen, Hubschraubern und Windhosen zu tun hat. Doch was erzeugt so unglaublich schöne Muster?
Während in dieser Ecke von Wiltshire immer mehr Kreise auftauchten, waren gut sechs Kilometer entfernt in Beckhampton – wo das Fernsehteam der B.B.C. das »Geräusch« aufgezeichnet hatte – zwar ebenfalls neue Kreise entstanden, doch bislang in diesem Jahr nur recht kleine und wenig aufregende.
Einige Wochen später erzählte Andrew Woolley, der Vormann der Farm in Blackland, was sein Schäfer erwähnt hatte. Der habe in der Nacht, als der Kreis mit dem Muster des »keltischen Kreu-

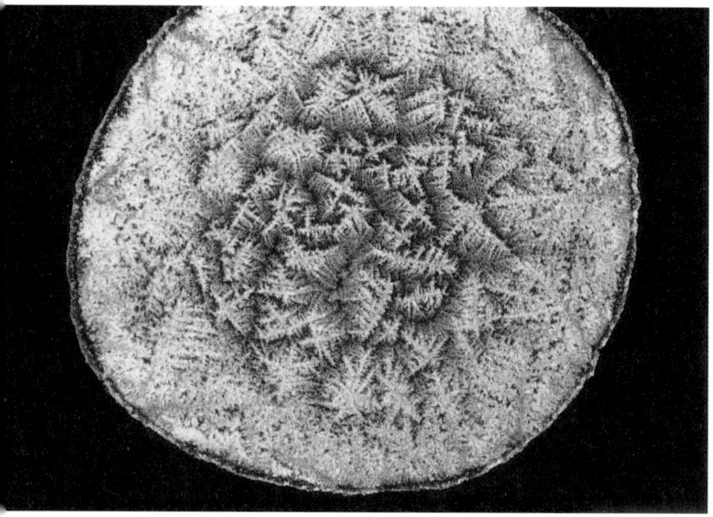

Abbildung 117.

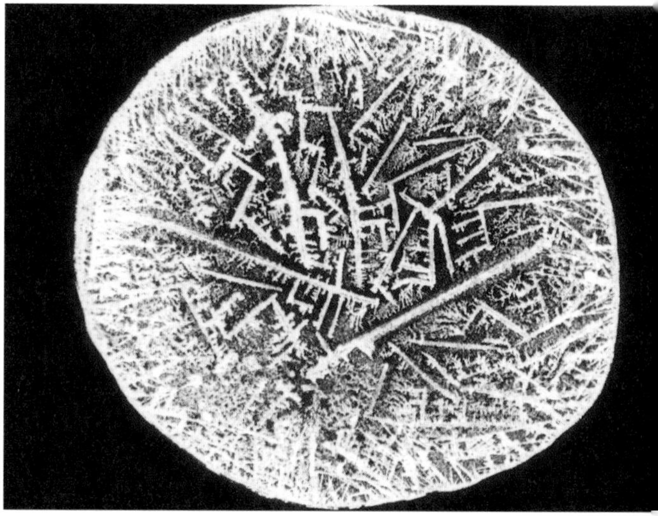

Abbildung 118.

zes« (Abbildung 115) entstand, Schwierigkeiten mit vieren seiner Hunde gehabt. Er wohnt im Nachbarort und fand das Verhalten der Tiere äußerst ungewöhnlich. Sie hatten in der Nacht unaufhörlich gebellt und entgegen ihrer sonstigen Art auch auf sein Kommando keine Ruhe gegeben. Vielleicht ein weiterer Hinweis, daß Tiere in ihrer Wahrnehmung empfänglicher für diesen Besucher sind als Menschen.

Wie erwartet traten in Wiltshire auch 1990 Manifestationen dieser rätselhaften Kraft in großer Menge auf.

Pat Delgado und ich planten in dieser Grafschaft für die letzten Sommerwochen eine international besetzte Überwachungsaktion (s. Seite 261 f.), an der Mitarbeiter aus Großbritannien, Amerika, Deutschland, Japan und Frankreich teilnehmen sollten.

Colin Andrews

LONGWOOD ESTATE, 1990

Die Abbildungen 119 und 120 zeigen eines der größten Piktogramme, die bisher entstanden sind. Es hat eine Gesamtlänge von fast 50 Metern und besteht aus wieder einer neuen Konstellation von Kreisen, Ringen, Rechtecken und Pfaden. Der breite Ring um den oberen Kreis läßt ihn größer erscheinen. In beiden Kreisen wie auch im Ring ist das Korn in einer rechtsläufigen Spirale flach gelagert. Obwohl diese Formation fast 400 Meter von der Straße entfernt liegt, ist sie von dort aus gut zu sehen und besticht durch ihre Größe und Symmetrie. Schon die leichte Schrägneigung ihrer Lage ist ein Rätsel. Der Ring ist zwei Meter breit und beschreibt einen fast gleichmäßigen Kreis. Auffallend ist allerdings die leichte Abplattung auf der rechten Seite von Kreis und Ring. Solche Abplattungen waren im Laufe der Jahre an manchen Kreisen und Ringen festzustellen. Sie scheinen wahllos aufzutreten und lassen sich nicht mit Unterschieden am Getreide in Verbindung bringen.
Ein weiteres ungewöhnliches Merkmal findet sich im Bodenmuster der Rechtecke. Am oberen Ende der beiden inneren Rechtecke ist ein orangener Fleck zu sehen. Das sind die unteren Enden der Halme und die nackte Erde. Die Halme sind also von diesem Ende weggebogen. In den beiden äußeren Rechtecken ist das Korn in der Gegenrichtung flach gelagert. Aus dem Blickwinkel der Kamera ist der orangene Fleck jedoch durch das stehende Getreide verdeckt.
Es ist uns rätselhaft, wieso gegenläufige Kornlagerungen in den Rechtecken auftauchen.
In der kurzen Bahn am oberen Rand des Ringes, die wie eine Fortsetzung des Mittelpfades aussieht, ist das Korn allerdings in Gegenrichtung zum Mittelpfad gelagert. Könnte dieser kurze Pfad den Beginn einer Verbindung zu einem dritten Kreis darstellen?
Der Mittelpfad verläuft nicht parallel zu den Trekkerspuren. Wie am Ende der kurzen Bahn zu erkennen ist, weicht er um etwa 1,30 Meter von der Parallele ab. Am rechten Rand beider Pfade ist ein 15 Zentimeter dünner Streifen Korns stehengeblieben. Ein feines Detail, das zeigt, wie präzise die erzeugende Kraft arbeitet, was auch immer sie steuern mag.

Pat Delgado

Abbildung 119. *Abbildung 120.* ▷

Abbildung 121.

Cheesefoot Head, Hampshire, 1986

EIN RÜCKBLICK

Wir wußten nicht, welch große Überraschung uns an jenem Tag damals im Jahr 1986 erwartete. In der zweiten Augustwoche hatten wir die Nachricht erhalten, daß in einem Feld südlich der Punch Bowl, ein natürliches Amphitheater am Cheesefoot Head bei Winchester in Hampshire, ein Kreis aufgetaucht sei.

Busty Taylor flog meine Tochter Jan und mich in die Gegend, damit wir die genaue Lage auskundschaften konnten. Wir fanden den Kreis ohne Schwierigkeiten und machten ein paar Fotos.

Auf dem Rückweg flogen wir über die Punch Bowl, um nachzusehen, ob zusätzlich zu den Kreisen und Ringen, von denen wir bereits wußten, noch weitere aufgetaucht waren.

Wie üblich bei solchen Gelegenheiten suchten unsere drei Augenpaare ständig die Felder unter uns nach neuen Kreisen ab. Es herrscht dabei fast schon eine Art Wettbewerb, als sei für die erste Entdeckung einer neuen Formation ein Preis ausgesetzt.

Als wir uns der Punch Bowl näherten, sahen wir die bereits bekannten Kreise an ihrem Platz; wir hatten fast schon die Einfriedung des Feldes überflogen, als wir wie aus einem Munde riefen: »Was ist denn das?« Unter uns lag eine Buchstabenreihe, die auf den ersten Blick wie ein langes Wort erschien. Zuerst verstand ich es nicht. Aber ich griff

Abbildung 122.

schnell zur Kamera und machte einige Aufnahmen, während Busty über dem Feld kreiste (Abbildungen 121 und 122). Ich muß sagen, daß es Busty hervorragend gelang, das Flugzeug in ruhigem Flug zu halten, angesichts des Schocks und der Erregung, die diese völlig unerwartete Entdeckung bedeutete. Wir starrten auf die Buchstaben und versuchten, das Wort auszusprechen. Erst als wir den Schriftzug ein letztes Mal überflogen, ehe wir den Rückweg antraten, ging uns auf, daß es sich um vier Worte handelte, die aneinandergereiht waren. »WEARENOTALONE« bedeutete »WE ARE NOT ALONE« (Wir sind nicht allein). Das N in ALONE war allerdings etwas merkwürdig.

Abbildung 123.

Den ganzen Rückflug über diskutierten wir lebhaft über unsere Entdeckung. Ich beschloß, sofort zur Punch Bowl zu fahren, um ein paar gute Aufnahmen zu machen.

Als ich den steilen Hang zu dieser natürlichen Senke hinabfuhr, war ich tief beeindruckt von der Größe der Kreation, die vor mir lag. Während ich meine Aufnahmen machte, hörte ich ein Maschinengeräusch, das von den Farmgebäuden her näherkam. Ich hatte noch eine wichtige Verabredung und mußte fort. Als ich jedoch eine Stunde später zur Punch Bowl zurückkam, fand ich die Ursache für das Maschinengeräusch: es war ein Mähdrescher, der alle Buchstaben abgemäht hatte (siehe Abbildung 123).

Einige Tage später sprach ich mit dem Bauern. Er war überzeugt, daß die Schrift in der Nacht entstanden war. Er wollte weiteres Aufsehen und Nachahmungen vermeiden. Noch am Morgen mähte er die Buchstaben weg. Glücklicherweise hatte ich vorher meine Aufnahmen gemacht.

Ich fragte ihn nach seiner Meinung zu diesen Buchstaben. Er wußte keinerlei Erklärung. Er war völlig verblüfft. Über Nacht war ein riesiges Werk entstanden. Niemandem war etwas Ungewöhnliches aufgefallen an jenem Abend oder in der Nacht, in der die Wörter erschienen. Bislang hat sich auch niemand dazu bekannt, sich hier einen Scherz erlaubt zu haben.

Jeder Buchstabe war 36,50 Meter hoch, und das ganze Wort war 183 Meter lang. In jedem Buchstaben war das Korn auf die gleiche Weise flach gelagert, wie wir es derzeit in den Ringen und Pfaden der Piktogramme sehen.

Wir stehen vor einem Rätsel. Angesichts unserer gegenwärtigen Beobachtungen fragen wir uns: War die Botschaft im Korn vielleicht ihrer Zeit voraus?

Pat Delgado

Abbildung 124.

ALTON BARNES,
1990

Wir hörten von einer neuen, ganz erstaunlichen Formation und fuhren voller Vorfreude nach Pewsey Downs in Wiltshire. Dort stellten wir unsere Wagen ab und stiegen zum Hügelkamm empor. Bald erblickten wir unter uns im Feld das seltsamste Piktogramm, das wir jemals gesehen hatten (Abbildungen 124 und 125). Das Muster ist so kompliziert, daß eine genaue Beschreibung mehrere Seiten füllen würde.

Wir fotografierten die Formation und betraten dann mit Erlaubnis des Besitzers Mr. Carson das Feld, um die komplexen Formen genau zu untersuchen, besonders die klauen- oder schlüsselartigen Gebilde. Die Kreise waren exakt und deutlich geformt und bestanden im Zentrum aus den klassischen engen Spiralwindungen mit scharf umrissenen Rändern. Auf dem Mittelpfad lag das Korn gerade ausgerichtet. Es war wie immer völlig unbe-

Abbildung 125.

schädigt. Die schlüsselartigen Formen nahmen uns vor allem wegen ihrer Zusammensetzung aus Quadraten und Rechtecken gefangen. Diese Kombination bestimmte das Bild der gesamten Formation. Der Unterschied zu den ohnehin schon komplexen Piktogrammen der vorhergehenden Wochen war atemberaubend und die Erweiterung der Zeichenvielfalt geradezu phantastisch. Einwohner von Alton Priors und Alton Barnes berichteten übrigens, daß in der Nacht, bevor diese Piktogramme entdeckt wurden, um 2.20 Uhr plötzlich die Dorfhunde angeschlagen hätten.

Die neuen Piktogramme wirkten wie eine systematische Belehrung darüber, was außer Kreisformationen noch möglich war.

Die beiden langgestreckten Zeichenkomplexe (Abbildungen 125 und 127) sehen ähnlich aus, unterscheiden sich jedoch in einigen Einzelheiten. Die in Abbildung 125 gezeigte Formation ist 168 Meter lang, das Piktogramm in Abbildung 127 mit 150 Metern geringfügig kürzer. Die einzelne Kreis-Schlüssel-Figur (Abbildung 126) hat eine Länge von etwa 76 Metern und ist ebenso rätselhaft wie die langgestreckten Zeichenkomplexe.

Inzwischen haben schon Tausende von Menschen diese Formation besucht, und der Eigentümer des Feldes verlangt eine Besichtigungsgebühr. Leider wurde das Piktogramm stark beschädigt; die Schaulustigen haben das ursprüngliche Muster durch einen Trampelpfad über die ganze Länge des Zeichens zerstört.

Pat Delgado

Abbildung 126.

Abbildung 127.

BECKHAMPTON, 1990

Die Meldung von Stephen Horton, Eigentümer der Firs-Farm in Beckhampton, Wiltshire, war der Auftakt zu neuem Staunen über die Kornzeichen. Der Anruf erreichte mich eines Morgens bei Arbeiten für die »Operation Blackbird«, einer Kornfeld-Überwachung mit internationaler Beteiligung in Bratton, Wiltshire. Horton berichtete über äußerst ungewöhnliche Formen in einem seiner Weizenfelder und bat Colin und mich, so schnell wie möglich zu kommen. Matthew Lawrence, einer unserer Mitarbeiter am Beobachtungsstandort der »Operation Blackbird«, begleitete mich. Auf der

Abbildung 128.

Farm trafen wir Colin, und Stephen führte uns auf einen Hügel, so daß wir die neuen Formationen zuerst von oben betrachten konnten.
Der Anblick war erstaunlich (Abbildungen 128 und 129). Im Vordergrund sahen wir ein weitgeschwungenes, spiegelbildliches »S«, das drei Kreise miteinander verband. Dahinter konnten wir zwei dunkle Flecken im Getreide ausmachen. Dort befanden sich die beiden anderen Formationen.
Die altbekannte Erregung durchflutete mich, als ich mich dem ersten Kreis näherte. Er hatte einen Durchmesser von 14 Metern und war gegen den Uhrzeigersinn gewirbelt; das Korn lag wunderschön geordnet flach am Boden. Entlang der scharf umrissenen Randlinie gab es kleine Abweichungen von der Kreisform (Abbildung 128).
Leider müssen wir wegen der Zerstörungen, die gedankenlose Schaulustige anrichten, immer so schnell wie möglich nach der Entdeckung von Kornzeichen Luftaufnahmen machen. Am Rande des großen Kreises sind deutlich sechs durch Besucher entstandene Breschen zu erkennen (Abbildung 129).
Das vollendet schöne Bodenmuster warf gleißend das Sonnenlicht zurück, und wir konnten uns die Richtung des formenden Prozesses gut vorstellen.

Abbildung 129.

Abbildung 130.

Abbildung 131.

Die Bildung des Piktogramms hatte beim großen Kreis angefangen und war dann auf dem vier Meter breiten Pfad über sanfte Kurven zum zweiten Kreis gelangt. Hier war etwas sehr Raffiniertes passiert; das Bodenmuster des mittleren Kreises wirkt, als ob der Kraftfluß vom Pfad rechts kommend einmal rotiert wäre, um den Kreis zu bilden und dann nach links den Kreis wieder verlassen hätte (Abbildung 129). Dort ändert der Pfad seine Richtung in eine Linkskurve und endet mit einem dritten, gegen den Uhrzeigersinn gewirbelten Kreis. Der Mittelwirbel dieses Kreises war ein Kunstwerk. Einzelne Halme lagen fächerförmig ausgebreitet um die Basis eines aufrechtstehenden Zentralbereichs.

In dieser Formation nahm ich sehr starke Energien wahr. Die Verbindung von Kreisen durch Pfade wirkt offenbar verstärkend, und diese gebogenen Pfade schienen noch eine zusätzliche Wirkung auszuüben. Ich hatte zwar nicht die Zeit, allen anwesenden Energien genau nachzugehen, aber ich spürte, daß sie machtvoll und komplex waren.

Wir verbrachten einige Zeit damit, Fotografien vom Boden aus sowie mit Hilfe des Stativs zu

Abbildung 132.

machen, das der umsichtige Matthew mitgebracht hatte. Die Formation war sehr fotogen, und ich ließ mich zu vielen Aufnahmen hinreißen. Das kleine Piktogramm rechts im Bild ist eine zierliche, leider beschädigte Formation. Es handelt sich um einen Kreis mit einem Durchmesser von 3 Metern, aus dem ein kleiner Pfad in einen Kreis mit 1,5 Metern Durchmesser und dann weiter in einen 1-Meter-Kreis führt. Diese Formation war fast wie eine Miniaturausgabe der großen Figur mit entgegengesetzt verlaufenden Kurven (Abbildung 129).

Wir gingen über das Feld und stießen auf die verblüffendste Form von allen: ein Dreieck (Abbildungen 130 und 131). Jahrelang hatten wir davon gesprochen, daß ein Dreieck die Krönung wäre – hier sahen wir es vor uns. Für mich stellte es einen Meilenstein in der Entwicklung dar. Es kam noch schöner: Auf beiden Seiten des Dreiecks befand sich ein Paar der inzwischen schon geläufigen eckigen Formen. Ich traute meinen Augen kaum, als ich sah, daß jeweils eine der Formen ein 3 Meter langes keilförmiges Dreieck mit einer 1 Meter langen Grundlinie war (Abbildung 130). Damit hatte ich die Bestätigung für eine Überlegung, die sich in den letzten vier Jahren in mir gebildet hatte: Wenn die Muster durch wie mit Pinseln gezeichnete Energiestriche zustandekommen, ist jede Form möglich.

Die Basis des größten Dreiecks war 9,5 Meter lang, die Länge der beiden Schenkel betrug jeweils 14 Meter. Den größten Teil der Dreiecksfläche bedeckte ein Kreis von im Uhrzeigersinn gewirbeltem Korn. Ausläufer des Wirbels zogen sich in jede Ecke.

Um die nächste Formation zu erreichen, mußten wir das Feld verlassen, ein Stück am Rand entlanggehen und das Feld auf einer anderen Traktorspur wieder betreten. So kamen wir zu einer wunderschönen Formation, deren Form an einen Kopfhörer erinnerte (Abbildung 132). Der im Uhrzeigersinn gewirbelte Kreis hatte einen Durchmesser von 14 Metern. Von ihm fort bog sich ein vier Meter breiter Pfad in einer Rechtskurve von etwa 180 Grad. Der Pfad führte an den Rand eines ebenfalls im Uhrzeigersinn gewirbelten Kreises von 7 Metern Durchmesser. In der Mitte dieses kleineren Kreises war der Weizen ganz besonders eng gewunden.

Pat Delgado

Abbildung 133.

Allington Down, 1990

Das Wetter war trocken und heiß. Die herrschende Dürre rief allmählich ernste Besorgnis hervor, und die Bauern setzten alle verfügbaren Kräfte auf den Feldern ein, weil das Getreide schneller reifte, als es geerntet werden konnte.
Es war daher eine eher unwillkommene Entdekkung, als sich dem Bauern David Reid in Allington Down frühmorgens an einem Tag Ende Juli ein schier unglaublicher Anblick bot. Quer über sein Feld zog sich eine Struktur, wie wir sie höchstens im Traum entwerfen würden. Vier Kreise, zwei davon mit Ringen umgeben, bildeten mit den sie verbindenden Pfaden eine langgestreckte, geradlinige Figur. Die Formation erstreckte sich von dort, wo Reid stand, fast 200 Meter weit bis über den Hügelkamm hinüber. David Reid hatte in den vorhergehenden zwei Jahren schon mehrfach Besuche der geheimnisvollen Kraft auf seinem Land erlebt, aber diese Form war besonders spektakulär und interessanterweise auch auf einem anderen Feld entstanden.
David Reid steht mit beiden Beinen fest auf der Erde und ist nicht anfällig für versponnene Vorstellungen; trotzdem machte ihn dieses Piktogramm erst einmal sprachlos. Schließlich beschloß er, es seinem Nachbarn Tim Carson gleichzutun. Carson hatte neben einem seiner Felder, auf dem ähnliche Formen erschienen waren, einen Wohnwagen aufgestellt und verlangte pro Person 1 Pfund Besichtigungsgebühr.
Auch David Reid glich auf solche Weise den Schaden aus, der in seinem Weizen durch die vielen

Besucher entstand, die quer über das Feld stapften, um die wundersamen grafischen Zeichen zu betrachten.

Pat und ich trafen ihn an der Zufahrt einer zum Parkplatz umfunktionierten Wiese in der Nähe des großen Piktogramms. Der Platz war bereits zu drei Vierteln voll, und ständig trafen weitere Besucher ein. »Es war noch nicht da, als ich hier gestern abend entlangfuhr; es ist erst in der letzten Nacht aufgetaucht«, teilte Reid uns mit.

Diese erstaunliche Anordnung von Kreisen, Ringen, »Fingern« und Rechtecken, jede Teilformation in offensichtlichem Zusammenhang mit den anderen positioniert, ergab eine Gesamtfigur, die an einen wunderbar verzierten indianischen Totempfahl erinnerte.

Gegenüber dieser neuen Sorte von Kornzeichen wirkten die schlichten Einzelkreise, die anderswo erschienen, völlig unbedeutend. Die bloße grafische Form in ihrer symbolträchtigen und erhabenen Schönheit ließ Visionen von einem kosmischen Finger aufkommen, der Zeichen in die Felder von Südengland malt. Jede einzelne Weizenpflanze war mit großer Präzision und Rücksicht auf die Nachbarpflanze positioniert, und behutsam war jede Pflanze zu Boden gebeugt, ohne im geringsten beschädigt zu sein.

Mehrere hundert Menschen haben uns schriftlich oder telefonisch ihre Überzeugung mitgeteilt, daß diese Effekte nicht von der Natur hervorgebracht worden sein können. Sie alle hatten ihre Probleme mit der offiziellen Haltung der Behörden, daß stationäre Wirbelwinde verantwortlich seien. Was Pat und ich hier sahen, machte diese Theorie extrem unplausibel.

Wir stellten fest, daß die Hauptachse des Piktogramms auf die nahe Anhöhe Silbury Hill wies und die Traktorspuren in einem Winkel von ungefähr 45° schnitt. Die beiden anderen Entdeckungen mit ähnlichen Formen waren parallel zu den Reifenspuren verlaufen. Dicht daneben im selben Feld lagen etliche kleine Kreise, deren Position in keinem Zusammenhang mit den Traktorspuren stand. Sie erschienen wie zufällig hingestreut. Wie kompliziert würde das Phänomen noch werden?

Colin Andrews

Farley Mount,
1990

Auf mehrere Berichte von verschiedenen Beobachtern hin eilte ich zu einer Anlage namens Farley Mount. Ein Denkmal auf einem alten Grabhügel aus der Bronzezeit erinnert hier an die heldenhafte Leistung eines berühmten Pferdes in alter Zeit. Es ist umgeben von einer großen runden Rasenfläche. Von hier aus senkt sich das Gelände nach Süden hin ab, so daß der beeindruckende neue Kreis mit dem riesigen Ring nicht sofort nach seiner Entstehung auffiel (Abbildung 135).

Abbildung 134.

Vom Boden aus war schwer zu ermessen, wie groß die Figur war. Hier war das lange Kamerastativ nützlich. Mit seiner Hilfe und einem Weitwinkelobjektiv haben wir schon viele hervorragende Ansichten von Getreidezeichen aufs Bild gebannt (Abbildung 134).

Der Kreis hatte einen Durchmesser von 8 Metern und war im Uhrzeigersinn gewirbelt. Der Außenring hatte einen Durchmesser von 45 Metern und bestand aus gegen den Uhrzeigersinn gewirbeltem Getreide. Die Breite des Rings schwankte zwischen 3 und 4 Metern mit ein paar Abweichungen jeweils dort, wo er die Traktorspuren kreuzte.

Pat Delgado

Abbildung 135.

PEPPERBOX HILL,
1990

Die kleinere Formation (Abbildung 137) erschien vier Tage nach der großen (Abbildung 136). Die exzellenten Aufnahmen stammen von dem Piloten Rick Howell, einem guten Freund von mir.

Die drei Kreise und der Ring in der großen Formation waren im Uhrzeigersinn gewirbelt. Das Getreide auf dem Pfad zu dem kleinsten Kreis links im Bild lag entgegengesetzt wie auf dem Pfad, der

Abbildung 136.

durch die Ringmitte führte. Der große Kreis und der Ring hatten einen Durchmesser von etwa 15 Metern, der mittlere Kreis war 10 Meter im Durchmesser und der kleine 5 Meter. Die beiden Rechtecke waren 7 Meter lang und 1 Meter breit. Eine Besonderheit war, daß der durch den Ring führende Pfad um etwa 1,5 m von der Ringmitte versetzt verlief.

Die kleinere Formation bestand aus zwei Kreisen mit 14 und 12 Metern Durchmesser. In beiden war das Getreide im Uhrzeigersinn gewirbelt. Der dreifache Verbindungspfad ist einmal mehr etwas Einzigartiges.

Keines dieser Piktogramme sieht ganz genauso aus wie ein anderes. Es ist, als ob lauter Einzelteile in immer neuen Kombinationen zusammengefügt würden. Die Einzelheiten über diese beiden Formationen wurden uns freundlicherweise von Alan Doel zu Verfügung gestellt. Er gehört zu den vielen engagierten Kornfeldbeobachtern, die dem Phänomen großzügig ihre Zeit widmen.

Pat Delgado

Abbildung 137.

Abbildung 138.

ETCHILHAMPTON, 1990

Mit Hilfe von Pat koordinierte ich, wie erwähnt, eine intensive Beobachtungsphase namens »Operation Blackbird« beim White Horse in Westbury. Während dreier Wochen im Juli 1990 zeichneten viele leistungsfähige Kameras in einem Bereich von 1600 Metern zwischen den Dörfern Westbury und Bratton jeden ungewöhnlichen Vorgang auf. In diesem Bereich waren seit 1980 zahlreiche Kreise aufgetaucht. Wir erhielten jede denkbare Unterstützung und Mitarbeit von der britischen Armee und privaten Firmen, darunter der BBC, Nippon Television, Civil Defence Supply, Cloud 9 Limited und Envin Scientific Products. Wir gaben mehr als 130 Fernseh- und Radiointerviews und waren an zwei Dokumentarfilmen beteiligt. Über die »Operation Blackbird« werden wir zu einem anderen Zeitpunkt ausführlich berichten.

Wir befanden uns gerade frühmorgens im Wohnwagen der Überwachungsgruppe, als ein Bericht von einem Hubschrauber der britischen Armee kam. In Etchilhampton war eine völlig neuartige, windmühlenartige Formation aufgetaucht. Sie lag am Fuße einer alten Befestigungsanlage etwa 6 km südöstlich von Devizes in einem goldgelben Weizenfeld.

Da wir bei der »Operation Blackbird« über eine hervorragende technische und personelle Ausstattung verfügten, bot sich jetzt eine gute Gelegenheit, einigen Berichten im Zusammenhang mit manchen Kreisformationen auf den Grund zu gehen. Auf einer eilig einberufenen Sitzung im Lager der »Operation Blackbird« beschlossen wir, Experten von der Ingenieursabteilung der Londoner BBC sowie die Beobachtungseinheit von Cloud 9 Limited zu mobilisieren.

Ein Fahrzeugkonvoi mit Pat und mir an der Spitze setzte sich in Richtung Etchilhampton in Bewegung. Wir bogen von der Hauptstraße ab und erreichten nach ein paar Minuten Fahrt über einen holperigen Weg das Feld. Sowie der Wagen stand, stürmten Pat und ich in unserer üblichen Begeisterung auf das Feld, während die Ingenieure die Spezialausrüstung aufbauten. Von der Formation zurückblickend sahen wir den großen hydraulischen Masten von Cloud 9, der sich mit einer Videokamera an der Spitze hoch in die Lüfte erhob. Andere Geräte wurden auf den Dächern der Fahrzeuge montiert. Wenige Minuten nach unserer Ankunft kreiste uneingeladen ein Armeehubschrauber direkt über uns und dem Piktogramm – einmal sah es fast so aus, als ob der Pilot wirklich im Weizen landen würde.

Die vom größeren Ring nach außen weisenden Streifen bestanden aus auswärts flachgelegtem Getreide, im nach innen ragenden Teil lag es nach innen flach. Das Getreide in den beiden Ringen und im großen Kreis war spiralförmig gewirbelt. Die Formation war sehr stark zu Boden gepreßt. Keine einzige Pflanze war stehengelassen worden.

Nur einer der vielen durchgeführten Tests brachte ermutigende Ergebnisse. Ein Gerät zur Messung elektrostatischer Ladungen zeigte eine ungewöhnliche Schwankung in einem Teil des flachgelegten

Weizens. Und etwas ganz Merkwürdiges passierte:
Am Abend eines heißen Tages mit Rekordtemperaturen waren wir nach anstrengenden Fernsehaufnahmen alle nach Hause gegangen. Mike Carrie, ein Direktor von Cloud 9, hatte seine Ausrüstung aufgebaut, um in der Nacht alles aufzuzeichnen, was sich bewegte. Er beschloß, den Kreis zu betreten und ihn sich einmal näher anzusehen. Er wußte nicht, was ihn erwartete!
Er stand innerhalb des kleineren Ringes und beugte sich über eine Vertiefung im Boden. Da umflutete ihn plötzlich ein lautes Geräusch. Später erzählte er uns, daß ihm aufgrund seiner technischen Erfahrung in diesem Moment klar wurde, wie stark die verursachende Energie sein mußte. »Man weiß es dann einfach«, sagte er. Ich fragte ihn: »Wie weit war es weg? Haben Sie etwas gesehen?« »Gesehen habe ich nichts«, erwiderte er, »aber ich hörte das Geräusch direkt an meinem Kopf, nur Zentimeter entfernt.«
Er beschrieb dasselbe Geräusch, wie ich es in Kimpton (siehe Seite 66) und während BBC-Filmaufnahmen in Beckhampton (Seiten 203 f.) erlebt hatte.

Colin Andrews

Abbildung 139.

WESTBURY, 1990

Ein begeisterter Kornfeldbeoachter berichtete uns über ein interessantes Erlebnis. Er hatte aus dem sicheren Gefühl heraus, daß dort eine Formation auftauchen würde, ein bestimmtes Feld tagelang beobachtet.
Eines Nachmittags verwirrte ihn die Feststellung, daß der Winkel des Schattenwurfs einer Gruppe von Bäumen auf das Feld ihm ganz anders erschien als der Schatten einer anderen Baumgruppe daneben. Er ging tatsächlich los, um seinen Eindruck genauer zu prüfen, und fand diese merkwürdige Anomalie bestätigt. Bei der zweiten Baumgruppe schaute er auf seine Uhr und stellte fest, daß ihm eine halbe Stunde fehlte. Noch verwirrter kehrte er zu seinem ursprünglichen Standort zurück – hier stimmte die Uhrzeit wieder. Als er am nächsten Morgen wiederkam, war ein Kreis mit drei Satelliten entstanden. Er erzählte uns sein Erlebnis ruhig, offen und fast verlegen.
Ein paar Tage später sah Rick Howell auf einem Flug über diesem Gebiet die Kreisgruppe und schoß das links abgebildete Foto.

Pat Delgado

HAZELEY FARM FIELDS,
1990

Diese Formation gehört mit Sicherheit zu den wunderbarsten, an denen wir uns freuen durften. Es ist eine Wonne, die makellose Schönheit und Symmetrie der Anordnung zu betrachten (Abbildung 140).

Der Schwung der Wirbel und die Präzision der sanften, geradlinigen Lagerung des Korns auf den Pfaden waren von solcher Eleganz, daß ich am liebsten viele Stunden an diesem Ort verbracht hätte.

Abbildung 140.

Abbildung 141.

Leider konnte ich angesichts dringender anderer Termine nur versuchen, aus der kurzen mir zur Verfügung stehenden Zeit das Beste zu machen. Immerhin blieb ich lange genug, um zu entdecken, daß 2 Meter neben dem Zentrum des in Abbildung 141 rechts außen liegenden Kreises ein Loch im Boden war. Dieses Loch ließ mich stutzen. Es führte mit einer Neigung von 45° in den Boden und war tiefer als 30 cm; so lang waren die Strohhalme, die ich hineinhielt. Um das Loch herum lagen ein paar Krümel Erde, aber der größte Teil mußte entfernt worden sein.

Die Kornlagerung an den Stellen, wo die Pfade in die Kreise mündeten, war einfach perfekt. Wieder zeigte sich eine geheimnisvolle Freude an Ästhetik.

Pat Delgado

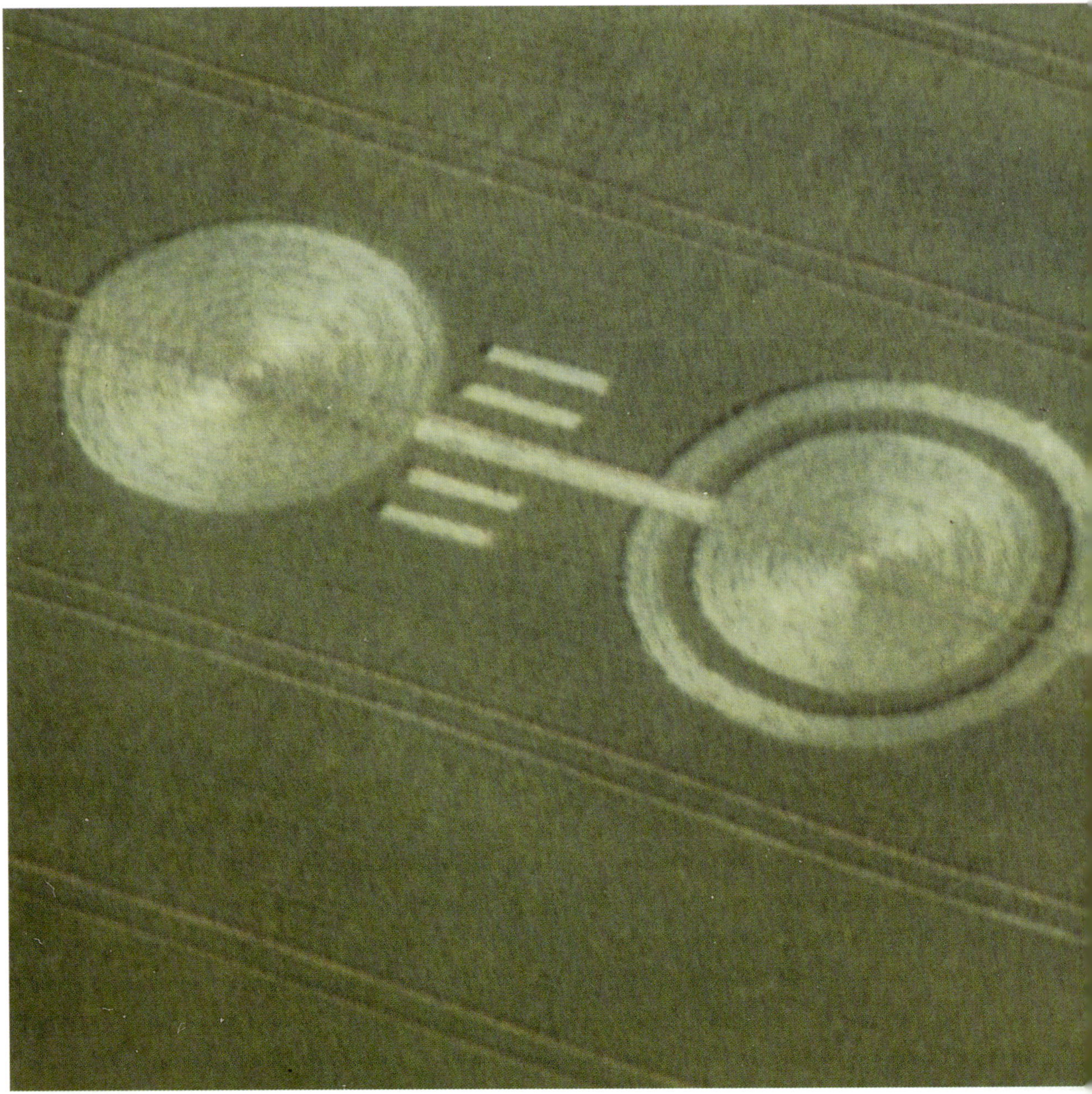

Abbildung 142.

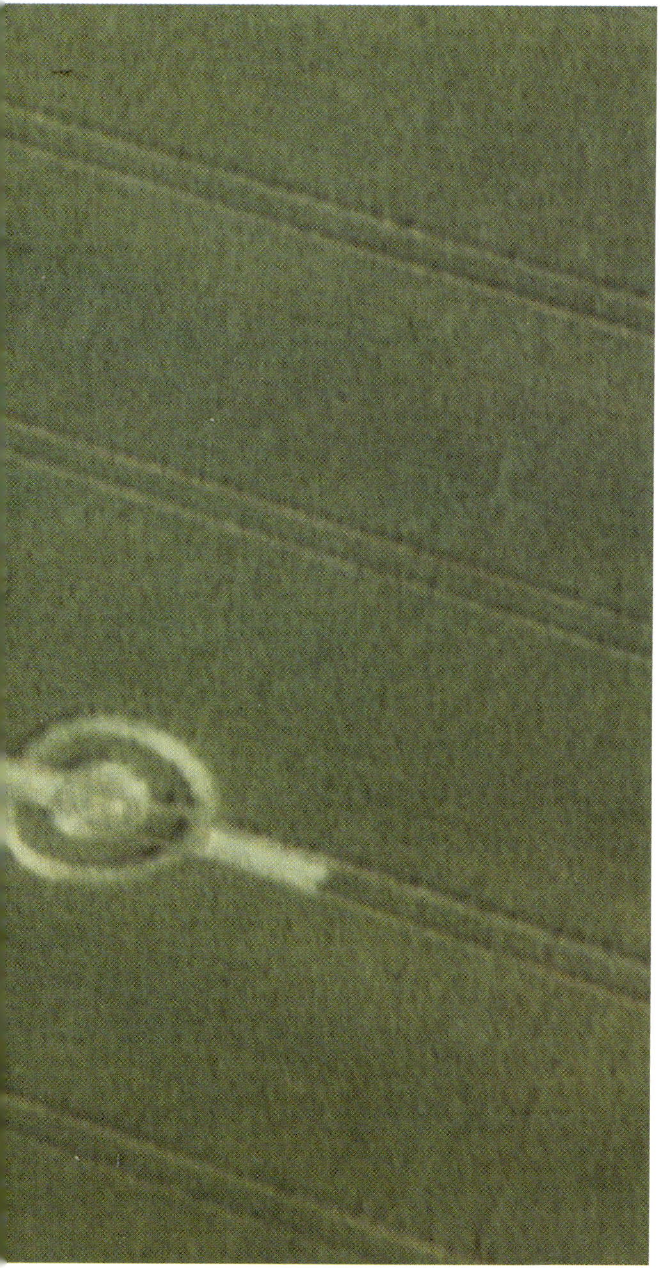

Crawley Downs, 1990

Colins Vater Gordon Andrews fuhr auf dem Weg zu seinem Sohn, der mit Filmaufnahmen beschäftigt war, an diesen Kreisen vorbei. Er erzählte uns von seiner Entdeckung, und auf dem Rückweg machten wir Halt, um die Formation zu untersuchen. Das prächtige Piktogramm bestand aus drei im Uhrzeigersinn gewirbelten Kreisen, zwei davon mit Außenring. Es war insgesamt 74 Meter lang. Die Kreise waren durch einen Zentralpfad verbunden, auf dem das Korn in Richtung von den Kreisen mit Ring zum Kreis ohne Ring (siehe Abbildung 142) gerade gelagert war. Rechts und links vom Zentralpfad befanden sich je ein Paar Rechtecke von 4 mal 1,5 Metern Größe. Die Unterbrechung des Pfades jeweils dort, wo er auf den ersten und zweiten Kreis traf, war ein ungewöhnliches Merkmal. Wir lernten allmählich, nicht mehr zu mutmaßen, was als nächstes kommen würde.

Pat Delgado

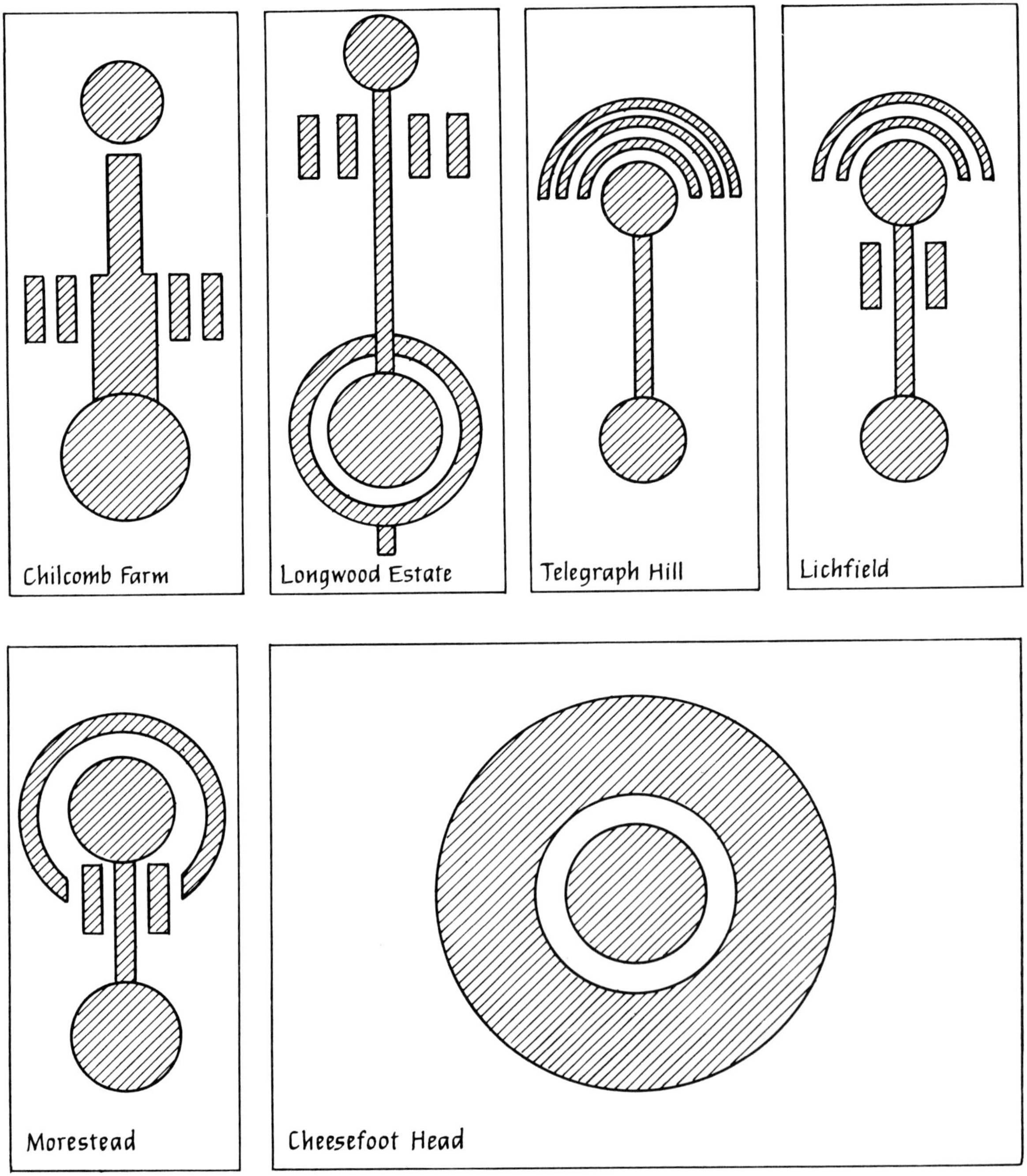

Schaubild 6: DIE NEUEN MUSTER. *Die Formationen werden komplexer und größer. (Zum Vergleich die*

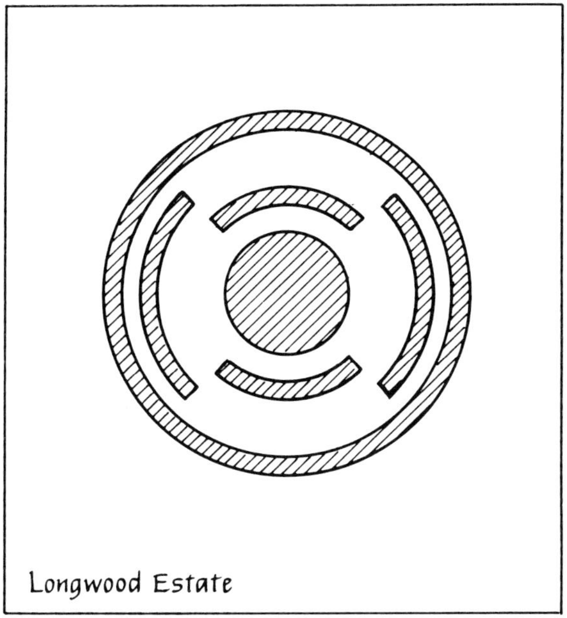

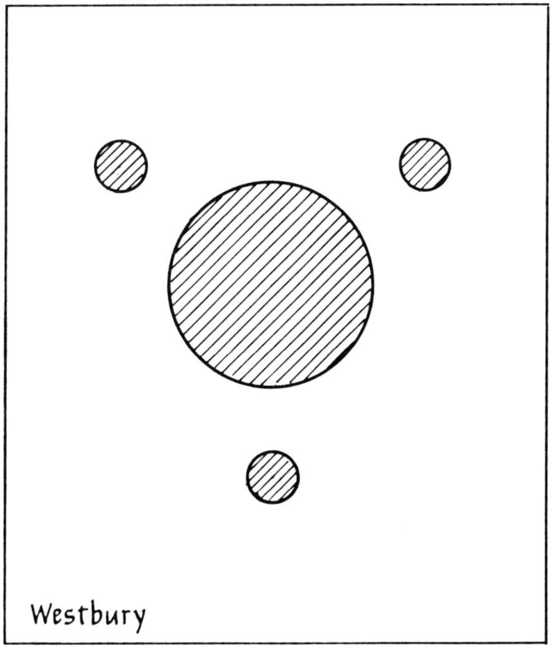

auf den Seiten 118 und 119 im gleichen Maßstab dargestellten früheren Formationen.)

Hazeley Farm Fields

Pepperbox Hill

Alton Barnes

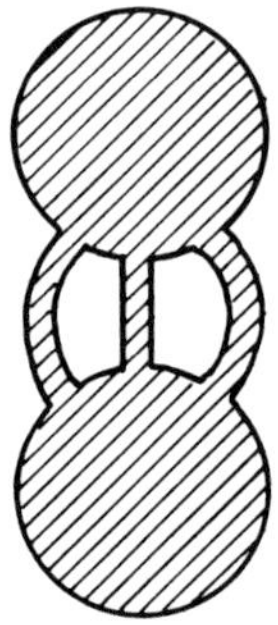

Pepperbox Hill

Etchilhampton

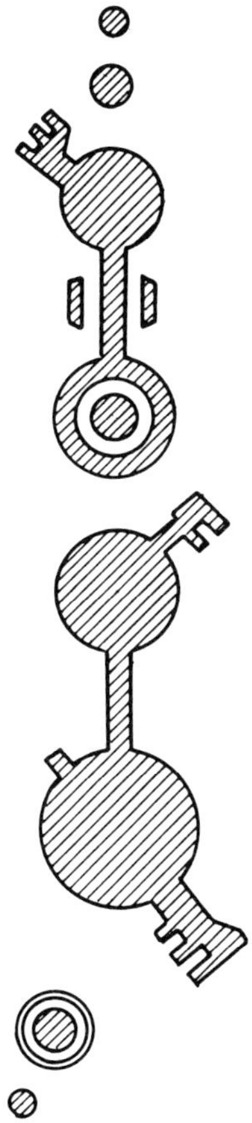

Alton Barnes

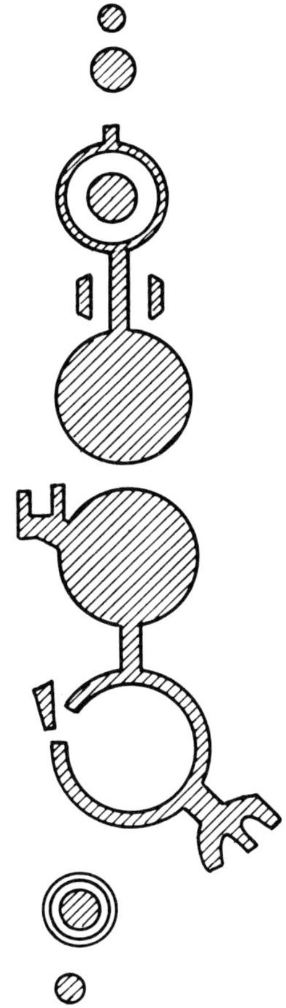

Alton Barnes

Allington Down

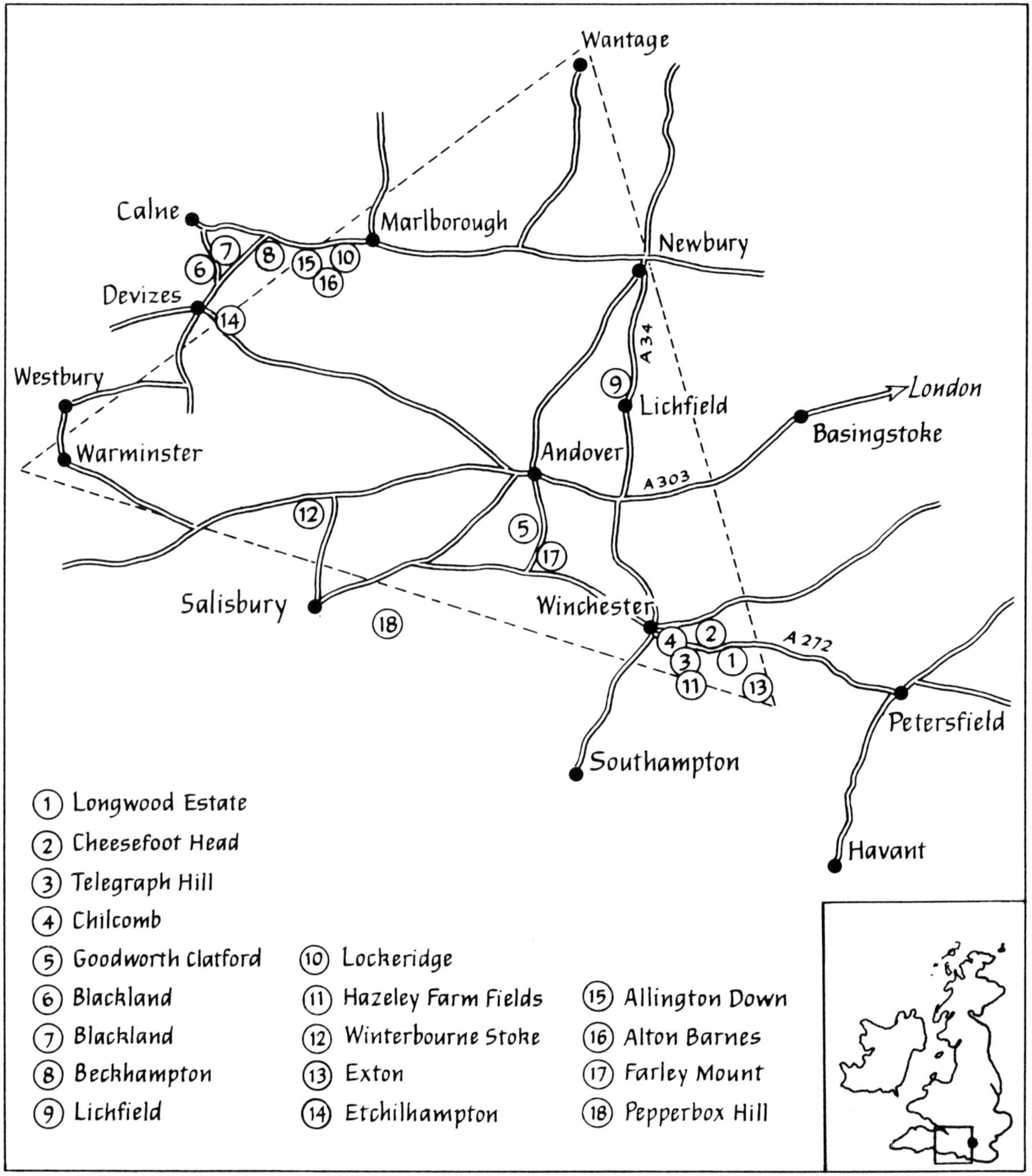

Schaubild 7: Lage der Piktogrammfunde.

NEUERE THEORETISCHE ANSÄTZE 1990

Seit im Juli 1989 das Buch *Circular Evidence* (Kreisrunde Zeichen) erschienen ist und sich die Medien intensiv mit diesem Thema befassen, haben uns überwältigend viele Zuschriften erreicht. Offensichtlich schlummerte in vielen Menschen das Verlangen, bisher unterdrückte persönliche Erfahrungen, Erlebnisse und Gefühle mitzuteilen. Es wird ein Bewußtsein für Phänomene deutlich, die einem ganz besonderen Bereich unserer Welt anzugehören scheinen.

Orthodoxe Physik und Naturwissenschaften haben in den vergangenen zehn Jahren gleichsam auf dem Prüfstein gestanden, ohne jedoch eine Antwort liefern zu können. Bei der intensiven Suche nach einer Lösung des Kornkreis-Rätsels scheidet eine Hypothese nach der anderen aus. Zu den bereits formulierten Bedingungen, die eine Theorie erfüllen muß, um alle Aspekte des Phänomens abzudecken, treten jetzt noch weitere Faktoren: Neuerdings tauchen außer Kreisen separate Rechtecke auf, in denen das Korn gerade ausgerichtet am Boden liegt. Einige dieser Rechtecke weisen eine gegenläufige Kornlagerung auf. Lange, gerade Bahnen verbinden einzelne Kreise miteinander. Es gibt halbkreisförmige Ringbahnen, bei denen gelegentlich in nebeneinanderliegenden Bahnen gegenläufige Spiralwindungen auftreten.

Zur Zeit erleben wir die Entstehung der verschiedensten Konstellationen aus Kreisen, Ringen, Ringhälften und anderen Ringsegmenten, Rechtecken, langen geraden Bahnen, gegenläufigen Spiralwindungen und gegenläufig geradlinig gelagertem Korn. Aus Kombinationen dieser Grundelemente kann fast jedes denkbare Muster geschaffen werden. In Zukunft werden sicherlich noch viele weitere Kornzeichen sichtbar werden. Schon während diese Aktualisierung in Druck geht, tauchen wieder neue Formationen auf.

Im folgenden sind Stichworte für die Theorien und Erklärungsmuster aufgelistet, die bisher vorgeschlagen wurden: Wasseradern, Magnetfelder, kosmische Energien, Fahrspuren von Landmaschinen, Getreideviren, Insekten, Vögel, außerirdische Wesen, UFOs, Chemikalien, Erdbeben, Sonderformen elektrischer Energie, Hexerei, biblische Zusammenhänge, vulkanische Effekte, Erdenergien, Energielinien, Erdmeridiane, Radiofrequenzen, Wetterbedingungen, Windhosen, archäologische Ursachen, Schwerkraftwirkungen, religiöse, okkulte und/oder spirituelle Kräfte, Ultraschall, Auswirkungen der Planeten, Trümmer von Weltraumflugkörpern, Elektromagnetismus.

Die Erklärungsvorschläge haben sich also vermehrt. Dabei stammt nicht unbedingt von einer Person jeweils nur ein Vorschlag; viele halten jede dieser Erklärungen für denkbar.

Die neuen, komplexen Piktogramme haben ein neues Stadium in der Entwicklung dieses Phänomens eingeleitet.

Meine ursprüngliche Feststellung, daß der erste Schein oft trügt, hat sich voll und ganz bestätigt. Es ist, als ob die geraden Bahnen, die Rechtecke und Ringsegmente in den neuen Piktogrammen gezielt geschaffen worden seien, um die Wirbelwindtheorien endgültig zu widerlegen. Das wird auch den Dogmatikern helfen, die Tatsache zu akzeptieren, daß jenseits der konventionellen Wissenschaft, die so gern alles mit Etiketten versieht, noch unendlich viele Erkenntnisse warten. Hier wirken Energien, die wir nicht verstehen.

Unter den oben aufgeführten Erklärungsmöglichkeiten werden elektromagnetische und geistige Kräfte interessanterweise am häufigsten genannt. Das liegt vielleicht daran, daß die umfassende Nutzung elektromagnetischer Kräfte uns in der heutigen Welt wohlvertraut ist. Genauso gut läßt sich in geistigen Kräften eine Antwort auf viele rätselhafte Phänomene sehen – die Hand Gottes, wie es so schön heißt. Ich bin sicher, daß sich für alle diese Dinge eine Erklärung finden wird. Vielleicht kennen manche die Antwort bereits jetzt. Es gibt ja vieles, was uns heute selbstverständlich erscheint, obwohl die Menschen vor hundert Jahren es nicht im Traum für möglich gehalten hätten.

Wann und in welcher Form werden wir erfahren, wie und warum diese Formationen in Kornfeldern entstehen? Ich bin schon oft gefragt worden, was ich persönlich über die Entstehungsweise der Kornzeichen denke. Wer mich kennt, weiß, daß ich kein Interesse an selbstdarstellerischer Dramatisierung oder der Schaffung einer geheimnisumwitterten Atmosphäre habe. Ich kann nur schildern, was ich im Verlauf meiner eigenen Beschäftigung mit dem Phänomen erlebt habe. Meine Erfahrungen von 1989 in Beckhampton sind ja bekannt (Seite 203). Aber erst, als ich begann, an Hügelgräbern Versuche mit Wünschelruten zu machen, wurde mir meine Fähigkeit bewußt, Energien zu erspüren. Wünschelrutengehen ist eines der Fenster, durch die viele Menschen in Beziehung zu Kräften treten, die noch unverstanden sind. Wer nur ein wenig die Fähigkeit des Wünschelrutengehens besitzt oder es einmal miterleben konnte, wird die Existenz von etwas Unbegreiflichem wahrgenommen haben.

Pendel und Wünschelruten sind begrenzte mechanische Hilfsmittel, um wahrgenommene Energien deutlich werden zu lassen. Anhand bestimmter Bewegungen äußern sich verschiedene Energieformen. Ich erkannte bald, daß die Ruten mich eher daran hinderten, mehr über die uns umgebenden Energien herauszufinden. Während ich ein Hügelgrab auspendelte, wurde mir klar, daß ich nur einen winzigen Ausschnitt von dem wahrnahm, was es eigentlich zu entdecken galt. Ich legte die Wünschelrute beiseite und benutzte meine bloßen Hände. Sofort eröffnete sich mir eine ganz neue Welt von Wahrnehmungen. Ich begann, die Energien und die Intelligenz, die sie steuert, zu verstehen. Mir wurde klar, daß alles auf der Welt sein eigenes Energiemuster besitzt – Häuser, Flüsse, Bäume, Menschen, Tiere, auch Insekten, sogar jeder Grashalm – es ist ein universelles Phänomen.

An diesem Punkt verstand ich den Zusammenhang mit den Kräften, die den Kornkreisen zugrundeliegen; diese Energiemuster sind beeinflußbar. Das wurde deutlich, als ich mit meinen Händen ohne besondere Absicht an der Stirn eines Freundes, der über Kopfschmerzen klagte, vorbeifuhr. Die Kopfschmerzen verschwanden augenblicklich – ich hatte Energieströme gelenkt. Viele ähnliche Begebenheiten folgten. Was kann mit den vielen verschiedenen Energieformen noch getan werden? Vermutlich ungeheuer viel. Heilen, störende Energieströme in Gebäuden beseitigen, unabhängig von der Tiefe alles mögliche im Boden wahrnehmen, Energien in der Atmosphäre erspüren – die Möglichkeiten sind unbegrenzt. Von hier ist es nur ein kleiner Schritt zu der Erkenntnis, daß eine intelligente Kraft eine oder mehrere dieser Energieformen für spezielle Wirkungen einsetzen kann.

Eine dieser Wirkungen ist die Bildung von Kornzeichen.
In Anbetracht der Sackgasse, in der die Theorien gegenwärtig stecken, möchte ich hier die Grundzüge meiner Wahrnehmungen darlegen:
Ich empfinde den Vorgang, der Getreide oder andere Pflanzen veranlaßt, ihre vertikale Ausrichtung zu verlassen, als zweigliedrige Funktion. Das neuerdings auftretende Abweichen des Phänomens von den gewohnten Kreis- und Spiralformen verleiht dieser Sichtweise erheblich mehr Plausibilität.
Hier soll nur der prinzipielle Ablauf des Vorgangs dargestellt werden. Um welche Energieform es sich handelt und wer sie steuert, wird zu einem späteren Zeitpunkt erläutert.
Zunächst wirkt eine vorbereitende oder Start-Kraft, die jeden Halm so »programmiert«, daß er sich in die vorgeschriebene Richtung bewegt. Diese Einwirkung, die oberhalb der Erdoberfläche erfolgt, ähnelt dem Zeichnen von Grundrissen mit einem Stift. Das jeweilige Gebiet wird vollständig mit Strichen überzogen, die in die Richtungen weisen, in die jeder Halm bewegt oder gelegt werden soll. Aus den von uns untersuchten Bodenmustern läßt sich schließen, daß die Strichbreite, mit der die Halme induziert werden, zwischen einem und fünfzehn Zentimetern variiert.
Wenn diese Phase abgeschlossen ist, liegt das Muster wie unsichtbare Tinte auf einem Blatt Papier für das Wirken der zweiten Kraftform bereit. Ihre Aufgabe ließe sich als Kommando- oder Auslöserfunktion bezeichnen. Sie entspringt im Boden unter den »programmierten« Halmen. Im Bedarfsfall wirkt sie nach oben und aktiviert die Halme, die sich nun in einer programmierten Abfolge in der vorgegebenen neuen Position anordnen.
Diese Kraftform ist auch dafür verantwortlich, daß manche Pflanzen mitsamt der Wurzel aus der Erde gestoßen werden, wie bereits beschrieben wurde (Seite 124). Variationen in der Stärke beider Kraftformen erklären die unterschiedliche Intensität, mit der das Korn zu Boden gepreßt ist.
Das Übrigbleiben einzelner aufrechter Halme beruht darauf, daß auf solche Halme die vorbereitende Kraft nicht eingewirkt hat. Je nach Wunsch kann ein einzelner Halm oder ein ganzes Feld manipuliert werden. In jeder Pflanzenart und an jedem Ort können auf diese Weise alle Formen und Muster, einschließlich Zahlen und Buchstaben, entstehen.
Auch der zeitliche Abstand zwischen der Einwirkung der vorbereitenden und der auslösenden Kraft dürfte sich – bedingt durch Pflanzenwachstum und allmähliches Verblassen des vorbereitenden Kraftmusters – auf die Qualität der Kornzeichen auswirken.
Nach dem hier Dargestellten ist deutlich, daß die von mir wahrgenommenen Energien sich nicht in das Weltbild der herkömmlichen Physik einordnen lassen, solange die Anknüpfungspunkte an bereits bekannte Kräfte nicht gefunden worden sind.

Pat Delgado

NACHWORT

Evolution – darin liegt die Antwort. Sie wirkt in allem.

Die Entwicklung dieses Phänomens war noch nie so deutlich wie bei den Vorgängen im Jahr 1990.

Die unglaublichen Muster, die jetzt nach den zarten Vorboten der letzten Jahre auf den Feldern erscheinen, sind eine Demonstration von Energieformen und einer Intelligenz jenseits der Dogmen unserer Wissenschaft.

Das sich allmählich entfaltende Schauspiel des Kornfeld-Rätsels ist ein planmäßiger Versuch, unser Bewußtsein zu erweitern.

Jenseits der orthodoxen Schulphysik gibt es noch viel zu lernen. Wer sich mit den hier dargestellten Phänomenen aufmerksam auseinandersetzt, wird den inneren Widerstand gegen diese Einsicht bald überwunden haben.

Pat Delgado

Über die Autoren

Pat Delgado ist Ingenieur für Elektromaschinenbau im Ruhestand,
Colin Andrews ist leitender Elektroingenieur bei Test Valley Borough Council.
Beide sind Gründungsmitglieder
der Circles Phenomenon Research Group.

Pat Delgado.

Colin Andrews.